József el Húngaro

Luis Enríquez

József el Húngaro

Prólogo de
JOSÉ F. PELÁEZ

la esfera de los libros

Primera edición: abril de 2025

© Luis Enríquez Nistal, 2025
© La Esfera de los Libros, S. L., 2025
Avenida de San Luis, 25
28033 Madrid
Tel.: 91 443 50 00
www.esferalibros.com

ISBN: 978-84-1094-047-5
Depósito legal: M. 4.517-2025
Composición: J. A. Diseño Editorial, S. L.
Impresión y encuadernación: Cofás
Impreso en España–*Printed in Spain*

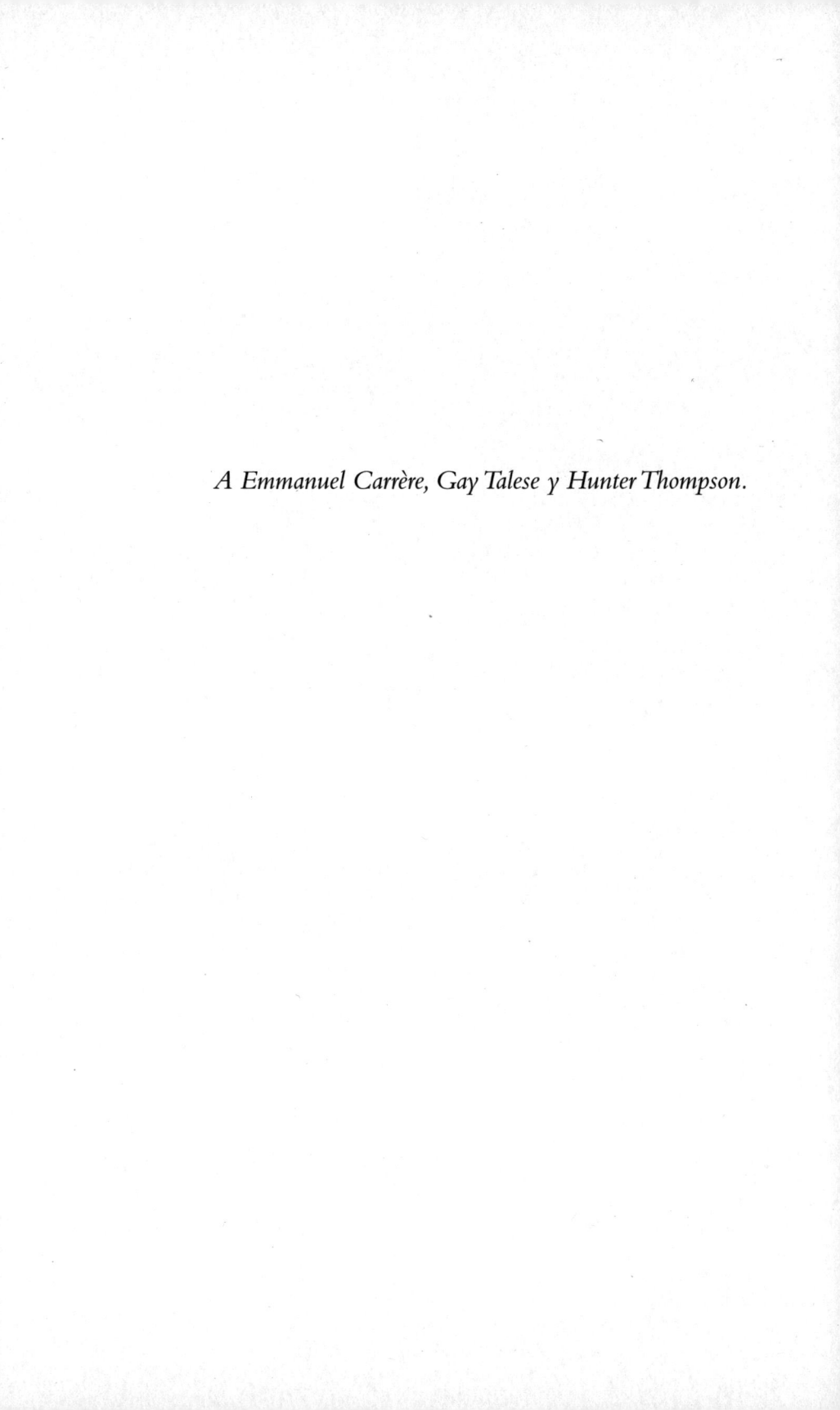

A Emmanuel Carrère, Gay Talese y Hunter Thompson.

Nota para el lector

József existe. O, al menos, ha existido. Llegó a las puertas del Irish Rover, un garito que regentaba un amigo mío y que era muy popular en el Madrid de los años noventa, de parte de Gerry, su compañero de celda en Carabanchel que, antes de ingresar, había sido un asiduo del local. József tenía experiencia como portero de discoteca y era perfectamente capaz de cargar todo el peso del mundo en forma de pedidos semanales. Necesitaba el trabajo, y mi amigo siempre estaba dispuesto a echar una mano. József era corpulento, lo cual resultaba conveniente como factor disuasorio en las madrugadas de Madrid, cuando el vodka con naranja engrandece el carácter de los veinteañeros a la vez que les achica la paciencia. Era reservado del modo en que solo pueden serlo aquellos que han vivido mucho y saben que nadie nunca se metió en problemas por callar demasiado. Su cara desfigurada de boxeador, nariz rota incluida, estaba suavizada por su pelo ralo castaño claro y sus ojos extrañamente azules, pero cualquier rasgo físico resultaba irrelevante si uno reparaba en sus manos: en vez de nudillos tenía dos bloques óseos homogéneos, como si le hubieran extirpado los originales y, en su lugar, le hubieran injertado dos puños americanos.

Una noche después del cierre, a esa hora en que ya ha amanecido pero las farolas de la calle aún están encendidas, mi amigo y József se disponían a apurar la última, que uno no sabría decir si era la recena o el desayuno, cuando József empezó a hablar. No levantó la mirada del vaso. Ni siquiera para asegurarse de que

9

estaba recibiendo la debida atención. Con su parsimonia habitual, sin darse ninguna importancia y sin ninguna intención de que aquello resultara un momento solemne, abrió la maleta de sus recuerdos y, sobre la mesa del Irish, los fue colocando con intimidante precisión. Al principio, mi amigo, estupefacto, solo podía guardar silencio y prestar toda la atención de la que se es capaz a las seis de la madrugada, pero, como estaba claro que aquella historia les llevaría horas, empezó a garabatear notas en el bloc de papel autocopiativo de los pedidos.

Muchos años después de que mi amigo dejara de trabajar en el Irish, cuando ya había transcurrido la vida y ambos llevábamos a la espalda matrimonios, hijos y divorcios y habíamos cambiado las noches de ayuno y copas por los mediodías de ensaladilla y vermú, me contó la historia. Nunca antes la había mencionado y yo no podía creer lo que escuchaba. Hacía tiempo que el cuerpo me pedía escribir un libro y, mientras le dedicaba toda mi atención, mis dedos me eran ajenos y tamborileaban por instinto sobre la mesa alta del Juan Pelotilla, su nuevo local en el barrio de Montecarmelo, como si teclearan.

Este libro es el resultado del compromiso de dos amigos que se conjuraron para recuperar aquellas notas, muchas de ellas ilegibles, ordenarlas e imaginar los huecos que dejaran. Es una historia real o, en todo caso, es la que József confesó aquella noche, y mi amigo, el único que estaba allí, no tiene la menor duda de que no mentía. Hemos hecho lo posible por encontrar al protagonista de las páginas que está a punto de leer, pero no hemos tenido éxito. Puede que algunos detalles no se ajusten a la verdad, ya que los recuerdos están vivos y van cambiando con el paso del tiempo, y, como digo, ciertos vacíos los hemos imaginado en beneficio de la continuidad narrativa. También hemos cambiado algunos nombres cuyas vivencias podrían resultar embarazosas para sus protagonistas o sus familiares. Hemos visitado muchos de los escenarios en los que transcurre la historia y hemos entrevistado a personas que pasaron por alguna de las experiencias a las que József se tuvo que enfrentar. En definitiva, esta historia que está a punto de leer es esencialmente cierta y empieza así.

Prólogo
CARTOGRAFÍA
DEL «UNIVERSO ENRÍQUEZ»

La primera vez que leí el manuscrito estuve tentado de llamar a la embajada de Hungría y ponerme a disposición del embajador para encabezar una misión diplomática que siguiera los pasos de József a través de todo el planeta. Me encerré en el despacho, coloqué un foco que apuntaba directamente a la mesa, extendí mapas, tracé rutas y compré varios diccionarios para dar mis primeros pasos en todos aquellos idiomas que podría llegar a necesitar. La segunda vez, me tuvieron que detener en la puerta de la comisaría de Huertas cuando me dirigía a hablar con el subcomisario para pedirle las fichas policiales de todos los personajes aquí recogidos. Simplemente no podía dejar las cosas así, en la medianía frívola de unas letras que juntaban la palabra «FIN» y a través de las cuales Luis Enríquez concluía el relato en el peor momento, como un *coitus interruptus*. Y mira que hasta a eso uno puede llegar a acostumbrarse. A lo que es difícil acostumbrarse es a un *coitus interruptus* que dure toda la eternidad, como un Sísifo penitente, congelado y literario. Pero tampoco pasa nada, la edad adulta no es más que el arte de ponerse cómodo ante una frustración constante. Y la madurez, la renuncia a la tiranía del final feliz, que es una cárcel como cualquier otra. Así que la tercera vez me metí en un gimnasio con la firme intención de convertirme en boxeador y la cuarta comencé a actuar como un irlandés, bebiendo Jameson y Guinness en el Temple Bar de Dublín y escuchando a Shane McCowan compulsivamente. Y me puse a Queen, rodeado de revistas de música de los noventa y recordando el futuro tal y como entonces lo imaginaba.

En realidad —caigo en la cuenta de ello ahora— todo es parte del «Universo Enríquez», que es el único universo literario en el que el autor es a la vez estrella, planeta y satélite. De hecho, a estas alturas aún no soy capaz de decidir si este libro es novela o crónica; no sé si es ficción, no-ficción o ciencia ficción. Lo que tengo claro es que el libro es de Luis, retrotrayéndome a aquellas palabras de mi paisano Jorge Guillén acerca de Lorca: «Cuando estás con Federico, no hace ni frío ni calor. Hace Federico». Pues en este libro hace «Enríquez»: doble malta, cerveza negra y rock and roll; aventuras a vida o muerte, apuestas arriesgadas y consecuencias imprevistas. Todo es una mezcla poco frecuente de ese trabajo duro y metódico al que solo pueden aspirar los verdaderamente humildes y de esa chulería de Tetuán a la que solo pueden renunciar los castizos. Una chulería de taberna, es posible. Pero de taberna cara, de San Mamés, de El Quinto Vino. Por eso pienso ahora en la historia de nuevo —es complicado hablar de un libro como este sin destriparles su contenido— y creo que a Luis le ha caído del cielo. Porque está hecha para él, tiene todos los tópicos del «enriquecismo», que es un ismo sin vanguardia y un género en sí mismo, algo a medio camino entre la novela negra, el nuevo periodismo americano y una remontada en el 94. Y como es sabido que Luis es un gran cinéfilo, también tiene un punto de *road movie*, un poco de *Easy Rider*, un poco de *Thelma y Louis*, un poco del libro del Éxodo. Como todos los amantes del cine clásico, Luis antepone el argumento y la brillantez de la historia a cualquier otro aspecto narrativo. Quizá por ello la trama de *József* es una procesión de puñetazos sucesivos: *jab* por aquí, *uppercut* por allá, gancho de derechas directo al hígado. Cuando por fin levantas la mirada del libro ya no sabes ni qué hora es ni por dónde te vienen los golpes. Simplemente estás agotado y con muchas ganas de ir a poner una vela a la Virgen de los Desamparados. Y dejar que Ella se encargue del resto.

Luis dice que el personaje es real y que lo que sucedió, sucedió. Como no tengo ningún motivo para desconfiar, se vuelve a confirmar que la realidad se ríe de la novela en la cara, como Michael Jordan de aquel chaval que una vez le dijo que sabía cómo defenderlo y al que respondió con cuarenta puntos. En cualquier caso, la dinámica es interesante: Luis escucha una historia, la investiga y la escribe, que es exactamente lo que hacen los periodistas de raza y los escritores con calidad. Aunque, en realidad, suelen ser los mismos. Simplemente hay algo que enciende el fósforo, la luz ilumina un rincón del pasado y el instinto pone todas tus fibras a contarlo todo, como guiadas por una especie de obligación íntima y sagrada. Igual que en las colmenas hay reinas, zánganos y obreros, por las calles hay funcionarios, podólogos y escritores. Digamos que uno de cada mil. Muchos se encuentran en estado de latencia hasta que un día la vida los llama, los agarra por las solapas y les deja las cosas claras. El universo —Dios— hace que escritor e historia se crucen en el espacio y en el tiempo y el resto surge solo, como el amor en los adolescentes. Los acontecimientos hacen una llamada a los neurotransmisores y el escritor hace lo que tiene que hacer, que es lo que ha hecho Luis: dejarlo todo por un rato y contarlo desde el principio. Te conviertes así en un médium entregado a la misión sagrada de relatar los hechos. Puedes negarte, pero ya adelanto que es inútil porque el destino no se elige: es el destino, al igual que el Real Madrid, quien te elige a ti. Sucede igual con las historias. Yo creo que es en ese momento de anunciación cuando Luis adquiere conciencia de su misión, comienza a esprintar, se saca la espina del costado y escribe de esa manera tan personal, tan salvaje y tan de película de Tarantino, con tomas perfectas, música adecuada y el corazón del lector de taquicardia en taquicardia.

Aunque hace tiempo que sospecho que, en realidad, Luis Enríquez no existe. Él es, en realidad, un ser literario, uno que vive su vida interpretando el papel de sí mismo, que va mucho más allá de limitarse a serlo. Cuando es cronista, hace lo que cree que haría el Luis cronista; cuando es ejecutivo, se mueve como cree que se movería el personaje de Luis ejecutivo, se remanga la camisa blanca, tira una bola de papel a la canasta que hace las veces de papelera y dice algo así como: «¿Soluciones? ¿Quién quiere soluciones, hijo? Esas ya las tengo yo. A mí tráeme solamente problemas. Y whisky irlandés». Y cosas así. Luis es un personaje de sí mismo: el padre, el hijo, el Espíritu Santo. En estas páginas lo vemos como un cronista extraordinario, como uno de esos revolucionarios de los setenta que sabían que, con su sola presencia, la historia que iban a contar ya estaba cambiando. Precisamente eso pensé la cuarta vez que leí el libro: es posible que Luis tenga las respuestas a las preguntas que usted tendrá dentro de un par de días, cuando haya terminado este libro, se sienta muy cansado y se sorprenda mirando precios para billetes de avión. O de barco. O pasajes en una diligencia, o buscando en Google Maps un bar llamado Fortuna, o buscándose la vida como polizón en el Orient Express, o mirando los nudillos a los gorilas de las puertas, o haciendo señales de complicidad a traficantes de esteroides en gimnasios rotos. O quizá todo sea solo una *perfomance* que aún no ha terminado. Por si acaso fuera eso, he pensado en cambiar mi nombre, que ya no será «José F.», sino «József». Que viene a ser lo mismo y me gusta más. Y, además, bien pensado, tampoco creo que exista una mejor salida.

JOSÉ F. PELÁEZ

Introducción
GERRY

Mi amigo era tan corpulento como Stallone en la película *Juez Dredd*, de modo que todos lo llamaban el Juez. Regentaba el Moby Dick y el Irish Rover, dos locales de moda en el Madrid de los noventa y dos mil donde, además, tenía una pequeña participación que lo hacía sentir un poco dueño. Cada mañana, nunca demasiado pronto porque las noches eran largas, el Juez recorría andando el trayecto desde su casa en la avenida de Brasil hasta el gimnasio Zmork, en la calle General Perón. Vivía con sus dos pitbulls, a los que había amaestrado para que saltaran a por los dardos de la diana y se los trajeran de vuelta, y con Juan, un amigo de la infancia que repartía su tiempo entre el despacho de consultor en Arthur D. Little y la cabina de pinchadiscos en el Moby.

El Juez había terminado el bachillerato en el Maravillas, su colegio de toda la vida en el exclusivo barrio de El Viso, y su obsesión por el deporte y sus facultades físicas lo llevaron a matricularse en INEF, el Instituto Nacional de Educación Física, o sea, la universidad del deporte, donde se acabaría licenciando cinco años más tarde. Amante de Irlanda, de la cerveza y de las noches con amigos, el Juez era capaz de aprovechar cada minuto del fin de semana, que solía empezar y terminar en el Fraggle Rock, otro pequeño garito en el barrio de Chamartín, y estar repuesto para las clases el lunes.

Una noche un poco más larga y sedienta de lo normal, y eso era decir mucho porque el Juez acreditaba una resistencia al alcohol digna de un espía del KGB, Juan y él acabaron llegando a su piso en la avenida de Brasil de milagro y en «fundido a negro», a juzgar por la ausencia de recuerdos a la mañana siguiente. Con un dolor de cabeza que perecía quererlo convencer de que tantos chupitos en una sola noche no eran una buena idea, el Juez se percató de que había perdido la cartera y esperó a que la tarde estuviera bien entrada para regresar al último lugar que recordaba. El dueño del Fraggle, que estaba limpiando y poniendo un poco de orden, le dijo que él no había encontrado nada, pero que, si aparecía, se la guardaría detrás de la barra.

A la resaca, que a esa hora de la noche aún tenía en todo lo alto, se sumaba la penitencia de tener que renovar todos sus carnés, así que decidió esperar un poco a que se le pasara la una y a dar la oportunidad a un milagro que lo liberara de lo otro. Al cabo de dos días, y cuando ya estaba resignado a la tediosa tarea, el Juez encontró su cartera en el buzón de su casa con una tarjeta del dueño del Fraggle en su interior. Agradecido, propuso a Juan ir a compartir unas pintas con aquel tipo que se había tomado la molestia de llevarle la cartera a la dirección que indicaba el DNI.

—Ninguna molestia —les dijo mientras les servía unos dobles—. Me pillaba de camino del banco, y no os iba a hacer venir hasta aquí para nada.

El dueño, que se presentó como Alberto, tuvo química con los dos amigos de inmediato, entre otras cosas porque los tenía identificados como dos de sus mejores clientes, y, como suele pasar con los que acabas de conocer pero te sientes como si fueran de toda la vida, una ronda se convirtió en seis o siete. En la conversación, el Juez comentó la necesidad que tenía de encontrar un trabajo compatible con la universidad para viajar a Irlanda, y como Alberto necesitaba ayuda durante el fin de semana, lo acabó contratando esa misma tarde.

Desde el principio, el Juez demostró dotes innatas para el manejo de un bar. Era rápido y lúcido sirviendo a los jóvenes que se agolpaban en la barra a ciertas horas de la noche, era capaz de gestionar el almacén con eficacia y era disuasorio cuando algún idiota envalentonado por demasiado tequila tenía ideas equivocadas. Así que el Juez estaba feliz y Alberto y su socio satisfechos.

Como el local se puso de moda y desbordaba clientela cada noche al callejón peatonal de la entrada, el negocio se volvió próspero al mismo ritmo que sus dueños ambiciosos. Una tarde, al inicio de su turno, el Juez se encontró a los dos socios sentados a una mesa. Se había quedado disponible un local muy amplio en la avenida de Brasil, y Dani, que así se llamaba el socio de Alberto y que era un fanático de la música en general, siempre había querido montar una sala de conciertos. La inversión era cara y la idea de mantener ambos negocios inviable, así que decidieron vender el Fraggle en el momento en que mejor iban las cosas. Y además contaban con el Juez, que se había ganado su confianza, como gerente del nuevo local.

El nombre, Moby Dick, lo tenía Dani en la cabeza desde que leyó la novela de Melville por primera vez y su visión incluía una gran sala diáfana decorada con motivos marineros.

—Pues tengo un amigo del veraneo en Santander que trabaja en Cádiz en un desguace de barcos rusos —dijo el Juez, siempre resuelto.

Y con un «no se hable más», los socios le encargaron la tarea de desplazarse hasta allí y cargar su Seat Ronda con todo lo que fuera de utilidad para vestir las desnudas paredes del nuevo local. Al viaje lo acompañó Juan, en parte para no dejar solo a su amigo y en parte porque Alberto y Dani corrían con todos los gastos. Al llegar al astillero, tal y como había anunciado su amigo santanderino, se encontraron con todo tipo de restos de barcos y submarinos soviéticos, carteles en cirílico y redes y otros aperos de pesca.

—Decidme lo que os guste, y yo os separo las piezas.

Cuando terminaron de cargar el coche hasta el respaldo de los asientos delanteros, se encaminaron a un piso que Alberto tenía en Marbella y que les había ofrecido para pasar la noche. Casualmente, o puede que no tanto, ese día era San Patricio y la celebración para ellos era obligada, así que, nada más llegar a Marbella, buscaron una taberna irlandesa donde poder bajarse unas Guinness a la salud del santo. Pero por mucho que buscaron, solo encontraron un pub inglés medio vacío con una mujer decrépita en la barra que les hizo insinuaciones que desatendieron con toda la educación de la que fueron capaces. Y la cerveza no fue Guinness y el whisky no fue Jameson. A la mañana siguiente, con otra resaca mayúscula, callejearon para intentar recordar el lugar donde habían aparcado el coche cargado con media armada rusa, y cuando por fin lo encontraron y se dirigieron a la carretera general, con una palmada en la frente lamentaron su falta de perspicacia, puede que directamente su estupidez: solo tuvieron que recorrer una manzana para darse de bruces con una taberna irlandesa rodeada de cubos de basura desbordados, signo inequívoco de la fiesta que tuvo lugar la noche anterior.

El trayecto de vuelta fue tranquilo. Escucharon toda la música que la radio del Seat Ronda fue capaz de sintonizar, especularon sobre los cambios que el nuevo proyecto supondría para sus vidas y echaron alguna cabezada alternativa. Pero la llegada a la M-30, como si se tratase de un reclamo, los excitó de un modo que hizo que se les olvidase cualquier plan que no fuera dirigirse sin tiempo que perder a la avenida de Brasil para ponerse manos a la obra con la decoración del Moby Dick. Siguiendo el proyecto que habían diseñado, utilizaron todas las piezas que habían traído de Cádiz y cubrieron el techo con las inmensas redes de pesca que, con los años, se acabarían convirtiendo en su rasgo más característico. Además, salpicaron las paredes del local con ballenas de madera que el propio Dani tallaba, arpones y flotadores.

Así que el Fraggle estaba traspasado y Moby Dick abría sus puertas con el Juez al frente. La pretensión de los socios era acreditar rápidamente el local como sala de conciertos, así que por su tarima pasaron artistas de renombre en aquella España de los noventa como Antonio Vega, fundador y miembro principal de Nacha Pop; Dover (antes de ser conocido); Los Secretos (con y sin el malogrado Enrique Urquijo); Los Refrescos, rebautizados como Peter Sellers, o Los Toreros Muertos. También se celebraban *jam sessions* como la del Maestro Simón (guitarrista del Gran Wyoming de la época del Maestro Reverendo) con Chavela Vargas. Y eso solo al principio, porque, con los meses, la nómina de grupos de rock patrio se quedó insuficiente y era frecuente ver a actuar a Ken Stringfellow de los Posies, Scott McCaughey de los Young Fresh Fellows o tener la oportunidad de conversar en la tarima del escenario con Mike Mills sobre sus conciertos en California con R.E.M.

Dos requisitos son imprescindibles para poder entender la importancia que llegó a tener el Moby: haber vivido en Madrid en los noventa y dos mil y pertenecer a la generación JASP (si no se recuerda el anuncio del Renault Clio que dio origen al acrónimo —Joven Aunque Sobradamente Preparado, es decir, aproximadamente la generación Z—, es que no se pertenece). Para quien haya vivido en Madrid en esa época pero esté fuera del rango generacional, las referencias mitológicas son la Sala Sol o el Balmoral. Para quien no haya vivido en el Madrid de entonces, no es exagerado compararlo con la sala Troubadour de Santa Monica Boulevard, donde cualquier día de la semana se podía ver improvisar a Linda Ronstadt, Jackson Browne, Joni Mitchell, los Eagles o Fleetwood Mac.

El caso es que la voz se corrió rápidamente por Madrid y la apuesta se convirtió en un éxito. El trabajo, que se concentraba de jueves a domingo, empezaba a dificultar los estudios del Juez que, aunque se esforzaba por sacarlos adelante, los iba relegando cada vez más. Pero es que encargarse de un local nocturno de éxito en Madrid, con su sueldo de adulto y sus grupis, que de todo había, eran una tentación irresistible para un chico de veintipico.

Solo tuvieron que pasar dos años para que la inversión que arriesgaron los socios estuviera cubierta por los beneficios del Moby y, como ya se sabe, el éxito siempre viene acompañado de ganas de más. Y por si la ambición de ese «más» necesitara de un empujón, el destino lo trajo en forma de local de dos plantas disponible para alquiler en la misma placita de la avenida de Brasil. Un empresario muy conocido de la noche madrileña había mostrado interés por hacerse con ese emplazamiento y la información le llegó a Alberto que, neurótico o previsor, según se mire, empezó a identificar los contratiempos que ese competidor les iba a ocasionar.

—¿Por qué no nos anticipamos? Ya hemos demostrado que sabemos hacerlo. ¿Por qué no nos lo quedamos y doblamos nuestro éxito?

—¡Si tuvimos que vender el Fraggle porque no podíamos con dos! ¿Ahora sí podemos? —dijo Dani, poniendo algo de cautela.

—Entonces no éramos dueños del Moby Dick. Estamos subidos a una locomotora que va a toda velocidad y que ya no se va a detener.

Si la flauta te ha sonado dos veces es difícil pensar que podría fallar en el siguiente soplido, así que solo faltaba la idea. Dani tenía en la cabeza un estudio de grabación para grupos, una especie de Abbey Road madrileño. El Juez, en cambio, imaginó una taberna irlandesa de dos plantas al estilo del The Oliver St. John Gogarty, en el barrio de Temple Bar en Dublín. Alberto no tenía claro el éxito de un local irlandés de esa dimensión en Madrid, pero, cuando el destino se pone testarudo, se acaba saliendo con la suya. En aquella época, Guinness adelantaba dinero para la apertura de locales irlandeses a los que, a continuación, distribuiría su cerveza en calidad de clientes. El dinero adelantado empezó a encariñar a Alberto con la idea del Juez sin saber que el idilio no había hecho más que empezar, ya que Murphy's, otra marca de cerveza negra irlandesa propiedad de Heineken, entró en liza y subió la oferta. Hasta tres veces se pisaron las pujas entre ellos para satisfacción de Alberto, que se estaba volviendo irlandés por momentos. Como aquella dinámica no parecía tener fin, para elegir proveedor se inclinaron por la recomendación técnica del Juez. Tanto la Guinness como la Murphy's que se distribuían en Irlanda se fabricaban con 4,2 grados. La diferencia entre ambas era que mientras Murphy's mantenía su graduación intacta en su distribución internacional, Guinness, que para el resto del mundo se producía en la fábrica de Londres, subía a seis grados. Según el criterio del Juez, una cerveza negra con esa diferencia de graduación iba a resultar difícil para el público español, así que se inclinaron por el contrato con Murphy's.

Pero el Juez no solo se había propuesto ser auténtico con la cerveza. La oferta de whisky, que en España era la bebida nocturna más popular mezclada con Coca-Cola, también sería irlandesa, y así, las botellas que habría detrás de la barra serían Jameson, Powers, Paddy, Tullamore Dew y Bushmills Black Bush. Y los discos que sonarían serían los Pogues, los Waterboys, los Cramberries, U2 y Kristy McColl. Y las bandas que actuarían serían los Dubliners o los Colonials, que se anunciarían cada San Patricio. Las camisetas de los camareros con la leyenda «Aquí no tenemos Ballantine's ni Johnny Walker ni J&B» se harían famosas en todo Madrid, y, al cabo de pocos meses, dos inspectores de Jameson se personarían en el local para interesarse por el tipo de distribución que hacía «el primer punto de venta de su marca en el mundo».

Y el local, como no podía ser de otra manera, se llamaría Irish Rover. Para ayudar con el acondicionamiento y el diseño, los ejecutivos de Heineken enviaron a un arquitecto de la casa. El tipo, una especie de «señor Lobo» que demostró ser un genio, solo estuvo en Madrid una mañana, tiempo suficiente para tomar medidas con un aparato láser que al Juez le pareció ciencia ficción. A la mañana siguiente, con el tiempo empleado en el viaje de vuelta incluido, mandó el proyecto completamente acabado con todas las explicaciones correspondientes. Con dos plantas diáfanas de semejante tamaño, la sensación del local siempre iba a ser desangelada, así que se inventó un concepto para habilitar estancias más pequeñas sin descuidar la armonía del conjunto. Lo que el cliente veía nada más entrar era la recreación de un pueblo irlandés, con sus tiendas, sus farolas y su ladrillo visto. Dentro de ese decorado permanente, la puerta de una taberna daba entrada al bar propiamente dicho con una dimensión mucho más asumible para los clientes de días más tranquilos. Desde la planta de entrada al nivel de la calle, a través de unas escaleras con una barandilla de madera como de mansión antigua se accedía en la planta superior a una recreación de un hogar irlandés, con su sala de estar, su biblioteca y hasta su chimenea. Es decir, más compartimentos. La barandilla de la escalera tenía continuación a modo de balcón por el que los clientes, al asomarse, veían el escenario desde arriba, como si de la plaza del pueblo se tratase.

Así que ya tenían local, diseño, proveedor y nombre para su segunda aventura. Gracias a que el Juez tendría que doblar el esfuerzo en la gestión y, además, la idea había sido suya, Alberto y Dani consintieron en que aportara un cinco por ciento de la inversión inicial, para lo que tendría que pedir dinero prestado a sus padres, cosa que no le importó en absoluto, ya que la oportunidad que le brindaban lo elevaría a la categoría de socio, por pequeño que fuera.

Cuando acabó la carrera en INEF y su dedicación era la gestión del Moby Dick y del Irish Rover a tiempo completo, el Juez empezó a frecuentar el gimnasio Zmork para mantenerse en forma, lo que en su caso equivalía a mantener un diámetro de bíceps mayor que el de Sylvester Stallone. En una de las sesiones, le llamó la atención un tipo de pelo rubio recogido en una coleta, con ojos claros y algo bizcos, un cuerpo de culturista profesional y una pantera tatuada en el bíceps. Volvió a verlo en los días siguientes, pero nunca se le ocurrió cruzar una palabra con él, porque alguien con ese aspecto, pensó, solo puede traerte problemas. Una mañana, al final de una sesión de pesas, el rubio le pidió al Juez que lo ayudara en las últimas repeticiones y, al acabar, se tomaron una cerveza en un bar que había en la misma manzana del gimnasio. Se llamaba Gerry y era irlandés. A partir de esa confesión, una ronda siguió a la otra y se acabaron contando sus vidas respectivas. El Juez le habló de su predilección por Irlanda y de su taberna irlandesa en Madrid. También presumió de sus grupos irlandeses favoritos, de todas sus cervezas y todos sus whiskies y del viaje que acababa de hacer costeado por Murphy's a lo largo del país para conocer la fábrica de Cork y los centros de distribución en Galway y Dublín.

Gerry llevaba poco más de un año en España y se ganaba bien la vida dando clases de inglés a ejecutivos de KPMG. Tenía un apartamento alquilado a la vuelta de la esquina del gimnasio, en la calle Orense, la misma en la que el Juez había vivido toda su infancia junto a sus padres y sus cinco hermanos, y, como era un fanático de la cerveza negra y del whisky irlandés, al despedirse se comprometió a visitar el Irish Rover y el Juez a una ronda por cuenta de la casa.

Aún coincidieron en el Zmork dos o tres semanas más y se tomaron unas cuantas cervezas en el bar de al lado antes de que Gerry se decidiese a conocer el Irish Rover. Nada más llegar, el Juez le presentó a Alberto, a Dani y a Juan y le sirvió una Murphy's «para el *tour* del visitante». La vuelta por las dos plantas dejó bastante impresionado a Gerry. «¡Esto es como volver a Temple Bar!». Y, como si de un destino inevitable se tratase, la visita acabó regada a base de Jameson en la barra de abajo al son de todos los grandes éxitos de los Pogues.

A partir de aquella noche, Gerry se convirtió en el mejor cliente del Juez, y Alberto y Dani agradecían sus visitas porque tenía la costumbre de llegar acompañado por una mujer imponente (y distinta cada vez) que se convertía en la atracción de toda la clientela masculina y en la envidia de la femenina.

—Oye, Gerry —le dijo un día el Juez, que ya estaba escamado—, estás muy cachas y eres muy simpático, pero no tanto como para estos monumentos que traes. ¿De dónde los sacas?

—Verás, Juez. Contacto con estas chicas por catálogos, no sé si me explico. Cuando quedo con ellas les digo que no estoy interesado en tener sexo, que me siento solo en una ciudad desconocida y que solo quiero pasar un buen rato en su compañía. Al principio se mosquean, pero, al final de una cita, digamos, convencional, se abren ante mi debilidad, me acaban contando su vida en justa correspondencia y reciben su dinero sin que les haya tocado un pelo. Eso despierta su interés. Así que, casi siempre, volvemos a quedar. Pero la segunda vez ya es gratis.

—¿Y aquí las traes de cliente o de galán?

—De todo, Juez, de todo.

La confianza que Gerry tenía con todos los empleados del Irish Rover era tal que el resto de los clientes pensaban que era parte del equipo. Y él lo interiorizaba de tal modo que, en un par de ocasiones, ayudó al Juez a sacar a la calle a alguno que había cruzado la raya de la simple pesadez. Solía quedarse hasta tarde dando conversación a cualquiera que estuviera detrás de la barra, pero, en ciertas noches con perspectivas que iban más allá de la hora de cierre, se los llevaba a todos a la discoteca Joy Eslava «por cortesía de KPMG».

Pero una semana Gerry no apareció ni un solo día por el Zmork ni por el Irish. Inicialmente el Juez no le dio importancia porque lo achacaba a trabajo, a un exceso de celo en los catálogos o a algún viaje inesperado a Dublín. Pero esa semana se convirtió en otra y luego en otra más hasta que transcurrió un mes sin noticias de Gerry. Con una preocupación que ya era indisimulable, el Juez decidió cortar por lo sano y preguntó a la recepcionista del gimnasio si su amigo irlandés seguía al corriente de las cuotas.

—¿No te has enterado? Hace dos semanas vino una mujer muy extraña con el pelo rojo. Y no me refiero a pelirroja. Era rojo como tu camiseta. Preguntó por la taquilla de Gerry y, como traía la llave, dejé que se llevara sus cosas. Al parecer, Gerry está en la cárcel.

—¿Cómo? ¿Y qué ha hecho?

—No tengo ni idea. Yo nunca pregunto. Le suele sentar mal a mi horario.

Aturdido por una situación que no cabía en su vida a menos que fuera en los titulares de algún periódico, el Juez volvió al Irish para compartir la impensable noticia con Alberto y los demás. Tener que enfrentarse a un amigo en la cárcel era algo que nunca había imaginado y que lo sobrepasaba. De camino, pensaba en todo tipo de hipótesis: «¿Habrá robado? ¿Estará metido en drogas? ¿Un asesinato? Y ¿por qué lo doy por culpable? Pues porque está en la cárcel. ¿Por qué iba a acabar allí si no?». Cuando llegó y se lo contó a los demás, nadie sabía qué hacer. O, mejor dicho, nadie estaba dispuesto a hacer nada. Todo el mundo tenía un amigo abogado, pero el trámite al que se enfrentaban parecía más complicado que pedir un favor por el recurso de una multa o por una escritura de compra-venta. Y, además, seguro que a esas alturas ya tendría quién lo representara. Después de todo, tampoco conocían a aquel tipo tan bien…

—Si está en Carabanchel, podrá recibir visitas, ¿no? Pues vamos a verlo y que nos cuente él mismo lo que ha pasado —dijo Juan, echando por tierra las maniobras de distracción de los demás.

—¡Eso es! —dijo el Juez—. Aunque no podamos hacer nada, al menos se alegrará de vernos.

Así que Juan y el Juez consultaron con un amigo abogado que había estudiado en el Maravillas y que, aunque trabajaba en un despacho importante, reservaba algo de tiempo para el turno de oficio.

—¡Joder, Juez! Desde que me licencié he tenido algún cliente del colegio, pero reconozco que ninguno tan interesante como tú. Para que podáis verlo, alguien tiene que hacerle llegar vuestra intención. A partir de ahí, debe ser él quien lo solicite. Yo se lo puedo trasladar, pero él tiene que estar de acuerdo y la institución penitenciaria lo tiene que autorizar.

Se mostraron conformes y esperaron noticias de su amigo para la fijación de la fecha de la visita, que no tardó en llegar.

—Desde luego, vuestro amigo va a estar doblemente agradecido.

La visita estaba programada para el 24 de diciembre.

Para un chico que ha nacido en la calle Orense, ha estudiado en El Viso y trabaja en un local a cinco minutos del Bernabéu, salir de la M-30 por General Ricardos no es algo habitual. Y si encima lleva el ánimo un poco encogido, la aparición de la cúpula de la cárcel de Carabanchel antes de coger la avenida de los Poblados, con sus galerías radiales de ladrillo visto, termina por situarlo en un terreno mental entre la incredulidad y la pesadilla. Lo bueno —pensó el Juez— era que el Seat Ronda no desentonaba con el resto de los coches aparcados en la explanada. Desde lejos, durante el paseo hasta la entrada por la puerta Fuenterrebollo, el estilo arquitectónico recordaba al Cuartel General del Ejército del Aire en Moncloa. «Es que es neoherreriano», apuntó Juan, intentando que sonara en un tono más propio de una visita a El Escorial que a la cárcel de Carabanchel.

Una vez acreditados, atravesaron un largo pasillo que desembocaba en una sala de espera desbordada de gitanos con bolsas de comida que aguardaban poder entregar a los reclusos para la Nochebuena. En ese momento no se dieron cuenta, pero, durante todo el tiempo que pasaron en esa sala, no se dirigieron la palabra el uno al otro. La voz de un policía llamando a la visita de Gerry los puso en pie como un resorte y, a través de una puerta metálica, accedieron a una sala con cabinas, cristales y teléfonos como las que habían visto cien mil veces en las películas. Al otro lado de una de las mamparas, un Gerry aparentemente mucho más tranquilo que ellos los esperaba con el teléfono ya descolgado.

Se saludaron con la mano en el cristal, tal y como habían visto hacer en el cine, y eso hizo que el Juez se sintiera un poco ridículo.

—¿Qué ha pasado, tío? ¿Cómo has acabado aquí?

Desde ese momento, Gerry se tomó su tiempo para detallar una historia de terror. Como cada viernes por la mañana esperaba a la señora que le limpiaba y le planchaba una vez a la semana. Tenía que levantarse a abrir porque dejaba siempre la llave echada por dentro y eso inutilizaba el acceso desde fuera. Y, además, porque no le gustaba dar las llaves de su casa a nadie por mucha confianza que tuviera. Ese viernes, hacía ya un mes, cuando abrió medio dormido, se encontró con una sorpresa. Por lo visto, la señora se encontraba mal y había mandado a su hija, una joven guapísima, o eso le pareció, que no parecía tener mucha experiencia limpiando. Sin ninguna gana de poner pegas y agotado por la fiesta de la noche anterior, dejó entrar a la chica advirtiéndole de que él seguiría durmiendo un rato más.

La chica se aplicó en la limpieza del resto de la casa y en la plancha y, cuando hubo acabado, entró en la habitación de Gerry que, extrañado, continuó haciendo como que dormía. Mientras ella curioseaba por la habitación sin limpiar ni ordenar nada, estaba tan cerca de la cama que Gerry podía percibir su olor sin esfuerzo. «Esta tía no solo quiere limpiar», pensó. Excitado por la situación y aún sin abrir los ojos, estiró el brazo para acariciarla en la pierna sin decir nada. Ella respondió sentándose en la cama y, como todos podían imaginar a esas alturas del relato, se acabaron acostando.

Satisfecho con su inesperado viernes matutino, se fue al gimnasio sin darle más importancia al asunto hasta que el domingo por la mañana volvieron a llamar a su puerta. Cuando abrió se encontró con dos jóvenes nerviosos que decían ser los hermanos de aquella chica. Uno empezó a insultarlo y a acusarlo de haberla violado, a lo que Gerry respondió que eso no era cierto y que el sexo había sido consentido. De hecho, provocado. El joven echó el brazo hacia atrás, con clara intención de golpearlo, y cuando Gerry ya estaba preparado para el cambio de puñetazos, el otro tipo intercedió intentando poner calma. Decía que el tema se podía arreglar con dinero. Gerry se negó en redondo manteniendo que no tenía nada de qué arrepentirse. «En ese caso, tendrás noticias». Y se largaron.

Cuando cerró la puerta de su casa tuvo la tentación de llamar al Moby para preguntar por algún amigo abogado, pero pensó que el tema no tendría ningún recorrido y no quería ponerse histérico. Probablemente esa fue una de las peores decisiones que había tomado en su vida, porque, a las cinco de la tarde, una pareja de la Policía nacional se presentó en su casa con una foto de la chica. Gerry reconoció haber mantenido relaciones sexuales con ella una vez. «¡Consentidas!», aclaró. Con su sinceridad esperaba que todo el asunto quedara resuelto. No podía estar más equivocado. Aquellos policías lo giraron, lo esposaron y se lo llevaron en un coche celular a la comisaría de la plaza de la Remonta. Después de haberle leído sus derechos y de tomarle los datos y las huellas, le informaron de que tenía derecho a una llamada, así que pensó que lo más eficaz (y discreto) era llamar a Lisa, una chica irlandesa que había conocido al llegar a Madrid y a la que la mutua compañía lo había unido como a un familiar postizo en el exilio. Como en ese momento no tenía a quién encomendar su defensa, le asignaron un abogado de oficio, que le recomendó no abrir la boca, no reconocer nada y no prestar declaración en comisaría bajo ningún concepto. Aquellos consejos llegaban una hora tarde, porque Gerry ya había reconocido ante los policías todo lo sucedido el viernes por la mañana. «Pues lo tienes jodido, amigo».

Mientras esperaba en el calabozo no podía creer lo que le estaba sucediendo. Todo era sórdido, pero cuando miró al suelo y vio sus zapatillas sin cordones y su muñeca con la marca del reloj, sintió pánico por primera vez. Al cabo de dos o tres horas fue llevado ante un juez de guardia y, en presencia del abogado que lo había atendido en comisaría, fue sometido a un careo con la chica. Nada más ver a Gerry en la sala del juzgado, la presunta víctima empezó a gritar y a llorar desconsolada, acusándolo de violador y de no se sabe cuántas cosas más. Gerry, desoyendo los consejos de su abogado, se hizo fuerte en su versión de que no tenía nada que ocultar y volvió a confirmar, esta vez ante el juez, conocerla y haber tenido sexo con ella. Cuando terminó el drama que, según Gerry, era completamente fingido, fue trasladado a un calabozo.

Al cabo de una hora, el abogado bajó a su encuentro y le informó de que el juez había dictado prisión preventiva sin fianza. Su testimonio, combinado con su apariencia física y la camisa vaquera sin mangas «de domingo en casa sin nada que hacer» que llevaba, habían ayudado poco a los ojos del juez. El resultado final de la pesadilla fue el traslado a Carabanchel hasta que quedara fijada la fecha del juicio.

—¿Y cuánto tiempo te pueden tener aquí sin que haya una sentencia?

—Pues creo que dos años.

Las caras del Juez y de Juan eran un poema y contrastaban con el cuajo que exhibía Gerry.

—¿Y cómo es la vida ahí dentro? ¿Acojona? —preguntó Juan.

—No te creas —contestó casi flemático—. No se parece a las películas. Aquí todo el mundo va a lo suyo. Hay un gimnasio, y eso me ayuda a estar tranquilo. Por lo demás, procuro pasar desapercibido.

—¿Te podemos traer libros o algo parecido?

—No. Solo necesito una cosa. Apuntad el teléfono de una amiga. Se llama Lisa. Es irlandesa y una especie de hermana para mí en España. Ella se está encargando de mis cosas y no va a poder hacerlo sola. Echadle una mano, por favor.

—¿Y por qué no sabíamos nada de ella hasta ahora?

—Cuando la conozcáis lo entenderéis. Digamos que no es vuestro estilo de mujer.

—Descuida, la llamaremos. ¿Y tu abogado?

—Es muy bueno. Me lo han recomendado muchos de los que están aquí.

—Joder, Gerry, si tiene tantos clientes ahí dentro, tan bueno no será —dijo Juan sarcástico.

—Déjame a mí eso. Me convence, y tengo que sentirme seguro de algo en esta pesadilla.

—Vale, vale. Lo que tú digas.

Y tras una pausa en silencio que les hizo sentir incómodos, se despidieron:

—Bueno, nosotros nos vamos ya. —Antes de levantarse, el Juez miró a su alrededor y no pudo evitar tratar de reconfortar a su amigo—. Y feliz Navidad, tío. O lo que sea que se diga en un sitio como este.

Mientras se alejaban de aquel monstruo de ladrillo y granito, los dos amigos no sabían qué pensar.

—¿Tú crees que dice la verdad? —preguntó Juan—. Si fuera así, ¿por qué iba a mandarlo el juez a ese agujero? Y sin fianza. Algo tiene que haber visto.

—No lo sé. Seguramente intenten proteger a la parte débil de todo esto. ¿Tú lo crees capaz?

—No lo conozco lo suficiente, Juez. Pero sí te digo que, si dice la verdad, esta es una de las mayores putadas que te pueden pasar en la vida.

—Y si miente, es un hijo de puta. Pero es nuestro amigo, así que yo elijo que dice la verdad.

Cuando llegaron al piso de la avenida de Brasil, llamaron a Lisa, quien, precavida, dedicó mucho más tiempo del esperado a que los amigos de Gerry se acreditaran. Por lo visto, había recibido llamadas de un hombre que afirmaba ser hermano de la chica y desconfiaba de todo aquel que no conocía. Dos días más tarde, una mujer con «pinta extraña y el pelo rojo» entró por la puerta del Irish. Llevaba un macuto que abultaba más que su escuálido cuerpo con la ropa de Gerry.

—He tenido que vaciar su piso y no sé dónde meterlo todo. Esto es solo la ropa, pero hay aparatos de gimnasia, algún mueble, cosas de cocina… El ordenador se lo llevó la policía. Yo no tengo sitio libre para todo esto.

—No te preocupes. Nosotros lo guardamos en el almacén. Si nos dices dónde vives, nos encargamos del transporte.

—Gerry no es capaz de eso que dicen —dijo con una especie de congoja súbita—. Lo conozco bien. Se le dan bien las mujeres, pero nunca forzaría a ninguna. Y menos aún le haría daño. Vosotros tenéis pinta de estar bien conectados. Buscadle un buen abogado que lo saque de este lío.

Les apuntó su dirección en una servilleta y se marchó.

Al cabo de dos días Lisa volvió a llamar al Irish preguntando por el Juez.

—El tipo sigue llamando. Quiere dinero. Por teléfono no consigo sonsacarlo. Ni siquiera estoy segura de que sea quien dice. Lo he hablado con Gerry. Él cree que si puedo forzar un encuentro en persona, tal vez sea capaz de liarlo. Me ha dado la descripción para asegurarme de que es el mismo tipo que lo fue a chantajear a su casa.

—Y supongo que vas a grabarlo, claro.

—Su abogado me ha dado una grabadora del tamaño de un monedero que puedo llevar en el bolso. Pero no quiero ir, y menos sola.

—Pero, Lisa, puede que sea la única oportunidad que le quede a Gerry. Por supuesto, yo estaré allí vigilando, total, ya no me importa tener un poco más de papel en esta especie de película de espías. Lo que sí tienes que hacer es concertar la entrevista en un lugar público, donde se le quiten las ganas de hacer tonterías y yo pase desapercibido.

—No sé. Deja que lo piense —zanjó ella.

Esa misma noche Lisa volvió a llamar. Había cerrado el encuentro con la voz desconocida a las diez en punto de la mañana siguiente en la cafetería del hotel Cuzco, «a diez minutos andando desde el Irish». El Juez se alegró de la decisión y, siempre precavido, incorporó a su «plan de contraespionaje» a uno de los aparcacoches del turno de fin de semana, Paco el Puertas, que era Policía municipal suspendido de empleo y sueldo.

(En aquellos años, la policía de Madrid estaba obsesionada con bandas que atracaban bancos, joyerías y otros establecimientos con el método conocido como «alunizaje», consistente en estampar contra un escaparate un todo terreno robado, hacer acopio de todo cuanto pudieran y huir a toda pastilla en un coche rápido, normalmente Mercedes o BMW. La policía de Madrid no sabía cómo frenar este tipo de robos y su reputación se resentía. Paco el Puertas era uno de los que más harto estaba de aquellos tipos que solían irse de rositas. Una noche, Paco y su acompañante recibieron el aviso de un BMW en huida por Embajadores. Al cabo de pocos segundos, el coche anunciado se cruzó por delante de ellos dando inicio a la persecución. Cuanto más avanzaban, más se distanciaba el bólido y Paco se desesperaba. Antes de que entraran en la M-30 y el coche desapareciera definitivamente, Paco pidió a su acompañante que sujetara el volante y, sin dejar de apretar el acelerador, se asomó por la ventanilla del conductor y empezó a disparar. En ese momento, el motor de su Renault empezó a echar humo y el coche se detuvo. Los volantazos y la falta de equilibrio habían provocado que disparara a su propio coche, dando así fin a la persecución y consiguiendo una merecida suspensión).

Para preparar la cita, el Juez se dio una vuelta por la cafetería del hotel y convocó a los otros dos en el Moby a eso de las nueve de la noche, con margen para que Lisa hubiera salido del trabajo.

—Yo me sentaré en la barra y Paco estará dos mesas a tu izquierda —dijo el Juez señalando un mapa que había improvisado de memoria en la trasera de un folleto—. Lisa, tú esperarás sosteniendo la carta de desayunos que hay en cada mesa. Si el tipo que se te acerque no concuerda con la descripción de Gerry, tiras el menú sobre la mesa y nos vamos de allí cagando leches.

—¿Y la grabadora? —apuntó Lisa.

—Deja el bolso sobre una silla a tu lado. Si el tipo se lo encuentra sobre la mesa, desconfiará desde el principio y el encuentro no valdrá para nada.

A las nueve y media, Lisa, Paco y el Juez estaban en sus posiciones y llevaban dos cafés con leche cada uno. La inspección a la que sometían los tres a cada individuo que entraba hacía que todo el plan resultara cómico. A las diez menos diez, dos tipos jóvenes se aproximaron a la mesa de Lisa, que sostenía el menú como le habían indicado. Cuando se sentaron con ella no lo soltó. Estuvieron hablando veinticinco minutos, en lo que desde fuera parecía un tono tranquilo hasta que, sin ningún gesto de despedida, se levantaron y se fueron.

No se reunieron los tres en la mesa de Lisa hasta que estuvieron seguros de que aquellos tipos estaban ya fuera del alcance de su vista en dirección hacia plaza de Castilla.

—Quieren cinco millones de pesetas. Se piensan que Gerry es camello. Dicen que con eso retiran la querella y se arregla todo. He intentado que reconocieran que a su hermana no le había pasado nada, que todo era un engaño desde el principio, pero no han dicho una palabra los hijos de puta.

Cuando hubieron comprobado que la grabación tenía la calidad suficiente, Lisa se comprometió a llevársela al abogado y les agradeció la compañía. Por supuesto, el Juez pagó los cafés de todos.

Esa misma tarde, Lisa se pasó por el Irish para contarles la visita al abogado.

—Dice que, aunque tuviéramos el dinero, pagar sería una estupidez. Que la causa ya está iniciada y que, por mucho que retiren la querella, la Fiscalía procedería de oficio. Lo que sí va a hacer es llevarle la prueba al juez, a ver si con eso saca al menos la posibilidad de que fije una fianza.

El abogado seguía sin inspirar confianza al Juez, aunque lo que había dicho tenía sentido. Sin embargo, a los tres días, Lisa volvió a traer noticias decepcionantes. El abogado había llevado la grabación al juzgado para incorporarla al sumario. El peligro era que el juez, una vez hubiera escuchado el contenido de la cinta, podría validar el indicio de extorsión o, en sentido contrario, interpretar que era Lisa la que estaba intentando sobornar a los hermanos de aquella chica y abrir una pieza separada. Cuando el abogado le contó todo esto a Gerry, este se negó a poner a Lisa en peligro y renunció al uso de la grabación. Así que, sin más pruebas que aportar, se quedaría en prisión preventiva hasta que estuviera fijada la fecha para la vista oral.

Para el régimen de visitas a Carabanchel, Juan y el Juez se turnaban con Lisa, de modo que les tocaba cada dos meses. A la tercera visita, la carretera, la entrada, la sala de espera y los locutorios empezaron a parecerles cotidianos. Gerry estaba visiblemente más delgado, pero seguía manteniendo la misma calma.

—He conocido a un tipo que te encantaría —le dijo Gerry al Juez—. Es igual de grande que tú y también estudió de pequeño en un gimnasio deportivo. Deberías verle las manos. Es algo increíble. En vez de nudillos tiene como dos injertos de acero de darle hostias a una viga en el gimnasio. Es húngaro.

—¿Y por qué está un húngaro en una cárcel española?

—Ha tenido muy mala suerte en la vida. Pero escucha esto. ¿Sabes cómo lo conocí? Estábamos en la misma mesa con bancos corridos del comedor y desde el otro extremo escucho que empieza a silbar «A Rainy Night in Soho». Le pregunto: «¿Y tú por qué conoces esa canción?».Y resulta que el cabrón se sabe todas las canciones de los Pogues porque era habitual de una taberna irlandesa en Budapest. ¿Lo puedes creer? Le gusta mucho la música. Le he hablado de vosotros, del Moby y del Irish Rover.

—No te ofendas, Gerry, pero no sé si la población que está ahí contigo es nuestra clientela ideal…

Finalmente, la fecha para el juicio se fijó para octubre, cuando ya había pasado casi un año desde el encarcelamiento. Hasta doce empleados de Moby Dick, la mitad de ellos chicas, aparte de Lisa, abarrotaron la sala de la Audiencia Provincial para acompañar a Gerry, en parte por compromiso personal y en parte porque el abogado lo había aconsejado para fortalecer la imagen de Gerry frente al tribunal. La sentencia fue como si un yunque los aplastara a todos: doce años de condena de los que, como mínimo, cumpliría cuatro en prisión.

La cara de Gerry en el locutorio era un poema. Toda la calma que había tenido hasta entonces se evaporó y los músculos de la cara se le descolgaron como si hubiera cumplido treinta años en dos semanas. Ni Juan ni el Juez sabían qué decir.

—Os tengo que pedir un favor.

—Lo que sea, Gerry.

—¿Os acordáis del húngaro del que os hablé? Lo van a soltar en libertad condicional la semana que viene. Es un tipo legal y no conoce a nadie en Madrid. En Budapest trabajó en un club y le vendría bien una ocupación, aunque sea por horas y sin contrato. Es fresador, pero no le va a resultar fácil emplearse con eso. Le he dicho que os visite.

—¡Claro! ¿Y cómo se llama?

—Su nombre es József.

La entrada de József por la puerta del Irish Rover fue un acontecimiento. Todo el mundo lo esperaba y, a pesar de las advertencias de Gerry, el asombro fue mayúsculo. Era una mezcla entre Tom Hardy, Billy Gibbons sin barba y Luca Brasi. Cuando preguntó por el Juez y lo esperó sentado en la barra de abajo, la chica que atendía echó a correr en dirección al despacho de atrás. «¡Tiene las manos como mazas!».

József y el Juez hicieron buenas migas desde el principio. Por otra parte, enseguida demostró las habilidades que decía haber adquirido en el club de Budapest: ayudaba como portero en la entrada sin perder los nervios ni una sola vez (es verdad que nadie nunca se atrevió a ponerlo a prueba), se anticipaba al transporte de cajas con botellas y controlaba con minuciosidad las anotaciones de pedidos y existencias. Pero lo que más le gustaba era la cabina de Juan en el Moby. Lo veía mezclar música y se le iluminaban los ojos. Cuando Juan había terminado y el local se vaciaba, se metía en aquel cubículo diminuto, extraía los vinilos y se quedaba extasiado contemplando las portadas y los sobres interiores con las letras de las canciones. Un día, después de una actuación, le dijo a Juan que alguna vez le gustaría pinchar un rato, antes de que el local se abarrotara en las horas punta.

—Ya nos dijo Gerry que te gusta la música irlandesa, y eso está bien para el Irish. ¿Controlas otros estilos? —preguntó Juan.

Uno por uno le fue enumerando los grupos más influyentes de la historia de la música pop y rock y sus mejores discos. También conocía *crooners* como Sinatra, Tony Bennett, Neil Diamond o Burt Bacharach. El problema era que no conocía nada de la música española.

—No te preocupes —lo tranquilizó Juan—. De esa ya me encargo yo. Una tarde de estas te pondré a prueba, a ver de qué eres capaz.

Cada día, a su llegada al Irish, lo acompañaba una chica morena de media melena rizada, bastante guapa y con un cuerpo realmente llamativo. Era tímida, casi nunca hablaba con nadie y vestía según la moda de hacía cinco años o más. Cuando habían pasado unos minutos, y siempre sin tomar nada, se marchaba dejando trabajar tranquilo a József. Se llamaba María y era su mujer.

—No sabía que estabas casado.

—Hay muchas cosas de mí que no sabes, Juez.

No pasó mucho tiempo antes de que József fuera considerado uno más por todo el equipo del Irish y del Moby, aunque con los que más tiempo pasaba era con el Juez, que se había jugado el tipo incorporando a un expresidiario, y con el Puertas.

Una madrugada de domingo, cuando József ya había recogido todo y los demás se habían ido a casa, el Juez, que había terminado con el arqueo de la caja, invitó a una ronda de chupitos de Jameson.

—Me he estado fijando y me alegra que hayas encajado tan bien. —inició una última conversación el Juez.

—Me gusta mucho este sitio —dijo József con la mirada clavada en el whisky—. Juan, el Puertas, las chicas… Me recuerda a Budapest.

—No sé nada de tu vida anterior. Solo lo que me dijo Gerry, que habías tenido mala suerte.

—No creo que haya sido mala suerte. Probablemente he tomado malas decisiones encadenadas. —Y continuó en silencio, sujetando el vaso de chupito, que en aquellas manazas parecía la vajilla de una casa de muñecas.

Cuando el Juez había apurado el Jameson y se había dado la vuelta para terminar de cerrar, József agarró la botella, sirvió otra ronda y empezó a hablar. Era muy tarde (o muy temprano, según se mire), pero el Juez estaba tan sorprendido que, a pesar del cansancio, aceptó sin mover un músculo. Al principio estaba atónito con la precisión y la claridad de los recuerdos de József, pero a partir de un punto de la narración puso sobre la mesa el bloc de los pedidos y empezó a apuntar. Algo que a József no pareció importarle en absoluto.

—Empezaré por contarte por qué tuve que huir de Budapest escondido en el Orient Express.

—¿El tren que va a China?

—¡Ese es el Transiberiano! Joder, Juez, no sé qué coño os han enseñado en ese colegio tan pijo. Mi vida era la de un chico de barrio industrial de cualquier país del Pacto de Varsovia antes de la caída del muro…

Primera parte

HUNGRÍA

El camino de vuelta siempre era frío. Incluso en primavera. El viento y la humedad del Danubio durante el kilómetro y medio que recorría en bicicleta desde el gimnasio del estadio Béke téri hasta la casa de su padre en la calle Károli Gáspár, con el pelo mojado y el cansancio acumulado, se le infiltraban en los huesos y después era muy difícil entonarse durante la comida. Era lo peor de la isla de Csepel, en el distrito XXI, único de los veintitrés que no formaba parte ni de Buda ni de Pest. Al estar rodeada por el Danubio y uno de sus principales afluentes, el Ráckevei Soroksári-Duna, el frío y el viento eran constantes. Lo mejor era la belleza del río y sus puentes, la elegancia de su arquitectura y sus arboledas frondosas, impropias de un barrio puramente industrial.

Su padre, Jakob, era fresador en una acería al norte de la isla, y József aprendió el oficio cuando terminó la educación obligatoria a los dieciséis años. Jakob era un hombre corpulento de hombros anchos y mentón prominente. Tenía ojos claros y caídos que le conferían una mirada triste. Sus enormes y ajadas manos de obrero contrastaban con su pelo casi rubio, como de príncipe. Era un hombre callado, más por reflexivo que por tímido, y toda su sabiduría acumulada, que procedía de la experiencia más que de la lectura, se la intentó transmitir a su hijo manteniendo siempre la voz baja.

Jakob y József vivían solos en un ramal residencial de Csepel en una de las viejas casas unifamiliares de colores apagados, desconchones, teja nueva y verjas oxidadas alineadas a lo largo de la calle Károli Gáspár. Un pequeño recibidor ajardinado daba algo de aire a la entrada principal de la vivienda, que constaba de dos habitaciones, ambas con ventana a la altura de la calle, una minúscula cocina y un salón suficiente, también exterior, presidido por una televisión razonablemente moderna. El paisaje provocaba en el visitante sensaciones contradictorias. Por un lado, la frondosa arboleda recordaba a los mejores barrios de las capitales centroeuropeas, pero, por otro, las aceras y la calzada principal, cosidas a parches y grietas, y los indisimulados cables de alta tensión, liados como una tela de araña sobre las viviendas, parecían estar allí para recordar que ni aquello era Suiza ni los vecinos banqueros.

La casa de Jakob y József no era ni mejor ni peor que las de su entorno, lo que equivale a decir que no tenían estrecheces económicas, pero tampoco sobraba mucho. La madre de József murió cuando él aún no tenía capacidad para almacenar un solo recuerdo propio, así que su padre, que la añoraba por los dos, se los fue implantando a través de fotos antiguas e historias hasta que el chico era incapaz de distinguir lo que vivió realmente de lo que le habían contado.

A diferencia de sus compañeros en la fábrica, que apenas pasaban tiempo con sus hijos, Jakob no iba a ninguna parte sin el suyo. La soledad de József lo obsesionaba y la única forma de acallar el zumbido de su conciencia era multiplicarse para estar presente. Como la escasa oferta de ocio en Budapest era para adultos o requería una erudición impensable para Jakob, intentó exprimir la mejor baza a su alcance: su amor por el fútbol. Aficionado al Ferencváros desde niño, conocía todos los equipos nacionales y europeos, los jugadores y, lo más importante, sus historias. En el trayecto al estadio, especialmente en partidos de competición europea, apabullaba a su hijo con anécdotas del Manchester United, del Real Madrid o del Bayern de Múnich. A József aquellas historias le entusiasmaban, pero por motivos distintos de los que su ingenuo padre creía. Con la pretensión estéril de aficionar a su hijo al fútbol —no lo consiguió—, Jakob, sin saberlo, estaba sembrando en su cabeza la semilla de la fascinación por la cultura occidental.

La buena noticia para aquel padre desorientado era que, para averiguar la verdadera pasión de József, solo tenía que observarlo frente al televisor. Con cada combate de boxeo, espectáculo de lucha libre o película de Bruce Lee, el niño se desbordaba de excitación. Imitaba los golpes y los gestos de los luchadores, derrotaba rivales invisibles, encajaba puñetazos imaginarios y se alzaba con cinturones de campeón delante de un público que lo aclamaba en su cabeza. Hasta tal punto Jakob comprendió que la batalla por el interés de su hijo estaba perdida que, resignado, le fabricó en la acería unos miniluchakos forrados de cuero que él mismo cosió a mano.

En el colegio, su enorme corpachón avalaba su vocación y sus compañeros parecían pigmeos a su lado, así que, un poco porque tenía verdadera facilidad y un poco porque lo fueron dirigiendo, se convirtió en una estrella de cualquier disciplina que requiriera músculo, habilidad y pegada. Boxeo, lucha, kárate... En las competiciones con otros institutos siempre traía algo para el distrito XXI. Cuando se terminó el espacio en la repisa de su cuarto, Jakob empezó a apilar los trofeos en cajas y después directamente los tiraba. Al principio eran valiosos y lo llenaban de orgullo paterno pero poco a poco se fueron convirtiendo en un incordio y József nunca hubiera notado la diferencia.

Al terminar el instituto y empezar con el aprendizaje del oficio de fresador, su tutor de último curso lo inscribió en el Csepel FC, un club de fútbol de segunda categoría en Hungría que tenía un estadio en la isla e instalaciones para otros deportes, entre ellos lucha y boxeo. Algunos de los medallistas olímpicos húngaros en ambas disciplinas pertenecían a aquel club que se convirtió en una segunda casa para József.

El chico fue acogido con recelo por sus compañeros de gimnasio, pero con ambición por los entrenadores. Uno de ellos, que había sido campeón olímpico de boxeo y que era experto en lucha y kárate, era el encargado de buscarle hueco entre los grupos. A simple vista, el peso de József no encajaba entre los alumnos de su edad así que tuvo que asignarlo a un grupo un par de años mayor que él. No tardó mucho en comprobar que el peso no era la única ventaja que otorgaban dos años de antigüedad y las tundas que recibía en los guanteos y en el resto de los ejercicios eran monumentales.

—La desventaja que tienes con los otros también es parte de tu preparación —le repetía el entrenador—. Enorgullécete de cada uno de esos moratones porque son los que te van a mantener en pie en el futuro.

En el gimnasio no disponía de demasiados lujos: una taquilla propia con un candado que tenía que traer de casa, duchas comunes (unos días sin agua caliente y otros sin agua en absoluto) y una pequeña enfermería. La sala de entrenamientos, en cambio, era imponente. Con la amplitud propia de cualquier instalación incrustada en un estadio de fútbol, tenía el suelo típico de listones de madera muy desgastados, unos cuarenta sacos a cada lado con la holgura necesaria, algunos de ellos parcheados con cinta aislante, y estaba presidida por un cuadrilátero que también hacía las veces de tatami. La luz blanquecina de los fluorescentes era permanente y nadie nunca vio en movimiento las aspas de los enormes ventiladores que colgaban del techo. Los ventanales corridos en la parte superior de las paredes aportaban algo de luz exterior, pero nunca estaban abiertos, por lo que el olor a sudor y a linimento se hacía irrespirable al final de la jornada.

La liturgia de cada mañana era invariable: llegaba en bici de madrugada con la equipación en una mochila, se cambiaba rápido para evitar más exposición de la imprescindible a la temperatura gélida del vestuario a esas horas, se vendaba las manos, entraba en la sala de entrenamientos y, sin preguntar a nadie, a discreción, hacía media hora ininterrumpida de comba. Después, una vez se había completado el grupo, el entrenador dirigía un calentamiento físico de otra media hora con todo tipo de ejercicios de brazos, hombros y piernas. Cuando todos habían roto a sudar, hacían tres asaltos de sombra de boxeo, dos o tres katas dirigidas por el entrenador y ejercicios técnicos por parejas, primero de combinaciones de movimientos, golpes y esquivas de boxeo, y después de kárate, que también eran dirigidas. Tras solo un minuto de descanso para hidratarse, los alumnos se distribuían por los sacos, procurando elegir siempre el mismo con una rutina supersticiosa, y hacían cuatro asaltos de boxeo y tres de kárate.

Pero lo que todo el grupo esperaba era el combate. Alternando boxeo y kárate, se enfrentaban en parejas arbitrarias decididas por el entrenador. Si eran de boxeo, con guantes; si eran de kárate, con las manos vendadas y los pies descalzos y siempre con bucal y casco. Los combates de boxeo eran al mejor de tres asaltos a juicio del entrenador y los de kárate al primero en conseguir ocho puntos (tres por *ippon*, dos por *waza-ari* y uno por *yuko*).

Después, las sensaciones de triunfo o derrota se igualaban con quince minutos de ejercicios abdominales y, finalmente, estiramientos. Aunque eso era para los demás, porque a József, por indicación del entrenador, aún le esperaban otros quince minutos golpeando con ambos puños una viga de madera de un metro de larga por cincuenta centímetros de ancha y sesenta de alta que colgaba del techo por dos cadenas de hierro. Los primeros días los nudillos se le abrieron y el dolor era insoportable. Pero la indiferencia del entrenador y el paso del tiempo hicieron que los ocho montículos quedaran cubiertos por dos bloques óseos homogéneos y piel callosa.

Una vez duchado y con ropa de calle, recorría en bicicleta los cuatro kilómetros que separaban el estadio y la acería donde trabajaba su padre y asistía a la formación como fresador hasta el almuerzo en la propia cantina de la fábrica.

Las tardes las pasaba con dos amigos del gimnasio y el tedio de vivir en un país donde no había mucho que estuviera permitido. Uno era hijo de inmigrantes georgianos y se llamaba Nino. El otro era un compañero del colegio dos años mayor al que todos llamaban Bruce por los ruiditos ridículos que hacía al golpear el saco. Para matar el tiempo, los tres amigos se tenían que conformar con las historias de Nino de su país, sobre todo de hazañas de rugby y ciclismo (que a ninguno de los otros dos interesaba lo más mínimo) y con los sueños de József de viajar a Europa y América cuando fuera a competir por una medalla olímpica.

Y eso que no podían tener demasiada queja porque la Hungría de János Kádár como secretario general del Partido Comunista era una especie de vanguardia aperturista entre los países del Pacto de Varsovia. Alzado a la dirección del país tras el aplastamiento por parte de la Unión Soviética de la revolución del cincuenta y seis, Kádár lideró una represión implacable que acabó con la ejecución de muchos revolucionarios. Sin embargo, seducido por la economía de mercado y los bienes de consumo, fue dando síntomas de apertura hasta la implantación de lo que se conoció en la época como «comunismo *gulash*». El comercio con algunos países occidentales, excepcional en el bloque del Este, propiciaba importación de tabaco americano y whisky escocés e irlandés, la publicación de periódicos y revistas internacionales y la apertura de clubs con música de bandas inglesas o americanas, restaurantes italianos y pubs irlandeses.

Aunque el principal problema que tenían esos clubs no era la dictadura comunista precisamente. De una población de unos diez millones de habitantes en Hungría, la minoría gitana solo representaba el cinco por ciento y estaban aislados en sus propios territorios. Pero algunos elementos de esa minoría, que era puro lumpen sin mucho que arriesgar ni futuro alguno, se agrupaban en bandas mafiosas dedicadas al tráfico de droga. La vida, la propia y la de los demás, carecía de valor para ellos, y eso los convertía en muy peligrosos. Para ganar dinero, las bandas gitanas tenían que abandonar su aislamiento y llevar su producto allí donde se concentraban sus potenciales clientes, que no era otro sitio que los clubs nocturnos. Una vez se hacían con uno, como un virus apoderándose de un organismo sano, lo aseguraban como centro habitual de tráfico y ahuyentaban a los clientes de mayor nivel adquisitivo, provocando el deterioro del ambiente del local y, a la larga, el cierre.

Pero József y sus amigos vivían ajenos a todo aquello. Sus mañanas discurrían entre el gimnasio y la fábrica, y las tardes las dedicaban a soñar con competiciones en el extranjero, con asistir a proyecciones de películas americanas, con escuchar discos de grupos ingleses y con comprarse unas Nike.

Aparte del trabajo en la acería, el padre de József se ganaba un sobresueldo haciendo pequeñas obras para los vecinos de Csepel durante el fin de semana. Tenía dolor crónico en la espalda y la envergadura de su hijo le venía bien para transportar peso a cambio de una propina que József, en cualquier caso, no sabía dónde gastar. Así que, a falta de emplear mejor su tiempo libre, aprendía dos oficios y pasaba tiempo con su padre.

En el gimnasio, la aparente facilidad con que superaba rondas y se deshacía de rivales en las competiciones contra otros clubs deportivos de la ciudad se volvía un tormento para sacar adelante combates cuando se trataba de competiciones nacionales. La presión que tuvo que soportar desde muy niño lo abrumaba. Ningún resultado que no fuera la victoria era aceptable y llegó a maldecir su complexión, ese don que lo apartaba de los chicos de su edad y que lo sometía a la obligación de devolver éxitos en consonancia. Su entrenador se desesperaba. Tenía delante de sus ojos un prodigio físico que adolecía de una falta de personalidad asombrosa a la hora de aspirar a éxitos mayores.

El paso de los años iba resignando a József y reduciendo la expectativa de clasificarse para competiciones internacionales de boxeo o kárate y se conformaba con sus frecuentes éxitos en las locales: «Si a mi edad no soy aspirante a competición olímpica, es que ya no lo seré». Y cuando uno se aleja de la férrea disciplina que acompaña a los deportistas con pretensiones de pertenecer a la élite, se vuelve un joven normal con la mentalidad y las jerarquías propias de su edad. Así que aquellos chicos empezaron a abandonar la burbuja de los entrenamientos y el gimnasio para salir al mundo. Inicialmente su liberación se reducía a largos recorridos vespertinos por la isla, a veces andando y otras en bici. Pero era cuestión de tiempo que acabaran conociendo bares como el Beckett's, un pub irlandés donde descubrieron la Guinness y los Pogues.

El encargado de Beckett's era un joven irlandés pelirrojo, Declan O'Callaghan, al que los dueños del pub donde trabajaba en Dublín, el Dalkey, habían enviado Budapest para encargarse de la gestión. Las ganas de aventura e independencia de Declan se marchitaron a su llegada a la ciudad el 1 de enero del año anterior, con la calle cubierta de nieve y un frío que dolía. Pero la primavera y el disfrute de una cierta libertad que no esperaba en Hungría convirtieron tres meses de período de prueba en seis. Y esos seis en año y medio.

Cuando conoció a József, Declan no pudo evitar hacerse su amigo. Su corpachón le llamaba la atención, pero lo que más le gustaba de él era el ansia por saber. Le descubría canciones de los Waterboys y le contaba historias de John Ford y, cómo no, de rugby. Una de sus favoritas sucedió en 1972. Según Declan, las amenazas del IRA durante los *Troubles* habían impedido la celebración de los partidos de Irlanda como anfitrión contra Escocia y Gales, ya que ambas selecciones se habían negado a viajar. Tan herido quedó el orgullo irlandés que, solo un año más tarde, la selección de Inglaterra (¡¡de Inglaterra!!) se llevó una ovación de cinco minutos en Dublín por el mero hecho de comparecer. Los ingleses perdieron por 18-9 y su capitán, al finalizar, dijo: «Puede que seamos malos, pero, por lo menos, nos presentamos».

A pesar de resultar bastante caro, József y sus amigos eligieron el Beckett's como una especie de santuario donde el exceso de Guinness convirtió sus cuerpos de adolescentes esculturales en homogéneos bloques de músculos pasados de peso y el exceso de letras de Shane McGowan, que Declan les traducía («*They've got cars big as bars. They've got rivers of gold. But the wind goes right through you, it's no place for the old. When you first took my hand on a cold Christmas Eve you promised me Broadway was waiting for me*»), transformó su complaciente resignación en un incontrolado deseo de salir a conocer el mundo.

Lo malo era que, por mucho que quisieran viajar por Europa y Estados Unidos, su vida se reducía principalmente a un gimnasio donde no había muchas novedades. Pero alguna sí. Una mañana, llamó alguien a la puerta del entrenador. Se trataba de un hombre de unos cincuenta años, con ropa elegante, pero con un par de tallas de más, pelo negro claramente teñido peinado con gomina y unas gafas oscuras que no se quitó en ningún momento. El hombre se presentó al entrenador, dejó una tarjeta de visita sobre la mesa y ambos estuvieron un buen rato charlando. Poco después, cuando el grupo terminaba la sesión de comba, el entrenador invitó al visitante a asistir al entrenamiento. József estaba intranquilo. Aquel hombre podía ser policía o un cazatalentos para el equipo olímpico. Si el caso era el primero, con él no iba la historia, pero si era el segundo, aquella podía ser su última oportunidad de dar un salto competitivo.

El tipo no perdió ojo de nada de lo que sucedía allí dentro e incluso se quedó a ver a József aporrear aquella viga como si le debiera dinero. Al acabar, uno se fue al vestuario y otro se dirigió al encuentro del entrenador. Cuando József ya estaba dispuesto a meterse en la ducha, una voz ronca lo reclamó al despacho.

—Mira, József. Te presento al señor Lázló Kovács. El señor Kovács regenta un club en el distrito II llamado Fortuna. Está buscando un responsable de seguridad y tu perfil le encaja. El sueldo es bueno y yo que tú lo escucharía.

Con un simple apretón de manos, las aspiraciones de József de convertirse en campeón olímpico se apagaron para siempre.

—Encantado, hijo —dijo Kovács—. Verás, el Fortuna es un club elegante con clientela fija, y quiero que siga siendo así. Hasta ahora no he tenido mucha suerte con los tipos que he contratado para mantener la seguridad del local. No es que tenga problemas a menudo, pero ya he tenido que impedir la entrada a esos gitanos un par de veces. Eres corpulento, y, cuando tu mera presencia deje de ser disuasoria, ya he visto que tienes talento para repartir mamporros. Tu entrenador me dice que te conoce desde hace años y que eres de fiar. Aquí tienes mi tarjeta. Si estás interesado, llámame a ese teléfono a partir de las ocho, que es cuando abrimos. En cuanto al dinero, lo vas a encontrar más que satisfactorio.

Y se fue. Cuando se disponía a regresar al vestuario, el entrenador lo retuvo por el brazo.

—József, escúchame bien. Quiero lo mejor para ti, para vosotros, y por eso no tengo más remedio que hablarte a las claras. Por mi experiencia te digo que si ya no has conseguido llegar a competir en finales nacionales, ya nunca lo harás. Y si vais a terminar de matones en algún antro, prefiero ser yo quien los elija. Ese trabajo te va a hacer cambiar un poco los horarios, pero conozco a Lázsló y su club y te va a pagar a la semana lo que tu padre gana en un mes. Yo que tú lo pensaría despacio.

El aire frío en la cara del trayecto a la acería en bici, no lo sacaba de su asombro. El dinero les vendría bien a su padre y a él y el trabajo podría resultar interesante. Pero no sabía nada de aquel negocio y nunca se había pegado con nadie fuera de un ring. Incapaz de enfrentarse aún con su padre, tuvo el impulso de cambiar la dirección y dirigir la bicicleta al Beckett's.

—¡József! ¿Qué haces aquí a estas horas? Es igual, me vienes de muerte. Ayúdame a meter el pedido en el almacén.

Mientras transportaban cajas de vasos y botellas de whisky irlandés y cerveza local, József contó a su amigo la propuesta. Cuando terminaron, se sentaron en los taburetes de la barra y Declan sacó una botella de Jameson con dos vasos.

—La oferta es buena y no hay nada en ese trabajo que no acabes pudiendo o sabiendo hacer. La vida de noche te va a desorientar al principio, pero te acabará gustando. Ese tipo tiene miedo de que los gitanos le arruinen el negocio. Yo mismo tuve que encargarme de eso. ¿No te lo he contado nunca?

Declan se acodó sobre la barra y empezó a relatarle aquella historia. Poco después de su llegada, observó que ciertos elementos con pinta poco recomendable entraban en el Beckett's y pasaban más tiempo del necesario en los baños. La rutina se repetía sobre todo en las horas de más clientela, aunque el barullo no impedía a Declan seguirlos con la mirada desde que hacían su aparición hasta que se iban. Una noche, cuando dos de ellos se disponían a entrar, Declan salió de la barra y se interpuso en su camino.

—No sois bienvenidos aquí. Id con vuestra mierda a otro lado.

Uno de los dos sonrió y le dijo un simple «Tendrás noticias».

Al día siguiente, tal y como habían anunciado, los mismos dos hombres a los que había echado entraron por la puerta, pero esta vez acompañados de un tipo aún más áspero que, por si su aspecto no fuera suficientemente intimidante, tenía una cicatriz en la frente que le partía la ceja derecha.

—He oído que anoche hubo un malentendido aquí. Pero a mí me parece que tienes cara de listo. Y con los listos siempre te puedes entender. Verás, chico listo, este local nos gusta y nos gusta todavía más verlo lleno todas las noches. Así que, para que todos saquemos provecho de esto, no solo vas a dejar entrar a mis hombres a hacer lo que tengan que hacer, sino que nos vas a dar una pequeña parte de tus ganancias. Digamos un veinte por ciento. Cada fin de mes, vendré a que me invites a una cerveza amarga de esas que sirves y a recoger un sobre.

—Mire, amigo, yo solo soy un empleado. Los dueños del garito son irlandeses y viven en Dublín.

—Bueno… pero eso tiene arreglo, ¿no? En Dublín seguro que hay teléfonos. Así que te dejo una semana para que los llames y los convenzas. Explícales que en Budapest las cosas se hacen a nuestra manera.

A la mañana siguiente, después de una noche de insomnio y retortijones, Declan llamó a sus jefes a Dublín para explicarles el mensaje recibido con una voz todavía temblorosa y el miedo en el cuerpo.

—Eres un pardillo, Declan. Estás regentando un pub irlandés y no hay nada que inspire más temor en Europa que los irlandeses, no sé si me entiendes. Allí las cosas se hacen como digamos nosotros, igual que en el resto del mundo. Suma dos y dos y búscate la vida.

Y así lo hizo. Con una máquina de escribir portátil que había traído desde Dublín para empezar historias que luego nunca terminaba, Declan empezó a teclear.

«A quien pueda interesar. Este local nos pertenece y está protegido. Cualquier daño ocasionado a sus instalaciones o a sus empleados será interpretado como una provocación y actuaremos en consecuencia».

Después, en una zapatería de la misma calle que también hacía llaves a medida, encargó un sello de madera con tres letras mayúsculas en relieve: IRA. Una vez hubo comprobado que la carta era lo suficientemente verosímil, la guardó tras la barra y siguió con su rutina.

Cinco días exactos después, los tipos entraron por la puerta del Beckett's con una puntualidad impropia de su aspecto.

—¿Y bien? ¿Has hablado con los dueños?

—Sí, lo he hecho. Y me pidieron que te entregase esto. Si no lo entiendes, te lo puedo traducir.

Cuando puso el comunicado falso sobre la mesa con la confianza de quien descubre un póker de reyes, el hombre de la cicatriz dio un paso atrás y, pálido como si hubiera visto un fantasma, hizo una señal a sus secuaces en dirección a la puerta.

—Y ya nunca los he vuelto a ver por aquí —concluyó Declan.

—Esta historia está muy bien, pero Kovács no es del IRA —dijo József.

—Por eso necesita tu corpachón y tu cara de bruto. Para quitarle a esos tipos ideas raras de la cabeza.

Prácticamente convencido, apuró el Jameson, dio las gracias y prometió pensarlo hasta la noche. Al salir del Beckett's era demasiado tarde para ir a buscar a su padre a la fábrica, así que se fue directamente a casa. Se preparó algo de comer y se tumbó en el sofá a pensar mientras miraba por la ventana.

El ruido de las llaves en la puerta lo despertó de un sueño profundo y, cuando su padre le preguntó que dónde se había metido, József se lo explicó.

—Verás, hijo —dijo Jacob—, eres mayor para tomar tus decisiones y entiendo que tanto el dinero como un trabajo que consiste en ver pasar chicas bonitas es tentador. Y también entiendo que hay que tener muchos cojones para buscarte a ti las cosquillas en una reyerta de bar. Pero esa gente es chusma. Y la chusma no respeta nada. Y si ese tal Kovács te quiere con él, es porque ya ha tenido problemas en el pasado. Hasta ahora yo he procurado que tuvieras un oficio con el que ganarte la vida como yo lo he hecho. Pero esto ha cambiado mucho y va a cambiar aún más. Soy consciente de que no puedo pretender encerrarte en la vida que yo he tenido, así que si quieres aceptar el trabajo, por mí, bien. De todas formas, ya eres mayor para elegir tu camino.

«Elegir mi camino», pensó. Puede que no tuviera carácter para la competición de élite, pero no estaba dispuesto a dejar de llevar las riendas de su propia vida. Y su padre, aun sin entusiasmo, le había dado algo parecido a su consentimiento. Así que cuando dieron las ocho y media, con margen suficiente para garantizar la llegada del señor Kovács, llamó al teléfono de la tarjeta. Una voz de mujer sobre un ruido de fondo de ajetreo le pidió que esperase.

—¿Dígame?

—Señor Kovács, aquí József. ¿Cuándo quiere que empiece?

—¡Perfecto! Gran decisión. ¿Qué tal si te pasas mañana y te presento a los empleados? Y te tomas algo. Así te familiarizas con el local.

A la mañana siguiente, József se despertó reconfortado con el trabajo nuevo y con la paga, pero, sobre todo, consigo mismo. Después del entrenamiento, lo primero que hizo fue arreglar el cambio de horarios para su nueva vida. Si iba a trasnochar, ya no podría llegar a primera hora, así que lo tendrían que cambiar al grupo de las doce. Acto seguido cruzó la isla en bici hasta la acería por última vez. Dormiría por la mañana, entrenaría a mediodía y saldría de casa a las seis de la tarde hasta el día siguiente.

Esa noche se vistió con un poco más de esmero que para otro día en el Beckett's. Quería causar buena impresión, aunque no sabía a quién. Para llegar al Fortuna tenía que recorrer la isla de Csepel hasta el extremo norte, cruzar el Ráckevei Soroksári-Duna por el puente Kvassay hasta el distrito IX y el Danubio por el puente Rákóczi, bordear la margen izquierda hacia el norte por el distrito XI. Todo en poco más de una hora.

Serían las nueve y media cuando entró por la puerta de lo que le pareció un club algo menos pretencioso de lo que se imaginaba. En un primer impacto visual, el color predominante era el rojo. A la derecha, después de bajar un tramo corto de escaleras, una barra larga de madera con grifos de cerveza local y taburetes recibía a los clientes con la cara servicial de un barman con chaleco negro, camisa blanca y pajarita. A su espalda, sobre repisas con espejo, estaba expuesta la mayor oferta de alcohol que József había visto en su vida. A la izquierda de la barra, una pared de ladrillo viejo con dos grandes ventanas y el hueco de una puerta escondía un salón con seis o siete mesas de madera y una gran chimenea con troncos apilados, pero sin encender. Más hacia el fondo, detrás de un telón de terciopelo también rojo, un gran salón de baile rodeado de sofás Chester muy envejecidos con mesas bajas esperaba la afluencia de los clientes habituales que bailarían al ritmo de la música que ofrecía un hombre mayor que había en una cabina repleta de vinilos.

Kovács le fue presentando a todo el mundo. Hanna, una morena bajita pero muy atractiva que no sería mucho mayor que él, atendía la sala de la entrada. Léna, una mujer rubia algo menor que Kovács y que debió de tener un pasado con él, a juzgar por cómo se hablaban y cómo se miraban. Detrás de la barra, Kris, que llevaba media vida con Kovács poniendo dry martinis y whisky sours y recibiendo teléfonos de cincuentonas en servilletas dobladas. Por último, János Kovács, el hermano mayor. De un tamaño parecido al de Lázsló, parecía el reverso de una moneda. Su pelo ligeramente largo y cubierto de canas le hacía aparentar más edad. En cambio su indumentaria, con un repertorio interminable de chaquetas vaqueras sin mangas y camisetas negras, le daba el aspecto intencionadamente desarreglado de un viejo rockero. János se encargaba personalmente de la música y cuando el cansancio lo vencía, casualmente a la una de la madrugada todos los días, dejaba encargado a su hijo, que también se llamaba János, aunque nunca sin el debido control desde su apartamento en el piso justo encima del local. János padre escuchaba lo que su hijo iba ofreciendo y, a través de un teléfono en la cabina, iba reforzando o corrigiendo el repertorio.

—Tu función será estar por el local, dar conversación a los clientes y, de vez en cuando, ayudar con la mercancía del almacén a la barra. Para los próximos días debes traer chaqueta y zapatos. Si no tienes, te daré un adelanto para que vayas de compras. Y una cosa más. Los altercados se evitan a toda costa y si, por lo que fuera, no hubiera más remedio que tenerlos, se sacan a la calle. Nunca dentro del local. Necesito tu capacidad intimidatoria, no que vuelen taburetes cada noche.

Efectivamente, József no tenía chaqueta ni zapatos, así que aceptó el dinero de Kovács y el ofrecimiento de Léna de acompañarlo. En la zona comercial visitaron dos tiendas de lo que parecían amigas de amigas y compraron dos chaquetas, una azul marino y otra gris oscuro —«Si el color es llamativo, se nota que repites»— y unos mocasines marrones que durante los primeros tres o cuatro días dejaron rozaduras y un dolor que József encontró innecesario.

Las jornadas en el Fortuna eran tranquilas. La edad de la clientela era acorde con la música de János (Sinatra, Johnny Cash o excepcionalmente Elvis), lo que hacía que los altercados se redujeran a la cantidad de ginebra que Kris servía en cada dry martini. Al menos un par de veces todas las noches József ayudaba con los viajes al almacén y procuraba beber una cerveza cada dos cafés.

Una noche, un tipo de unos cuarenta años se acercó a József impresionado por su tamaño.

—Doy por hecho que eres el nuevo guardián. Me llamo Markus y somos, por así decirlo, colegas. Soy policía.

—¿Pasa algo? ¿Quiere que avise al dueño?

—No, no. Nada de eso. Soy habitual cuando estoy fuera de servicio. Y soy curioso. Supongo que son gajes del oficio. Así que, ya que nos veremos por aquí, ¿por qué no me cuentas tu historia?

Sin terminar de confiar, József le fue contando los inicios en el Csepel, las competiciones, los entrenamientos, la acería…

—¿Y esas manos? Creo que no he visto nunca nada parecido.

—Mi entrenador quería que el dolor en los puños no fuera un lastre, sobre todo en los nudillos, así que durante quince minutos al final de cada entrenamiento me ponía a golpear una viga de madera. Y se ve que, por lo menos, eso lo hice bien.

—Pues a mí lo que me gusta de este local es la música.

—No sé. Yo prefiero la del Beckett's.

—Lo conozco, pero no vas a comparar el folk irlandés con Sinatra, ¿no? —József se encogió de hombros—. Yo toco en un grupo de amigos del cuerpo. Soy bajista. De vez en cuando actuamos en alguna sala del distrito VI. Un día que libres podrías acercarte a vernos.

—No creo que tenga muchos días libres aquí…

Uno de los principales alicientes de aquel trabajo era Hanna. Por un lado era muy altiva con él, pero, por otro, József podía sentir sus miradas. La chica le parecía muy atractiva en su uniforme, pero hacía lo posible por no mirarla directamente, sino en el reflejo de algún espejo. Andaba orgullosa por la sala con bandejas repletas de bebidas que nunca se derramaban y era muy amable con los clientes que, en justa correspondencia, le daban más propina de lo normal.

Antes de darse cuenta, el final de la semana llegó con la inesperada rapidez de los buenos tiempos y, con él, el primer sueldo. József tuvo que hacer un verdadero esfuerzo para controlar su euforia. Nunca había tenido tanto dinero de una sola vez. Antes de volver a casa, le compró a su padre una botella de Bushmills —el whisky favorito de George Best— y la acolchó como un tesoro en su mochila para evitar cualquier percance en el viaje de vuelta en bici.

Al llegar al gimnasio al mediodía siguiente, un József orgulloso y feliz abrazó a su entrenador como muestra silente de su agradecimiento y propuso a sus dos amigos una tarde de celebración triunfal en el Beckett's. Por mucho que bebieron, aún le sobró algo de dinero que decidió ir guardando para poder viajar a su soñado Occidente y, por qué no, comprarse las ansiadas Nike.

Esa noche, con alguna Guinness de más a su llegada al Fortuna, József se fue directo a contarle a János Jr. su celebración y sus planes de ahorro. La confianza entre ambos empezaba a crecer de forma natural y el chico resultaba una enciclopedia de cualquier tendencia en Occidente.

—Es por las revistas de mi padre. Las colecciona a millones. Cuando ya no cabían más en casa las ha ido bajando al almacén en cajas de cartón. En algún tiempo muerto, échales un vistazo.

Como esa misma noche estaba siendo tranquila, József decidió que no valía la pena esperar y aprovechó uno de los viajes al almacén para inspeccionar las cajas apiladas en el rincón más lejano a la puerta. Bajo la luz mortecina de la única bombilla del aquel cuartucho mohoso, József solo tuvo que levantar una tapa para descubrir decenas de números atrasados de la revista *Rolling Stone* guardadas con meticuloso desorden. Portadas de John Lennon desnudo abrazado a Joko Ono, Mick Jagger espalda con espalda con Keith Richards, David Bowie, U2… Por muy antiguas que fueran, a József le parecían lo más moderno y radical que había tenido en sus manos.

Arrebatado, continuó abriendo las cajas hasta que una portada roja lo detuvo en seco. Bajo el encabezado *Playboy*, una mujer rubia vestida con una camisa blanca, una chaqueta a rayas azules y rojas y una corbata a medio anudar parecía mirarlo a él con una sensualidad que le hizo sonrojar. La rubia llevaba la camisa estratégicamente abierta para dejar a la vista los pechos pero no los pezones y con la mano derecha sujetaba un sombrero redondo como de feriante que le cubría el pubis. Cuando llegó al reportaje de las páginas centrales con fotos de la rubia de la portada completamente desnuda, la erección de József era indisimulable. Cuanto más avanzaba en aquellas fotos más se desinhibía hasta que, perdiendo toda cautela, empezó a masturbarse con una respiración tan agitada que cualquiera podría escucharla desde el otro lado de la puerta de no ser por la música de János. Estaba tan desprevenido, tan fuera de allí, que el ruido de la puerta al cerrarse detrás de una silueta dio con la revista en el suelo.

—¿Pero se puede saber qué coño haces?

József se tapó como pudo y trató de recuperar la compostura envolviendo la vergüenza en desfachatez.

—Yo creo que es obvio, Hanna. Y no es tu puto problema.

—Puede que no sea mío, pero vamos a averiguar qué opina Lázsló.

—No sé a quién beneficia que esto se sepa. Yo no me quiero ir y tú no quieres que me echen.

—Qué sabrás tú de lo que yo quiero. Vístete y sal de aquí, niñato pervertido.

Y, con otro portazo, regresó al local. Como si pudiera viajar en el tiempo y borrar aquella escena humillante de la memoria de Hanna, József devolvió todas las revistas a sus cajas tan rápido como pudo y recuperó su puesto en la barra, aún congestionado por la excitación y el bochorno. El miedo a que su compañera lo delatara lo atenazó toda la noche y no pudo parar de vigilarla en cada viaje de la sala a la barra. El paso de las horas y la aparente normalidad que Hanna demostraba supuso un alivio que no resultó muy duradero, ya que, en el camino de vuelta a su casa, József fue consciente de que, a partir de aquella noche, su puesto de trabajo estaba en las manos caprichosas de una mujer a la que apenas conocía.

Cuando a la noche siguiente amarró la bici a la escalera del callejón trasero del Fortuna, József estaba decidido a actuar como si lo sucedido en el almacén solo hubiera sido un mal sueño. Saludó a Kris, entró hasta la cabina de los discos para cumplir el protocolo y ponerse a disposición de János, inspeccionó la sala de la chimenea para asegurarse de que todo estaba en orden y ocupó su puesto en la esquina de la barra, donde ya tenía servido su primer café de la noche. Incluso la entrada de Hanna, que dedicó un cariñoso saludo a Kris pero ni una mirada a él, terminó de completar el típico inicio de otro día cualquiera en la oficina.

Como era miércoles y había partido en el estadio Üllői úti, el local se llenaba un poco más que de costumbre, sobre todo en la barra. Los aficionados, que nunca eran demasiado jóvenes debido a la música y los precios, celebraban con una o dos rondas de cervezas las jugadas de su equipo ese día y las comparaban con toda la galería de recuerdos que, como su padre, almacenaban cuidadosamente en algún rincón de su cabeza.

Ese día, sin embargo, tres jóvenes embutidos en camisetas verdiblancas rompieron con sus cánticos el murmullo monótono de la clientela habitual. Después de hacerse un hueco en la barra a base de desplazar con el cuerpo a otros clientes, exigieron cerveza de un modo al que Kris no estaba acostumbrado.

—¿No me has entendido, bailarín?

Kris se limitó a no contestar, buscar con la mirada a József, que ya estaba al tanto, y servir las tres cervezas. Las bebidas sobre la barra redujeron la tensión pero el reinicio de los cánticos no dejó a József más remedio que intervenir.

—Caballeros, les ruego que bajen el tono. En este local la música es sagrada y al resto de los clientes les molesta el ruido.

—¿Y a mí qué me importa esta puta música de viejos?

—Ese es precisamente el problema, que es un local de viejos. Si son tan amables, les rogaría que abandonaran con calma nuestro establecimiento. De la cerveza no se preocupen, están invitados.

—Tú no tienes que invitarme a nada. Mi bebida me la pago yo y no voy a ir a ninguna parte.

En un gesto pacífico de acompañar fuera al que parecía llevar la voz cantante, József lo agarró por el brazo y, apenas un instante después, sintió un golpe seco en la cabeza, sonido de cristales y humedad. Sin perder la concentración, sujetó más fuerte a aquel tipo, que intentaba zafarse sin éxito, y lo llevó en volandas por las escaleras de la salida hasta la calle. Uno de los otros dos, que salieron tras ellos, golpeó a József en las costillas por la espalda y el dolor punzante le cortó la respiración. Acto seguido, aprovechando la postura encorvada por la asfixia, propinaron a József dos golpes más en la espalda y lo tiraron al suelo. A partir de ahí, sus recuerdos se nublaron. Recordaba haberse puesto de pie en posición de guardia y la sensación de huesos rotos al golpear a uno de ellos en la cabeza. También conservaba la imagen de los otros dos tipos corriendo calle abajo, pero, después de eso, todo era negro.

Cuando recuperó la consciencia, dos policías lo escoltaban del brazo a un coche celular mientras una ambulancia esperaba a que los camilleros se encargaran de uno de aquellos tipos que seguía tumbado en la acera.

Pasaron unas dos horas antes de que Markus, el policía amable del Fortuna, apareciera en el calabozo de la comisaría.

—Por la descripción que me han dado me he imaginado que eras tú. Anda, vamos al hospital a que te echen un vistazo y después te llevo a tu casa, que estarás molido.

El dolor agudo que sintió en la cabeza y la espalda al entrar en el coche le ayudó a recordar los lugares exactos de los impactos recibidos. Como en aquel hospital todo el mundo parecía conocer a Markus, los atendieron en urgencias nada más llegar sin necesidad de pasar por la sala de espera.

—Qué delicia de miércoles de fútbol, ¿eh, Markus? ¿Qué me traes hoy?

—Este no es un hincha borracho, es un amigo. Cuídalo bien.

Después de retirarle la camisa empapada en sangre, inspeccionarlo concienzudamente y despejarle el pelo del cogote, el médico le dijo a Markus:

—El moratón del costado podría indicar una costilla rota, así que vamos a llevarle a rayos y después nos ocuparemos de la herida en la cabeza.

—Perfecto. Lo dejo en tus manos. —Y, dirigiéndose a József, añadió—: Te espero a la salida, que tengo que hacer un par de llamadas.

La radiografía mostraba una fisura más molesta que preocupante en una costilla y tres puntos de sutura cerraron la brecha de la cabeza.

Como había prometido, Markus esperaba en el vestíbulo del hospital.

—Por lo que me han dicho, le has debido de dar fuerte a ese chico. En este momento están en el quirófano intentando encajarle la mandíbula y recomponerle el pómulo, que se lo has dejado colgando. Hablé con el juez de guardia. Tienes suerte de que sea buen tipo y me deba favores. El testimonio de Kris y de la camarera bajita te van a librar de este lío, pero la próxima vez ten más cuidado cuando saques a pasear tus puños, Sugar Ray.

—Yo intenté arreglarlo por las buenas.

—Pues inténtalo más. Y mejor.

A la mañana siguiente, se sentía como un perro apaleado. Le dolía todo el cuerpo como si lo hubiera atropellado un tranvía, lo habían reprendido por hacer su trabajo y se moría de hambre. Pero sus penas no terminaban ahí. Sobre la mesa de la cocina, además del desayuno, lo esperaba la camisa manchada de sangre con una nota de su padre: «Luego hablamos».

Como consideraba que el cupo de charlas ya estaba cubierto y el dolor no le iba a permitir entrenar, se fue directamente al Beckett's en busca del consuelo que le ofrecerían una Guinness y la conversación de Declan.

—No te tortures más. ¿Qué otra cosa podrías haber hecho? Después de todo, evitaste un incidente molesto a la clientela, que es tu obligación.

—Me preocupa Kovács. No sé cómo se lo habrá tomado.

Cuando se dirigía al Fortuna estaba hecho un lío. Había puesto toda su habilidad en resolver la situación, pero, a veces, las cosas se ponen feas y uno no puede controlar lo que no depende de sí mismo. Pero, por otro lado, Kovács no quería ese tipo de soluciones. Lo que quería era tranquilidad y, probablemente, a esas alturas estaría hecho una furia. Envuelto en un mar de dudas y con un miedo creciente a medida que se acercaba al Fortuna, vio confirmadas sus sospechas cuando, a su llegada, Kris lo estaba esperando con una cerveza en vez del habitual café.

—Kovács me ha dicho que esperes aquí hasta que te avise. Hazme caso: dile que sí a todo, vuelve a la barra y este asunto estará olvidado.

La espera se le hizo larga y, para evadirse, le pidió a Kris uno de los alambres de las botellas de champán que había descorchado la noche anterior. Su padre le había enseñado a crear pequeños esqueletos de figuras a partir del metal y József era capaz de dejar la mente en blanco durante el tiempo que empleaba en la tarea. Cuando Kovács salió del despacho reclamó la presencia de József, quien, con una delicadeza nada habitual, dejó sobre la barra un pequeño pájaro metálico. «Para ti, amigo», le dijo a Kris. Acto seguido, se plantó en la puerta del despacho del patrón, que lo esperaba dentro con gesto serio, y entró sin esperar permiso.

—Cierra la puerta, József. —Kovács siguió firmando con parsimonia unos papeles que tenía sobre la mesa y, cuando acabó, levantó la cabeza—. Cuando te contraté puede que no fuera suficientemente claro. No te he traído aquí como matón. Te pago para que tu corpulencia intimide, no para que mandes al hospital a los clientes, por pesados que se pongan. —De pie frente a la mesa, con las manos entrelazadas y mirando al suelo, József se limitó a asentir. Kovács continuó—: Y menos mal que te llevaste el jaleo fuera del local. ¿Estás en condiciones de trabajar hoy? —József lo tranquilizó con un ademán de la cabeza—. Pues vuelve a la barra y no me jodas más.

Con la sensación infantil de reprimenda inmerecida, se acodó en su rincón frente a la cerveza de consolación de Kris. Léna y János se interesaron por sus magulladuras y los clientes lo miraban con curiosidad y morbo y murmuraban al entrar. Por las miradas que le dirigían le resultaba evidente que se había convertido en el centro de las conversaciones de aquella noche. Solo Hanna lo ignoró, como de costumbre.

—Me han dicho que testificaste a mi favor. Te lo querría agradecer de algún modo.

—No te molestes. Lo he hecho por proteger el negocio. Eres un animal, y Kovács haría bien en librarse de ti.

La actitud de Hanna lo desconcertaba. El desprecio con que lo trataba, que saltaba a la vista de cualquiera, no encajaba con las frecuentes miradas que le dedicaba cada noche. Y lo peor para József era que, si aquella especie de tortura era intencionada, estaba funcionando como un reloj porque la atracción que sintió por ella la primera vez que la vio empezaba a convertirse en obsesión.

A eso de las diez entró Markus, el policía amable, con buenas noticias del juzgado y del hospital: no habían abierto procedimiento contra József y el chico del quirófano se iba a enfrentar a unos meses de dolorosa recuperación, pero con buen pronóstico. József se sentía agradecido y tenía la firme intención de no volver a recordar aquel penoso incidente... salvo por un par de detalles: Markus ya nunca dejaría de llamarlo Sugar Ray, y Simon y Garfunkel y las «putas de la Séptima Avenida» lo recibirían con «The Boxer» cada noche a su llegada al Fortuna.

El humor con que todos se acabaron tomando lo sucedido tranquilizó el ánimo de József, que solo quería pasar página de aquel asunto, pero la luz de la cocina encendida cuando llegó a casa de madrugada le recordó que aún le quedaba una conversación por tener.

A pesar de que intentó convencer a su padre de que las manchas de la camisa eran más aparatosas que graves y de que nada de lo ocurrido tendría consecuencias para él, no hubo forma de hacerlo entrar en razón. El trabajo de su hijo no lo ilusionaba particularmente, pero, a partir de aquella mañana, ya nunca sería capaz de conciliar el sueño sin escuchar el sonido de las llaves de madrugada.

—No me puedes cargar con esa responsabilidad, papá. Te levantas a las seis de la mañana. Apenas vas a dormir dos horas.

—Pues busca otro trabajo o vuelve a la acería.

—¿Y renunciar a mis sueños? ¿Tú nunca has querido algo mejor? ¿Nunca has querido salir de aquí?

—Mi sueño ha sido sacarte adelante gracias a un trabajo seguro y un sueldo fijo. Y he tenido que hacerlo solo.

—¡Vamos, papá! No la metas a ella también en esto.

—Qué sabrás tú de la vida... Y, además, ¿adónde querías que fuera? ¿Crees que uno puede irse de Hungría cuando le plazca? —Jakob hizo un ademán airado de dirigirse al salón, pero se detuvo y continuó con un tono entre calmado y decepcionado—: Hice lo posible por ser razonable cuando me contaste lo de ese trabajo, pero tu camisa llena de sangre y tus moratones son demasiado.

—Ya te dije que no ha sido nada. Y, aunque quisiera, sabes que no puedo renunciar. Mi entrenador ha dado la cara por mí, me he comprometido con Kovács y necesitamos el dinero.

—Ese dinero lo necesitas tú. A mí no me metas en eso.

Mientras Jakob se sentaba frente a la televisión sin encenderla siquiera, József se quedó pensando. Los motivos que acababa de exponer a su padre eran ciertos, pero ni remotamente eran los más importantes. Su contribución a un negocio próspero y el respeto de sus compañeros lo hacían sentir orgulloso. Y esa sensación, que no tuvo en la acería ni un solo día, se acababa convirtiendo en adicción. Quería a su padre, que toda la vida se había desvivido por él, pero no lo respetaba, y eso lo hacía sentir sucio. Y la única redención que se ofrecía a sí mismo era pensar que la actitud resignada del viejo con una vida gris y un trabajo monótono, la falta de ambición que había demostrado siempre no eran precisamente la inspiración que un hijo necesita para estar orgulloso de su padre. Así que se sentía mejor culpándolo a él. Ninguno de los dos durmió demasiado esa noche y el paso de los días, entre una maraña insoportable de silencios, los fue distanciando hasta que acabaron por ignorarse casi por completo.

Como en casa el ambiente era tenso, József pasaba cada vez más tiempo en el gimnasio, en el Beckett's y en el Fortuna, intentando sacar todo el rendimiento a las múltiples ventajas de su trabajo. Una de las más esperadas era la llamada de János padre con cualquier excusa. El hombre no tenía más que alzar la mano y József se apoyaba en el quicio de la puerta de la cabina dispuesto a escuchar las historias que su improvisado profesor se moría por contarle. Con cada viaje de Sinatra a Las Vegas para asistir al combate de turno por el título mundial, con cada concierto improvisado de Jackson Browne y Linda Ronstadt en el Troubadour o con cada chica que se turnaban George Harrison, Eric Clapton y Mick Jagger, el ansia de József por salir al mundo se volvía más y más incontrolable. Como en la cámara de las joyas de la corona, János iba extrayendo sus discos y poniendo en las manos de József pedazos de la historia de la música y del arte: Dylan recorriendo las calles de Nueva York, Lou Reed blanco como Frankenstein, la cara de David Bowie partida por un rayo o los vaqueros de uno de los Rolling Stones por obra y gracia de Andy Warhol. Más allá de las orillas del Danubio se estaba viviendo un sueño, y él no se lo quería perder.

Después estaba el aliciente de Hanna, con su media melena morena, sus ojos oscuros rasgados y altivos, sus piernas no demasiado largas pero bien formadas, con los tobillos más finos que había visto en su vida, y sus prometedores pechos ligeramente asomados al escote que dos botones del uniforme estratégicamente desabrochados ofrecían a los clientes de manera que ninguno se resistía a mirar. Hanna era coqueta con los clientes y amable con sus compañeros, pero no con József, a quién trató con frialdad desde el primer día. Sabía por Kris que era muy independiente y que tenía relaciones esporádicas con hombres a los que abandonaba antes de que el tiempo transcurrido los confundiera. Ni el amor ni ninguno de ellos iba a trastocar la perfecta vida solitaria que ella había elegido.

A lo largo de cada jornada, József sabía dónde estaba ella en todo momento. La seguía con la mirada o la intuía cuando desaparecía detrás de las paredes del salón de la chimenea o en el almacén, y siempre recibía la recompensa de dos o tres miradas gélidas que, extrañamente, lo hacían sonrojar. Aunque nunca había recibido saludo al llegar ni despedida al marcharse, József siempre intentaba mostrarse interesado por ella en los pocos momentos cercanos que la noche propiciaba. Las respuestas habituales eran dos: silencio absoluto o «¿A ti qué te importa, pervertido?». Aun así, nunca dejó de intentarlo.

Una noche que József estaba en el almacén apilando cajas con botellas vacías para descargarlas en los contenedores del callejón trasero donde amarraba la bici, oyó cómo la puerta se cerraba a su espalda, y al volverse sobresaltado, tal y como había sucedido la noche de las revistas, adivinó la silueta de Hanna entre la poca luz y las muchas sombras que la solitaria bombilla brindaba.

—¡Oye, que no estoy haciendo nada malo!

—Cállate. Hablas demasiado.

Y girándose hacia la pared se apoyó con la mano izquierda y se subió la falda del uniforme con la derecha. József se quedó sin respiración, paralizado. No podía creer lo que estaba viendo. La mujer que lo odiaba, que ni se dignaba a saludarlo, se le estaba ofreciendo con su lencería negra de encaje y sus piernas perfectas sutilmente separadas sobre los zapatos de tacón.

Ella giró levemente la cabeza y, sin mirarlo, lo reclamó.

—¿Es que te vas a quedar ahí?

Él se acercó y apretó contra la espalda tensa de ella su pecho y su erección. Hanna soltó un gemido ahogado y, en un impulso instintivo, József buscó con una violencia inesperada los pechos que tantas veces se había imaginado. Ella le apartó las manos —«Quita, que me vas a destrozar la camisa»—, y con la mano derecha se bajó las bragas hasta que quedaron suspendidas en los tobillos. Como en una coreografía ensayada, él se abrió la cremallera del pantalón, levantó a Hanna por la cara interna de los muslos y la penetró dejando escapar un gruñido más estruendoso de lo que se podían permitir. Durante el poco tiempo que transcurrió hasta que acabaron, ninguno de los dos emitió un solo sonido más. O eso, al menos, era lo que József creía. Mientras recuperaba la compostura y se arreglaba el pelo, Hanna solo rompió el silencio para amenazarlo entre jadeos: «Esto no cambia nada entre nosotros y, si se te ocurre caer en la tentación de contárselo a alguien, me voy a convertir en tu peor pesadilla».

Cuando se quedó solo, la congestión y el desconcierto le nublaron el pensamiento. Todo había sucedido tan rápido que empezó a preguntarse si no habría sido fruto de su imaginación. Tratando de recomponer la escena en su cabeza se dio cuenta de que ella había fijado las reglas, tomado las decisiones y dispuesto los límites desde el mismo momento del ofrecimiento, y él había respondido previsible y obediente. Pero la forma en que ella se había entregado, su intensidad, era incompatible con la actitud gélida que había demostrado inmediatamente después y eso lo sumía en una contradicción inmanejable. Y después estaba el Fortuna. Ella tenía tanto que perder como él si Kovács llegaba a enterarse, así que solo quedaba por averiguar si alguien los había oído. La exigencia de Hanna de guardar silencio respecto de lo sucedido tenía sentido, pero estaba completamente equivocada con lo que significaba. El encuentro en el almacén lo cambiaba todo, al menos para él. No porque tuviera previsto que su relación fuera a ninguna parte, sino porque ya nunca sería capaz de tratarla, o siquiera mirarla, como solía. Pero, por encima de cualquier angustia, József sonreía al pensar que el olor de Hanna, la suavidad de sus muslos, el susurro de su respiración agitada y la sensación de su pelo en la cara se habían grabado en su memoria para siempre.

En cambio ella sí fue capaz de mantener el tono áspero y la distancia. Lo que llevara por dentro era un enigma para József y eso era parte del atractivo. Cada noche, al entrar en el Fortuna, József la seguía saludando y cada noche, sin excepción, ella lo ignoraba. Al principio, le pareció conveniente de cara a guardar las apariencias, pero la normalidad en el trato con sus compañeros en los días transcurridos volvía innecesaria cualquier precaución y la frialdad empezaba a resultarle irritante. Y esa era toda su preocupación hasta que una noche Kovács lo llamó al despacho.

—Tengo que hacerte un encargo especial que supondrá una cantidad extra en tu paga de esta semana. Sabes conducir, ¿no?

—Claro.

—Pues necesito que te presentes mañana a las seis de la tarde en el número 2 de la calle Erzsébet.

—¿En el distrito V? —dijo József con cara indisimulada de sorpresa.

—¿Qué pasa? ¿No te gusta?

—No lo sé. No lo conozco. Lo único que sé es que allí no se pasa mucha hambre precisamente.

—Pues por eso necesito que vayas con tu chaqueta azul y que hagas todo lo que te digan.

—¿Quién me lo va a decir?

—Eso no te importa. Tú haz caso al tipo que se te acerque. Él sabrá quién eres. ¿Tienes gafas de sol?

—No, pero sé dónde las venden.

—Pues lleva unas. Y no hagas preguntas innecesarias. De hecho, no abras la boca en absoluto.

A las seis en punto de la tarde siguiente, József dejó amarrada su bici a un banco de la dirección que le habían dado y esperó. No habían pasado cinco minutos cuando un Lancia gris oscuro se paró a su lado y un tipo, que József calculó que tendría la edad de Kovács, se bajó del asiento del conductor y le hizo una seña para que subiera al volante. Con una enorme barriga, su enigmático contratador tenía una complexión más de luchador que de gordo, aunque iba impecablemente vestido con un traje de tres piezas y corbata que a József le pareció que pretendía disimular los kilos de más. Tenía el pelo gris peinado hacia atrás hasta alcanzarle los hombros y una frondosa barba algo menos canosa que la cabeza. No le dijo su nombre y József tampoco se lo preguntó.

—¿Sabes dónde está la calle Hős?

—No.

—Es el distrito X. Yo te indico. No serán más de veinte minutos.

Mientras salían del barrio más rico de Budapest para adentrarse en lo que se conocía como «el distrito del terror», las alarmas de József se dispararon en su cabeza. Ninguno de los dos pronunció una palabra en el trayecto hasta la llegada a un callejón cubierto de barro con contenedores de basura desbordados.

—¿Ves ese coche blanco? Pues aparca detrás de él. Deja unos cincuenta metros.

József aproximó el Lancia lentamente y lo detuvo a la distancia que le habían indicado. Cuando apagó el motor, dos tipos se bajaron del coche blanco y se quedaron al lado de sus respectivas puertas.

—Ahora nos vamos a bajar del coche. Tú te quedas junto a tu puerta y no hablas ni haces nada, a menos que veas algo raro.

«¿Y qué es eso raro que tengo que ver?», pensó, pero retuvo la pregunta en sus labios y se limitó a obedecer. El amigo de Kovács se acercó con un maletín a los otros dos, que no apartaban la mirada de József en ningún momento. Uno de los dos tipos, el que estaba a la derecha del coche, comprobó el contenido del maletín, lo guardó en el maletero, dijo algo que József no fue capaz de escuchar con claridad y, tras un gesto de la cabeza que su compañero comprendió perfectamente, se marcharon. El amigo de Kovács se quedó esperando hasta que se perdieron de vista, volvió al coche y ordenó a József regresar al punto de recogida.

Nadie emitió ni un sonido en el trayecto de vuelta pero József estaba encendido por dentro. No había que ser un genio para darse cuenta de que lo que acababa de presenciar no era legal y que su papel consistía en ser lo suficientemente intimidante como para hacer pensar a aquellos tipos que cualquier idea inconveniente iba a resultar cansada y dolorosa.

Cuando detuvo el Lancia y se bajó, estaba tan indignado que ni siquiera se giró para despedirse. Sin haber elegido destino, pedaleó impulsado por la adrenalina y, entre tomarse un tiempo para calmarse o dar rienda suelta a su furia, optó por dirigirse a Károli Gáspár para digerir lo ocurrido. Con la bici amarrada en el pasillo lateral de la única casa que había conocido desde niño, hizo el ademán de introducir la llave en la cerradura, pero se detuvo. El recuerdo de las palabras proféticas de su padre en la cocina lo abochornaban y no tenía estómago para revivirlas en el mismo escenario. Así que, con las manos en los bolsillos y mirando al suelo, como un tigre enjaulado, recorrió la calle una y otra vez en completa soledad. ¡Cómo podía haber sido tan idiota! Era evidente desde el principio que querían aprovecharse de él. Sacar partido de su apariencia física mientras fuera posible. Y cuando su cuerpo hubiera sido encontrado en el maletero de un coche o en un contenedor de basura, pobre infeliz, pasar al siguiente en la fila de descartes del Csepel. Y lo más humillante era que su padre se había dado perfecta cuenta y él, con su arrogante ceguera, lo había despreciado. Pero era demasiado tarde para dar un portazo a su nueva vida. Después de todo, el Fortuna era un negocio legal y su responsabilidad era protegerlo. Y eso no era lo mismo que convertirse en un matón. Hablaría con Kovács y le dejaría las cosas claras. Su trabajo empezaba y terminaba en el club y no había dinero extra ni compromisos que fueran a cambiar eso.

Con el aplomo del que ha llegado a un acuerdo consigo mismo y con el discurso memorizado y ensayado, entró por la puerta del Fortuna a las ocho menos cinco de la tarde. Solo habían pasado dos horas desde que llegó con la bici al distrito V. Tiempo suficiente para cambiarlo todo para siempre.

—Me gustaría hablar con usted, señor Kovács.

—Luego, József. Estoy esperando una llamada.

—Pues tendrá que esperar esa llamada. —Y cerró tras él.

—¿Se puede saber qué haces?

—El encarguito de hoy no era legal. Los trapicheos de su amigo no son mi problema, pero me gusta que me avisen cuando me van a utilizar de matón.

—Yo no tengo que darte explicaciones de...

—Por supuesto que tiene. Aquí dentro usted manda, pero no vuelva a contar conmigo para ningún trabajo fuera de aquí. Y si quiere que las cosas sean distintas, no tiene más que decirlo y no me volverá a ver.

—Cálmate, József. Yo solo he visto la oportunidad de que te saques un sobresueldo. Pero si no quieres, no te lo volveré a ofrecer. Estoy seguro de que ninguno de tus amigos del gimnasio le hará ascos a un dinero tan fácil.

—No se acerque a mis amigos. Si necesita matones, búsquelos en otra parte.

A la salida del despacho estaba henchido de orgullo. Se había mostrado firme y había obtenido el reconocimiento de una categoría que ya no perdería. Esa noche ni siquiera lamentó el gesto adusto de Hanna al saludarla. Del despacho de Kovács se fue directo a su taburete y cambió el café por una cerveza. Pero no llevaba dos sorbos cuando subió el siguiente peldaño en su particular escalera de preocupaciones. El Fortuna parecía un negocio limpio, sí, y el dinero que ganaba allí era honrado, de modo que los riesgos que tuviera que correr los tenía asumidos. Pero si Kovács tenía contactos con tipos como el de esa mañana, entonces era probable que también estuviera metido en drogas o algo peor y las posibilidades de que el club estuviera afectado se multiplicaban. Que el alcance de su trabajo empezara y terminara bajo la escalinata de entrada del Fortuna era tranquilizador, pero solo en parte. «¡Basta!», se dijo a sí mismo en voz alta. Ni él era responsable de arreglar todos los problemas del mundo ni había que hacerlo en una sola noche. Así que recuperó la satisfacción que sintió a la salida del despacho de Kovács y apuró su «cerveza de la victoria».

A la mañana siguiente, al llegar al gimnasio a las doce como de costumbre, vio que dos hombres entraban en el despacho del entrenador. Uno era el tipo del Lancia y al otro no pudo verlo con claridad, pero, por la silueta, podría jurar que era Kovács. Estaban a punto de terminar el calentamiento con la comba cuando el entrenador mandó llamar a Nino. Al reincorporarse al entrenamiento pocos minutos después, su amigo sonreía y József se interesó por la reunión. Con clara actitud de no querer hablar del tema, Nino se volvió hacia la clase y aparentó no haber oído nada. Una vez terminado el entrenamiento, que se hizo eterno, József esperó a su amigo a la salida y lo abordó sin dejar ningún margen para la huida.

—¿A ti qué te importa lo que yo haga con mi vida?

—Te van a enredar en asuntos sucios y, cuando todo salga mal, ellos se irán de rositas y tú pagarás el pato.

—Tú ya ganas tu dinero, ¿no? Pues deja que los demás lo hagamos también. Además, ¿qué te crees, que tu trabajo en el Fortuna es mejor? Eres tan matón como yo.

—Es un negocio limpio. Lo tuyo serán chanchullos.

—¿Y cómo sabes que es limpio?

No lo sabía. De hecho, después de la calle Hős ya no estaba seguro de Kovács ni de nada. Con los hombros encogidos y las manos en los bolsillos se alejó de su amigo y pedaleó por Budapest como si el viento fuera a aclararle las ideas.

A la mañana siguiente, Nino no apareció por el gimnasio. Ni por el Beckett's. De hecho, no lo volvió a ver en los días siguientes hasta que se presentó una noche en la entrada del Fortuna —vestido con un traje de dos piezas gris, que a József le pareció que desentonaba como un piano de cola en el salón de su casa—, para recoger un sobre que Kris guardaba bajo la barra. Apenas se saludaron con la mirada, como si cada uno huyera del otro por miedo a enfrentarse a sus contradicciones. Pero las dudas ya se habían adueñado de la conciencia de József y lo estaban consumiendo. ¿Hasta dónde estaría involucrado Kovács en los chanchullos de su amigo y cómo afectaba todo eso al Fortuna? Si no era capaz de averiguar las respuestas, no iba a poder estar tranquilo nunca más, así que optó por la solución que, sin estar exenta de riesgos, le pareció más directa.

—No te preocupes, Sugar Ray —le dijo Markus—. Lo que sea que tenga Kovács por ahí no es de mi incumbencia. Ni de la tuya, si me permites. Pero el Fortuna está en regla. Si no lo estuviera, yo lo sabría y no me verías por aquí.

La explicación de Markus no lo convenció en absoluto, pero decidió darla por buena y engañarse a sí mismo. Por otro lado, ¿qué otra cosa podía hacer? No iba a renunciar a todos los alicientes que ahora llenaban su vida: el dinero, la presencia esquiva de Hanna, las historias de János...

—¿Qué tienes en la cabeza, József?

—Nada importante, János. Es la manía ridícula que tengo de llenarme la sesera con preocupaciones absurdas cuando no tengo nada que hacer.

—Pues a eso venía, a proponerte algo que hacer. ¿Te gustaría ver una verdadera banda de rock?

—¿Aquí en Budapest? ¿Es una broma?

—Nada de eso. Y no es cualquier banda. Te hablo de Queen. De Freddie Mercury. De Bryan May. Van a actuar en el Népstadium. Conseguí tres entradas, pero mi hermano dice que tiene asuntos más importantes que atender, así que, si quieres la entrada es tuya.

—¿Que si quiero? ¡Te pagaré lo que me pidas por ella!

—Esta va de mi cuenta. Por todas las charlas que me has aguantado. Pero tienes que saber que no te estoy regalando un concierto. Esta entrada te da derecho a asistir en directo a un acontecimiento histórico. Vas a ver al primer grupo de rock occidental en un país de este lado del muro, así que ya puedes aprovecharlo.

Después de aquel regalo, no importaba nada que Kovács estuviera implicado en la mafia rusa, traficara con droga o fuera el mismísimo enlace del KGB en Hungría. Todo eso eran asuntos que a él no le incumbían. Estaba decidido a aprovechar cada minuto de su ventana particular abierta a un mundo que conocía solo de referencias. Cada día que el Fortuna estuviera abierto al público él estaría trabajando allí. Y cualquier problema que eso pudiera traer en el futuro lo daba por bueno.

Con lo poco que había ahorrado hasta ese momento, József se compró un tocadiscos de segunda mano que encontró en un mercadillo de Csepel, pidió prestados a János los discos de Queen y se encerró en su cuarto hasta que se hubo aprendido todas las canciones de memoria (y sin entender una sola palabra). Los únicos descansos que se permitía eran los imprescindibles para ir al gimnasio y al Fortuna, y aun entonces tatareaba las melodías como un maníaco.

Cuando llegó el día del concierto, József estaba fuera de sí. Sin haber pegado ojo en toda la noche, se plantó en la puerta del Fortuna con una hora de adelanto. János y su hijo llegaron con la puntualidad de quien vive dos pisos por encima del lugar de encuentro y se dirigieron al distrito XIV andando. El trayecto desde que cruzaron el puente Petőfi hasta que llegaron al estadio, atravesando el barrio de Józsefváros, les llevó una hora larga, pero a József le pareció que el tiempo estaba detenido. Las historias que les iba contando János lo tenían absorto y Budapest nunca le pareció más moderno. En las calles aledañas al estadio se empezaban a ver jóvenes con camisetas de la banda y vestimenta que recordaba al mismo Freddie Mercury y lo que parecían ríos humanos terminaban desembocando en un mar de gente alrededor del estadio. Muchos de los que allí se concentraban no tenían entrada ni esperanza de conseguirla, pero no querían perderse el ambiente de un evento que no tenía precedentes. Ante la imprevista cantidad de seguidores sin entrada, que se podían contar a miles a simple vista, la policía consintió en que se quedaran junto al estadio para poder escuchar el eco de las canciones de su banda favorita.

Si los nervios iniciales ya eran insoportables, toda aquella expectación a József lo hacían sentirse un elegido por los dioses del rock. Al salir del vomitorio que daba acceso al campo, el escenario repleto de operarios ultimando detalles le pareció una nave espacial. Una línea quebrada de luces blancas colgada del techo, como colmillos, daba a los solitarios micrófonos sobre la tarima el aspecto de haber sido engullidos por la boca de un gigante. Dentro de aquellas impensables fauces, cuatro matrices de focos de distintos colores se movían sin descanso y en el centro del escenario, en una tarima elevada sobre el resto de los instrumentos, con el dragón que abraza a los leones y a la corona, reinaba la batería de Roger Taylor.

Ya próxima la hora del inicio, no cabía un espectador más ni en las gradas, ni en la inmensa explanada del terreno de juego, ni en la desaparecida pista de atletismo. La multitud, impaciente, adelantaba los éxitos de la «Reina» cantándolos a pleno pulmón, y József notó que se le ponían todos los pelos de punta. La salida de la banda cambió el ritmo y el público se volvió loco. Freddie Mercury, con una corona y un manto de armiño sobre una chaqueta circense amarilla y con unos pantalones blancos, saludó al público de Hungría con sus puños cerrados y sus patadas al aire, y la guitarra de Brian May, al ritmo de «One Vision», arrancó aquel estadio del suelo de Budapest y lo arrojó por encima del Telón de Acero hacia una libertad que duraría lo mismo que aquel delirio.

Uno tras otro fueron sonando todos los himnos del grupo que József había memorizado: «Seven Seas of Rhye», «Under Pressure», «Love of My life» (coreada por todo el estadio), «Bohemian Rapsody»… Cuando el grupo regresó después de un falso final para los preceptivos bises, Freddie Mercury apareció sobre el escenario con la bandera de Hungría a modo de capa de superhéroe y los asistentes se rindieron sin saber que, acto seguido, el grupo británico interpretaría «Tavaszi szél vizet áraszt», una canción folklórica húngara que dejó al público boquiabierto y a János ahogado en lágrimas.

Cuando se encendieron los focos del estadio dando por finalizado el concierto y la multitud se fue dispersando ordenadamente por las calles del distrito XIV, József no podía dejar de sonreír. El zumbido en los oídos no le dejaba oír nada de lo que János explicaba emocionado, pero las canciones que acababa de escuchar y el sentimiento que le produjeron reverberarían durante días en su cabeza.

Los periódicos de la mañana llevaban en portada la noticia del concierto, y József no podía dejar de recreárselo a cualquiera que no lo hubiera visto. Como le había advertido János, tenía el convencimiento de haber asistido a un evento único en la historia y quería hacer partícipe, o tal vez alardear, ante todo aquel que estuviera dispuesto a prestar atención. Imitando los movimientos de Mercury y el punteo de guitarra de May, atosigó a sus compañeros de gimnasio, a Declan y a todos los empleados del Fortuna. Desde su taburete frente a la barra, disfrutó con las caras de incredulidad de Kris y de Léna cuando les contó el descuido de Roger Taylor al dejar rodar por la escalera del escenario hasta el público la corona de rey de Freddie Mercury. Y con el ceño fruncido de Markus ante la descripción de la multitud de asistentes que se tuvo que conformar con oír las canciones desde el exterior. Y, como era de esperar, lamentó el desprecio de Hanna, que no mostró una pizca de interés a pesar de los intentos de József de cautivarla con una atmósfera mágica e inimaginable para quien no hubiera estado allí.

Durante la noche, János no paró de pinchar éxitos del grupo, y los clientes, que se concentraban frente a la entrada de manera inusual, respondían con palmas y tarareos, a falta de mejor comprensión del inglés. Tal fue la comunión entre local y asistentes que la voz se corrió por Budapest y el Fortuna se empezó a llenar de un público más sediento, más bullicioso y más joven del habitual. Como la caja diaria era sustancialmente mayor, Kovács aceptó complacido el cambio, pero propuso algunos ajustes, sobre todo en el trabajo de József. La seguridad del local ya no pasaba tanto por lo que sucediera dentro, sino por dejar entrar al tipo de clientes adecuado y en un número manejable, así que debía alternar su presencia entre la barra y la puerta de acceso para poner orden en la cola interminable que se producía cada noche. Para esa función su intimidante corpulencia servía de filtro previo, pero siempre había incautos que, bien por su mal juicio o por una ingesta de alcohol excesiva, se le enfrentaban para acabar humillados y en retirada cada vez que József, el Puerta, descruzaba los brazos.

Una de las primeras noches, después de impedir la entrada a una chica de unos veintipico años que iba pasada de copas, esta empezó a insultarle a gritos delante de la habitual e impaciente cola. József, que nunca llegó a reponerse del todo de la trifulca con los hinchas del Ferencváros, se mantuvo impasible. Los minutos pasaban y el cansancio no parecía arredrar a la chica, lo que empezó a provocar a partes iguales risas entre los que esperaban y hartazgo en József. Cuando hubo transcurrido media hora, un conocido de la chica, probablemente su cita, se interesó por los motivos del disgusto y se acercó a pedir explicaciones al que parecía responsable. Antes de que el tipo tuviera tiempo de abrir la boca, József estiró el brazo, lo agarró por la nuez y le dijo en un tono suficientemente alto como para que los de la cola lo oyeran: «Dile que se calle y llévatela de aquí». Cuando el pobre incauto recuperó el color de la cara y dejó de toser, no necesitó calmar a su amiga, porque se había quedado igual de muda que los integrantes de la fila.

Según pasaban las jornadas y escenas similares se repetían, József, sin darse cuenta, iba recibiendo dosis de la droga más potente del mundo: la mirada de respeto de los hombres y de deseo de las mujeres. Y, como cualquier adicto, cada noche necesitaba una mayor cantidad que colmara su creciente autoestima. Como los conflictos con novios celosos aumentaban y la situación se empezaba a convertir en tema de conversación entre los clientes, Markus, probablemente a petición de Kovács, aprovechó un turno de descanso para sacar partido a su influencia y a treinta y cinco años de experiencia en la policía.

—¿Cómo vas, Sugar Ray? Dentro de poco vas a tener que contratar ayudantes para dar abasto con todos los clientes cabreados a los que te enfrentas.

—Hago mi trabajo.

—No, hijo. Tu trabajo es pasar desapercibido y, si lo haces bien, al terminar la noche, nadie recordará que estabas en la puerta. Lo que tú haces no es tu trabajo. Si querías intimidar a ciudadanos indefensos, tenías que haber aceptado el empleo de tu amigo Nino.

Antes de escuchar una palabra más, József agarró a Markus por la pechera con una mano.

—¿A mí también me vas a pegar?

En ese preciso momento, József comprendió. Solo necesitó ver la camisa arrugada del hombre que siempre se había preocupado por él para darse cuenta de que estaba fuera de control.

—Lo siento. Tienes razón. No sé qué coño me ha entrado en la cabeza.

—Lo que tienes es un pecado tan antiguo como la humanidad y se llama soberbia. Pero deja que te diga una cosa: la diferencia entre tú y esos pobres a los que acojonas solo son horas de gimnasio. Y deberías aspirar a ser más que un saco de músculos, ¿no crees? Anda, sal ahí y empieza a hacer tu trabajo.

Con el ceño fruncido, József se plantó en la puerta con la intención de dejar de desafiar con la mirada a los clientes y, para demostrar que había entendido lo frágil que puede ser la voluntad, desde aquella noche siempre llevó las gafas de sol en los turnos de puerta.

Cuando llegó la hora de cerrar no tenía ningunas ganas de irse a dormir, así que, una vez se hubieron marchado todos, echó la llave por dentro y se quedó ordenando cajas. Al cabo de quince minutos, oyó que alguien llamaba a la puerta con los nudillos. Extrañado, József agarró una botella de whisky por el cuello y entreabrió con indisimulada precaución.

—¿Me vas a pegar con esa botella en la cabeza?

—Joder, Hanna. Menudo susto me has dado. ¿Qué se te ha olvidado?

—Se me ha olvidado decirte que vivo a seis manzanas de aquí y que no me apetece caminar sola esta noche. Así que suelta eso, apaga, cierra y vámonos.

Durante el paseo que, como Hanna había anunciado, duró seis manzanas exactas, no se dirigieron la palabra. Y lo más extraño para József era que no le hacía sentir incómodo en absoluto. Era como si su relación estuviera condenada al silencio y ambos lo hubieran asumido con normalidad.

Cuando se detuvieron ante lo que debía de ser el portal en cuestión, que tenía un enorme arco de cristal tras una verja negra, y József se disponía a despedirse, Hanna se giró sin hablar y se limitó a entrar dejando tras de sí la puerta abierta de par en par. De las múltiples interpretaciones que aquel gesto tenía, József eligió la del ofrecimiento, así que la siguió escaleras arriba hasta el rellano del segundo piso, donde lo único que alteró la repetición exacta de la escena de la calle fue un gato persa color canela asomado al quicio de una puerta abierta. Con la casa a oscuras, a tientas, József iba siguiendo los pasos de Hanna gracias al rastro de ropa que le iba dejando. Al final de un largo pasillo con fotos en las paredes que no pudo identificar, una puerta abierta dejaba entrar la tenue luz de la media luna. El gato se adelantó indiferente ante la presencia extraña de József y entró en la habitación apenas iluminada. József siguió al gato y, cuando al fin llegó al umbral de lo que ya entonces deseaba con toda su alma que fuera el dormitorio, se quedó paralizado, incapaz de dar un paso. La imagen del cuerpo desnudo de Hanna sobre la colcha, apenas rozado por la luz blanca de la calle que entraba por la única ventana del dormitorio, lo atravesó como un rayo de los pies a la cabeza.

—¿No vas a entrar?

Atropellado por la ansiedad, se quitó torpemente la ropa y se acostó al lado de Hanna con mucha delicadeza, como si al intentar tocarla fuera a hacerla desaparecer. En cambio ella, urgente, se sentó sobre él sin concesión a los preámbulos y, con las uñas clavadas en su pecho, se estremeció mientras lo aprisionaba con los muslos. József, desorientado, intentaba retener todas las imágenes que, más tarde, querría recordar con precisión: la silueta del cuerpo apenas iluminado de Hanna sobre el suyo, los gemidos, que podrían ser de dolor o de placer, al son de las sacudidas y la indiferencia con que el gato los observaba sentado a los pies de la cama.

Cuando terminaron, ambos jadeaban y sudaban como fugitivos al final de la huida. Sin mediar palabra y sin un gesto de intimidad —siempre la frialdad, siempre los eternos silencios—, Hanna se levantó al baño y, antes de entrar, le dedicó un simple: «Te doy tiempo suficiente; cuando salga no te quiero aquí».

La puerta del baño se cerró con inesperada suavidad pero el clic del cerrojo sonó como una bofetada. Mientras se vestía para cumplir una vez más con la exigencia de Hanna, József intentó sin éxito espantar al gato, que lo miraba indiferente, como si estuviera cansado de ver desfilar a otros perdedores como él en idénticas circunstancias. En el camino de vuelta al Fortuna para coger su bici, se sentía utilizado. No es que se hubiera planteado una relación seria con aquella mujer con la que apenas había cruzado dos frases, pero el desprecio con que lo trataba y la seguridad que demostraba en las reacciones complacientes de József a sus caprichos lo enojaban en la misma medida que lo excitaban. Se sentía a su merced y sin fuerza para revertir lo que interpretaba como una continua derrota. Pero qué otra cosa podía esperar si cuando llegó a Károli Gáspár y se acostó en su cama empapado en sudor de sexo y de bici no podía dejar de recordar el cuerpo de aquella diosa sentada sobre su cadera.

A la mañana siguiente, una sorpresa a las puertas del gimnasio le ayudó a disipar los pensamientos tormentosos de la noche anterior. Nino había vuelto, aunque no vestido de chándal, sino de traje, y estaba charlando con un grupo de habituales. Cuando József amarró la bici y se dirigió al grupo, se percató de que estaban inspeccionando algo con admiración.

—¡Hombre, Nino! Dichosos los ojos.

—¡Pero si es el santo! ¿Cómo te va la vida con las manos limpias?

—¿Qué es eso que tienes ahí? —preguntó József.

—Esto es una Beretta 92 de 9 mm. Regalo de Hans. El tipo se preocupa por mí.

—¿Así se llama? ¿Hans? Pues que sepas que Hans te da eso porque se preocupa por él mismo y tú le importas una mierda.

—¿Vamos a empezar con los sermones? Creo que tu labor en el Fortuna no es apaciguadora precisamente...

—Hay mucha clientela y no todos pueden entrar.

—Eso he oído, que os va muy bien. Me alegro, hombre. Pero si lo he oído yo, puede que también les haya llegado a los gitanos, así que harías bien en llevar una de estas. —Y dirigiéndose al resto del grupo se despidió con un saludo militar.

La conjetura de Nino sobre la mafia gitana intranquilizó a József. Hasta ese momento, el Fortuna se había mantenido fuera del foco gracias a su tono tranquilo y a su clientela fiel y mayor. Pero los nuevos tiempos, con la música actualizada de János como reclamo, habían atraído a un público más joven y abierto. El tipo de cliente que, a una cierta hora de la noche, podría estar interesado en comprar la droga que aquellos indeseables vendían. Cuando le hizo la reflexión a Kovács, este le quitó importancia.

—Como sabes, tengo amigos. Y esos amigos no van a permitir que pase nada malo en el Fortuna. Y los gitanos lo saben. Así que tú preocúpate por el orden en el local y déjame a mí el resto de los asuntos.

Insatisfecho con la explicación, József esperó a que llegara Markus para conocer su opinión, pero esa noche no apareció por allí. Tampoco lo hizo ninguna noche del resto de esa semana, y eso le preocupó. Así que la mañana del lunes siguiente, se fue a buscarlo a la comisaría donde lo llevaron detenido el día del Ferencváros.

—No está aquí, pero no tardará en llegar —le indicó el policía que guardaba la entrada—. Si quieres, puedes esperarlo en la cafetería que está a la vuelta de la esquina y yo le digo que te busque allí en cuanto aparezca.

Cuando habían pasado más de dos horas y tenía ya la cuenta sobre la mesa, Markus entró por la puerta.

—¡Pero cuánto honor, Sugar Ray! ¿Me echabas de menos?

—Nada de eso, pasma. Es que tengo un tema que me preocupa y me lo quiero sacar de la cabeza. Como ya sabes, mi amigo Nino trabaja para el socio de Kovács. O lo que sea. El otro día vino por el gimnasio y me insinuó que el Fortuna podría haber llamado la atención de la mafia gitana. Kovács dice que tiene «amigos» —dijo, haciendo el gesto de las comillas con los dedos—, pero no me fío.

—Yo ahora estoy hasta arriba con una operación especial que se va a resolver en pocos días, por eso me verás poco. Pero en cuanto acabe, iré por el Fortuna y hablamos. De momento, mantén bien abiertos los ojos cuando dejes paso a los clientes. Y no estaría mal que te dieses un paseo por los baños un par de veces cada noche.

Sin quedarse tranquilo del todo, dejó atrás la comisaría y se dirigió a su casa andando para aclarar las ideas. Al margen del buen dinero que ganaba en un Fortuna cada vez más boyante, su amigo Nino se estaba paseando por Budapest con una pistola bajo el brazo, su jefe estaba involucrado en asuntos que no le incumbían pero que le podían traer problemas, y lo más parecido que tenía en su vida a un ligue lo trataba como a un perro amaestrado. Cuando torció por Táncsics Mihály para encarar Károli Gáspár, vio dos hombres al fondo de la calle y el estómago le dio un latigazo. A medida que se iba aproximando a su casa, el mal presentimiento iba tomando forma hasta que estuvo lo suficientemente cerca para reconocer a uno de aquellos dos inesperados visitantes. Nándor había sido compañero de su padre en la acería desde que József podía recordar y siempre lo habían tratado como parte de la familia.

—¿Qué pasa, Nándor? ¿Qué hacéis por aquí?

Cuando Nándor apartó la vista y miró al suelo, József supo que algo le había pasado a su padre.

—Llegó con fatiga y dolor de estómago esta mañana. Nadie le dio importancia, empezando por él mismo, ya lo conoces. Pero antes de acabar el primer turno, se cayó desplomado, y cuando llegaron los sanitarios de la fábrica ya no había nada que hacer. Lo siento, József.

—¿Dónde está?

—En la enfermería de la acería, esperando a que llegue el juez para que lo trasladen. Nadie va a decidir nada hasta que vengas con nosotros y nos digas dónde hay que llevarlo.

En el breve trayecto a la acería en el coche de Nándor, József no derramó una lágrima. Sentía que había defraudado a su padre y que se había apartado de él injustamente, pero no era capaz de llorar. Cuando entró en la sala blanca y fría de la enfermería y lo vio tumbado sobre la camilla cubierto por una sábana, no lo quiso ver. No quería que la imagen sin vida de su padre sustituyera en su memoria a la de aquel hombre bueno y triste que lo llevaba de la mano al estadio y le contaba historias de Cruyff y de Puskás.

Los obreros entraban y salían ordenadamente de una enfermería que aquella mañana era más fría aún. Querían rendir un último homenaje al hombre que había trabajado a su lado durante más de cuarenta años. Los primeros intentaban ofrecer sus condolencias a József, pero este los dejaba con la mano tendida. No los veía. Ni siquiera se percató del revuelo que provocó la llegada del juez para levantar acta del fallecimiento. Cuando todos se marcharon, Nándor le puso la mano en el hombro como si pretendiera despertarlo de un trance.

—József, los de la funeraria están ahí fuera esperando. Esta noche se queda con ellos, pero tenemos que decirles adónde tienen que llevarlo mañana por la mañana.

Tampoco entonces reaccionó. Se quedó inmóvil con la mirada fija en algún punto del suelo y Nándor decidió respetar el momento y hacer esperar a los de la funeraria. Al cabo de unos minutos, como si por fin hubiera reunido fuerzas para reincorporarse al mundo de los conscientes, se levantó y se quedó junto al cuerpo de su padre.

—Hay que enterrarlo junto a mi madre —dijo sin volverse—. Por fin va a poder contarle a ella directamente el dolor que no ha sido capaz de ocultarme durante todos estos años. Ni a mí ni a nadie.

Cuando los empleados de la funeraria se llevaron el cuerpo de Jakob, Nándor ofreció a József pasar la noche en su casa, pero este, aunque agradecido, lo rechazó. Necesitaba estar solo para reencontrarse con la memoria de su padre en la casa que habían compartido toda su vida. Ya que no había sido capaz de hacerlo cuando aún estaba vivo, al menos lo intentaría a través de su recuerdo cuando ya era demasiado tarde.

Después de pasar la noche en vela y de ver amanecer por la ventana del salón, se puso con parsimonia la indumentaria de trabajo del Fortuna y recorrió a pie el trayecto hasta el cementerio de Csepel. Arropado por muchos de sus compañeros del gimnasio, su entrenador y los empleados del Fortuna, Kovács y János incluidos, su pesadumbre se aligeró, aunque no su sentimiento de culpa. Cuando los sepultureros corrieron la lápida de su madre para introducir el ataúd, las imágenes de su padre recordándola, llorándola en aquel mismo lugar, se apoderaron de su ánimo y una sensación de soledad lo vació hasta sumirlo, entonces sí, en un llanto desgarrado. Nadie hizo el menor gesto de consuelo. Se limitaron a respetar el momento en silencio hasta que se repuso, entonces aprovecharon János y los demás para llevárselo al Beckett's, donde les esperaba un auténtico funeral irlandés consistente en terminar con todas las existencias de Jameson que quedaran en el almacén por cortesía de los dueños del Dalkey.

La resaca con la que amaneció en su casa a la mañana siguiente lo ayudó a aplazar la tormenta mental que lo torturaba a base de imágenes de su padre saliendo cada madrugada con mucho sueño y ninguna paz. Como no quería estar solo, se fue a despejar al gimnasio, más que para entrenar, que se sentía incapaz, a dejar pasar la mañana con conversaciones banales y rutina. Cuando llegó, el entrenador salió a recibirlo.

—¿Has dormido algo? Cuando me fui anoche, estabas estupendo…

—Tengo resaca, pero estoy decente.

—Quería hablarte de Nino. No sé si estás al corriente de su vida, pero oigo cosas que no me gustan y puede que se esté equivocando en cuanto a su papel en esa organización.

—Eso usted sabrá, que es quien lo metió allí.

—Si no fuera treinta años mayor que tú, te rompía la cara aquí mismo. Yo os consigo trabajos. Lo que hagáis vosotros después y hasta dónde queráis llevar las cosas ya no depende de mí. No creo que tú tengas mucha queja del Fortuna.

—Yo no tardé ni un día en darme cuenta de que el tal Hans no es trigo limpio. De todas formas, no creo que pueda serle de ayuda, porque Nino apenas me habla. Está enloquecido con sus trajes de banquero y su pistola bajo el brazo.

—Como le pase algo, lo voy a llevar sobre mi conciencia, pero, si no haces nada, tú tampoco lo vas a pasar bien.

Con las admoniciones del entrenador suspendidas en su cabeza, nada más entrar en el Fortuna esa misma tarde, se fue directo al despacho de Kovács.

—¿Y qué quieres que haga yo?

—Podría hablar con su amigo y que aparte a Nino —dijo József en tono suplicante.

—Yo no soy quién para decirle lo que tiene que hacer. Además, el tal Nino ya es mayor. Por cierto, yo también quería verte. Estos días tendrás gastos extra con el entierro y todo eso y aquí todo va de maravilla, así que toma. Considéralo una paga extra.

Y estirando el brazo le entregó un sobre con dinero que József se guardó en el bolsillo trasero del pantalón sin abrirlo siquiera.

Al salir a la calle para colocar los postes que sostenían las cintas rojas que guiaban a los impacientes clientes en su espera nocturna, pensó que era cierto lo que decía Kovács. A juzgar por las crecientes colas que se formaban frente al local cada noche, el negocio tenía que estar reventando y él, que quería contribuir al éxito, intentaba seguir los consejos de Markus, cuya ausencia lo ponía cada vez más nervioso: era tolerante y cordial con los clientes, se mostraba justo con los criterios de admisión (aunque alguna chica bonita recibía un trato preferente, sobre todo si Hanna miraba) e inspeccionaba los baños una o dos veces cada noche para asegurarse de que todo estaba en orden. Lo único que extrañaba eran sus ya no tan frecuentes visitas a la cabina para escuchar las historias de János, que se había convertido en una especie de leyenda urbana.

Aquella noche, que estaba siendo tranquila, Hanna salió a buscarlo.

—¡Eh, pervertido! Más vale que entres. Se te han colado intrusos y se está montando lío.

Cuando bajó las escaleras del local vio a tres tipos en el extremo de la barra a punto de dejar los gritos para discutir de otro modo. Respirando profundo y tragando saliva se acercó a ellos con toda la discreción de la que era capaz con su corpachón y sus gafas de sol y los invitó a salir.

—Yo no he hecho nada. Estos putos gitanos quieren estafarme.

Y agarrando a dos de ellos por el brazo les susurró entre dientes: «¡Que salgáis conmigo, hostia!».

Una vez en la calle, los tres tipos empezaron a presentar su caso ante József como lo harían ante un juez.

—Me he acercado a ellos para pillar un poco de droga. Les he dado el dinero que me han pedido y me han dado esta mierda.

—Guarda eso y vete de aquí —dijo József con más autoridad que arrogancia.

—Mis amigos están dentro —protestó el cliente.

—Pues mañana los ves, porque esta noche ya no entras más. Y vosotros dos no volváis a aparecer por aquí.

—Sí vendremos. Y tú nos abrirás la puerta.

Y, sin dejar de sonreír, con una altivez que a József le resultó molesta, se fueron calle abajo. Al regresar al local, Kovács lo esperaba furioso.

—¿Cómo puede ser que hayan entrado esos tipos? Es para eso para lo que te contraté. No quiero a esos gitanos ni su droga en mi local.

—Señor Kovács, no llevan carteles —contestó József con un tono más impertinente del que pretendía—. No siempre es fácil distinguirlos.

—Pues abre más los ojos. Yo me estaré jugando mi negocio, pero tú arriesgas tu trabajo. Esto no puede volver a suceder.

Ya habían pasado un par de semanas desde que Markus no aparecía por el Fortuna, así que József aprovechó la mañana libre para volver a la comisaría y pedirle consejo sobre el mejor modo de actuar con los gitanos. Pero, a diferencia de la visita anterior, el policía de la entrada le dijo que no estaba y que no volvería por allí en el resto del día. Sin nadie que lo esperara en casa y sin nada que hacer hasta las ocho, se fue al Beckett's a beber un par de pintas y matar el tiempo. Al llegar, era Markus quien lo esperaba a él.

—¡Hombre, pasma! Precisamente vengo de la comisaría.

—Siéntate, Sugar Ray. Tengo que hablarte de Nino.

A József se le subió toda la sangre del cuerpo a la cabeza.

—¿Le ha pasado algo?

—Todavía no.

Con la precisión de un testigo en un juicio, Markus le empezó a detallar la operación en la que había estado involucrado las últimas semanas. La policía, mediante soplones habituales, había conseguido información interna de una banda que estaba metiendo droga a gran escala en la ciudad procedente de Rusia.

Algunas de las redes locales que utilizaban eran conocidas, y entre ellas estaba la de Hans. La estrategia que habían diseñado los jefes de Markus, a partir de la información disponible, consistía en observar desde la distancia y con paciencia todos los intercambios para hacer caer la red al completo, incluyendo a los importadores. En uno de esos encuentros, los controladores tenían a la vista uno de los Lancia de Hans del que se bajó un tipo con traje y gafas que podría ser Nino. De un Lada plateado detenido justo enfrente, dos probables rusos descendieron con dos bolsas grandes de deporte cada uno. Cuando se aproximaron al Lancia, irrumpieron en la escena tres hombres vestidos de policía que, pistola en mano, se identificaron y les dieron el alto. La conmoción entre los controladores era total. ¿Quiénes eran esos inútiles que estaban poniendo en peligro una operación de semanas? Uno de los policías se fue hacia el tipo con gafas mientras que los otros dos hicieron que los rusos se tumbaran boca abajo con las manos en la cabeza. Cuando la situación parecía controlada, el policía que se había distanciado regresó al Lada para recoger las cuatro bolsas de deporte que habían soltado los rusos y las cargó en el Lancia. Aquellos dos pobres idiotas no tuvieron tiempo para protestar antes de que les pegaran un tiro en la espalda. Acto seguido, los supuestos policías se subieron al coche del amigo de József y dejaron los dos cuerpos allí tirados.

—¿Por qué dices «tu amigo»? Por lo que me has contado, no se sabe si es Nino.

—No se sabe, pero más vale que no lo sea, porque uno de los rusos sigue con vida y esta mañana salió del coma, así que no pasará mucho tiempo antes de que sus jefes comprendan lo que pasó en la entrega y exijan represalias. Esos tipos no son húngaros, József. Son asesinos bien entrenados. Y es probable que tengan conexiones con el KGB. Así que, si tu amigo ha estado involucrado en esto, dile que se ande con ojo.

—Intentaré hablar con él, pero no te prometo nada.

—Yo ya he hecho más de lo aconsejable en mi posición. Y cuento con tu discreción porque me juego la pensión. Sobre Nino, tú sabrás. —Y apurando la Guinness, se despidió de Declan y se marchó.

József esperó unos minutos hasta que perdió de vista a Markus y pedaleó al gimnasio tan rápido como pudo. Cuando irrumpió en el despacho del entrenador, este le dijo que no veía a Nino desde hacía días. József conocía la dirección de los padres, pero no parecía probable que su amigo frecuentara aquella casa y, además, sabía que su presencia allí crearía una alarma innecesaria. Así que se fue al único sitio donde tenía la certeza de que, tarde o temprano, aparecería. Amarró la bici frente al número 2 de la calle Erzsébet, el mismo portal donde se había subido al coche de Hans por primera y última vez, y esperó.

Durante los minutos que iban pasando en aquel barrio rico con jardines imponentes y portales majestuosos, József se preguntaba si los vecinos serían conscientes del origen del dinero de algunos de los propietarios. O si directamente toda la riqueza procedía del mismo sitio y solo aparentaban respetarse tras su fingida decencia. Y recordó a su padre volviendo de la acería por la tarde y su barrio ya no le pareció tan destartalado ni su verja tan oxidada.

Y así estaba, invadido de un cierto orgullo ajeno, cuando uno de los Lancia se aproximó hasta detenerse en el portal de Hans. De la puerta del acompañante se bajó Nino, y József esperó hasta que el coche desapareció por la perpendicular para abordarlo.

—¿Qué haces tú aquí? —exclamó Nino. József se sobresaltó ante la palidez de su amigo y le retiró las gafas de sol. Su mirada era la de un muerto viviente—. Trae aquí. ¿Se puede saber qué coño haces?

—Sé lo de los rusos que matasteis.

—¿Qué rusos? No sé de qué coño me hablas.

—No te hagas el idiota conmigo. Uno de ellos está vivo y consciente.

Nino se estremeció.

—Eso es imposible.

—Es tan posible como que el tipo está ingresado en el hospital y despierto desde esta mañana. Esos rusos no se andan con juegos, Nino. Van a ir a por vosotros. Y si eras tú el que estaba en la entrega, que veo que sí, te aconsejo que desaparezcas durante un tiempo.

—No tenías que haberte molestado en venir. No era yo y, además, sé cuidarme tan bien como tú. Así que guárdate tus consejos, gran hombre.

Cuando Nino le dio la espalda, József comprendió que no podía hacer nada más por él y, resignado, pedaleó hasta su casa para darse una ducha antes de ir al Fortuna.

Con todo el ajetreo de la mañana, el día se le había hecho largo y serían un poco más de las ocho cuando llegó al club, que ya tenía cola en la puerta, aunque aún no estuviera abierto. Con un poco más de apremio que de costumbre, József colocó los postes y las cintas y fue dando paso a los clientes prestando particular atención a las facciones, a la vestimenta o a cualquier pista que le ayudara a desvelar las intenciones que traían. Lo malo era que todo aquel celo retrasaba la entrada y exasperaba a los clientes. Lo bueno era que recuperaban inmediatamente la compostura cada vez que József levantaba la cabeza para examinarlos.

Siempre que entraba, revisaba los baños antes del café o la cerveza, dependiendo del turno, y procuraba enredarse poco en conversaciones con Kris en la barra, en parte para no perder control sobre la clientela y en parte para no aguantar la indiferencia de Hanna, que lo estaba volviendo loco.

Pasaron dos o tres semanas sin noticias de Nino y József lo interpretó como una buena señal. Puede que aquel misterioso tipo de las gafas no fuera él. Y si lo era, quizá habría captado el mensaje a pesar de todo y habría decidido tomarse unas vacaciones.

En las contadas ocasiones que Markus aparecía por el Fortuna, József le preguntaba por novedades y la respuesta habitual era encogerse de hombros. La clientela solía desbordar el aforo del club y la vigilancia de József había de multiplicarse entre la entrada y la sala. El trabajo comenzaba a resultar extenuante y se le ocurrió comentar a Kovács la posibilidad de contratar un ayudante.

El sueldo no iba a ser lo que Nino ganaba con Hans, pero era suficiente para vivir bien y lo mantendría alejado del foco durante algún tiempo. No iba a ser fácil convencer a uno y a otro, pero no podía dejar de intentarlo y lo prudente era empezar por Kovács. Se acercó al despacho, pero estaba vacío, así que aplazó la conversación y se dirigió a la puerta a cubrir el turno de admisiones. Cuando subía a la escalinata de salida del club, Kris lo retuvo.

—József, te llaman por teléfono. Creo que es Markus. Puedes cogerlo en el despacho si quieres. Kovács no ha llegado aún.

—No importa. Lo cojo aquí —dijo a Kris, que lo miraba con curiosidad—. Cuando agarró el teléfono, sus palabras eran preocupantes: «¿Sí? Ya. Ya. Joder… Ya. Bueno, pues a tomar por culo. A tomar por culo». Y sin despedirse, colgó.

Kris se quedó extrañado con la llamada y más aún después de ver la expresión de József.

—¿Qué pasa? ¿Qué quería Markus?

—Han matado a mi amigo Nino. El muy gilipollas. Su coche ha explotado cuando se dirigía al distrito X. Supongo que se lo ha buscado. ¿De qué te sirven ahora tus trajes y tu puta pistola, eh, gilipollas? —Kris intentó que bajara el tono ante la mirada de los clientes de la barra—.Ya sé, ya sé.Yo no pude hacer más. Avísame cuando baje Kovács de todas formas.

Y salió a la puerta a continuar con la jornada.

Tres noches tardó Kovács en volver a aparecer por el local y, cuando lo hizo, József lo estaba esperando.

—Su amigo sigue disfrutando de su barrio de rico y sus chanchullos y a mi amigo lo han volado en mil pedazos.

—Si no fuera porque los clientes ya se han acostumbrado a ti, te ponía en la calle ahora mismo.Ya te he dicho que lo que hagan Hans y tu amigo ese y todos los Hans del mundo no es de mi incumbencia. No soy responsable de sus actos. Te ofrecí un trabajo y te di libertad para aceptarlo o no. Decidiste no hacerlo y aquí sigues cobrando puntualmente, ¿no? Entonces, ¿a mí qué coño me cuentas? Es la última vez que te consiento esta forma de hablarme. Una más y estás fuera, por mucha falta que me hagas.

János, que escuchó toda la conversación, lo llamó a la cabina.

—El único responsable de sus decisiones era tu amigo. Él, al igual que tú, tuvo la oportunidad de rechazar ese trabajo y no lo hizo. Si algún día llega a pasarte algo aquí, ¿le van a pedir explicaciones a mi hermano? Todo trabajo tiene riesgo y recompensa. Si esas dos condiciones están equilibradas, entonces el trabajo es justo. Y si uno puede optar por descartarlo, entonces la elección es libre. Deja que te cuente una historia —continuó János—. Hunter Thompson es un periodista de *Rolling Stone* que en sus inicios escribió reportajes para otra revista llamada *The Nation*. Si rebusco, seguro que tengo algún ejemplar por ahí. Pues el tal Thompson estaba obsesionado con los Ángeles del Infierno, una banda de moteros californiana muy famosa y muy peligrosa. A pesar de sus Harleys y sus chalecos de cuero eran auténticos criminales. En el sesenta y nueve, los Stones junto a otros grupos iban a actuar en un concierto en California y contrataron a los Ángeles del Infierno como responsables de la seguridad. Un poco como tú, József.

Aquella noche, los desconcertantes encargados de la vigilancia provocaron la muerte de un joven. A pesar de todo, Thompson se empeñó en infiltrarse en la banda y hacer un reportaje que casi le cuesta la vida. Ese reportaje pudo tener un final trágico o, como así sucedió, convertirse en uno de las mejores piezas periodísticas del siglo. Nadie recuerda el nombre del editor en el éxito. Del mismo modo, nadie lo debería haber juzgado en la tragedia. Vuelve a tu trabajo, József, que me queda mucha música que pinchar.

Y cuando subía los escalones para salir a controlar la entrada, la guitarra de Keith Richards lo despidió al ritmo de «Let it Bleed».

El resto de la semana y las dos siguientes fueron tranquilas, y József lo agradeció. Estaba subido en una especie de montaña rusa y necesitaba ordenar un poco sus ideas. Utilizaba la rutina del gimnasio y del club para no pensar demasiado y las horas en las que estaba solo en casa, que se hacían largas y tediosas, para repasar todas las emociones que habían descontrolado su vida. No se sentía culpable de la muerte de su padre, pero sí de su tristeza. En cambio, la muerte de Nino lo atormentaba. Podía haber hecho más y más rápido. Si no se hubiera dejado cegar por la rabia, si hubiera pensado en su amigo de la infancia y no en el sicario arrogante en que lo habían convertido, habría ideado antes lo del trabajo en el Fortuna. Y habría hecho todo lo necesario para convencerlo. Y ahora estaría vivo. Nadie le había encomendado la protección de Nino. No hacía falta. Llevaba sobre los hombros y la conciencia esa responsabilidad autoimpuesta y había fallado. No había decepcionado a nadie más. Consigo mismo tenía bastante.

Transcurrido un mes desde el bombazo, los responsables del gimnasio le hicieron a Nino un homenaje que concluyó con los padres del pobre infeliz colgando una foto de su hijo en la sala de artes marciales, que estaba abarrotada de gente. József no entró. Se quedó apoyado en una de las puertas de acceso con un sentimiento de vergüenza que no podía sacarse de encima. Como si todos lo culparan por lo sucedido. Tampoco fue capaz de estrechar la mano del padre de Nino, al que conocía desde siempre. Al acabar, esperó a que saliera toda la comitiva y, solo entonces, aprovechó la ocasión para hablar con un par de alumnos dos o tres años menores que él y averiguar si estarían interesados en trabajar en el Fortuna. La respuesta, como era previsible, fue eufórica. Contento por la reacción, se encaminó hacia la salida.

—¡Eh, József! No te vayas aún. Ven un segundo. —El entrenador lo reclamó a su despacho—. Siento lo de Nino. Haberlo advertido no me alivia en absoluto y estoy seguro de que a ti tampoco.

—Sí, una pena.

—¿De qué hablabas con esos dos chicos?

—Nada que le interese.

—Te equivocas, hijo. Me interesa todo lo que pasa en este gimnasio y las contrataciones las hago yo.

—¿Y qué saca usted, aparte de nuestra felicidad? —dijo József con media sonrisa irónica.

—Nada que deba importarte. Si esos dos van a trabajar para ti, dile a Kovács que venga a verme.

Cuando József pedaleaba camino de su casa iba pensando que cuanto más conocía del mundo, menos le gustaba.

Finalmente, Kovács debió de llamar al entrenador porque la incorporación del ayudante se produjo esa misma semana. Estaba claro que una sola persona no podía atender la sala y la puerta simultáneamente, y el incidente con los gitanos demostraba que el acceso requería atención permanente. A József le resultaba entrañable observar desde la distancia el aterrizaje de Nick, que así se llamaba el chico, en el Fortuna. Su nueva vestimenta, que le quedaba como un disfraz; la indiferencia de Hanna; la brusquedad con que trataba a los que tomaban una más de la cuenta…, incluso las charlas de János en la cabina, que abrían la mente y el interés de aquel chico a la música del siglo xx y, por extensión, al mundo que existía detrás del muro. József pensaba que lo que él sentía entonces debía de ser bastante parecido a tener un hermano menor. Y ya que por familia no fue posible, al menos por contrato iba a disfrutar de un sucedáneo.

Establecieron turnos de una hora, que era el tiempo en que se podía mantener la concentración en la entrada, revisaban los baños dos veces cada uno y, al cierre, se encargaban de ordenar el almacén donde, de vez en cuando, echaban un vistazo a alguna revista de János. Nick vivía con sus padres y los ritmos de la vida nocturna empezaron a pasarle factura, de modo que alguna noche a la semana dormía en casa de József. Y alguna noche se convirtió en alguna más y después en dos o tres días a la semana. La convivencia era cómoda porque los horarios eran idénticos y sus lugares, empezando por el gimnasio, los mismos. Hasta le introdujo en la liturgia del Beckett's: cerveza negra y Pogues. El chico parecía ser feliz y a József le daba el equilibrio que necesitaba para alejarse de la montaña rusa.

Dos meses después de la incorporación de Nick, la vida novedosa se fue convirtiendo poco a poco en rutinaria, y József fue dejando de estar alerta. Empezó a entrenar con más entusiasmo, a dormir sin pensar en el tiempo eterno que tendría que esperar hasta que le alcanzara el sueño y a cambiar la tensión de la puerta por la frustración de la sala. Hanna seguía sin ofrecer ningún gesto al que agarrarse y József empezaba a dudar si el sexo había sido real o fruto de su imaginación.

Pero los fantasmas de József nunca se alejaban demasiado tiempo, o eso le parecía a él, porque una noche Nick reclamó su presencia en la puerta del Fortuna. Al salir reconoció a los dos gitanos que había ahuyentado hacía semanas, pero esta vez escoltando a un tipo de unos cincuenta años con una cicatriz en la frente.

—Dicen que quieren ver a Kovács.

—Que tu aprendiz me deje pasar. Vengo a hablar de negocios con tu jefe y, si todo sale bien, hasta puede que me tome una copa —dijo el tipo de la ceja partida.

József les hizo esperar y entró a consultar.

—Diles que pasen. No puedo tener la descortesía de dejarlos fuera sin escuchar lo que tengan que decir. Eso sería una provocación innecesaria. Pero que esperen en la barra hasta que yo te avise —le dijo Kovács.

József salió a la calle y abrió la cinta roja como gesto de vía libre. Al pasar frente a él, uno de los dos sicarios susurró sin dejar de sonreír: «¿Ves? Te dije que tú mismo nos abrirías». Una vez dentro, los acompañó a la barra y les pidió que esperasen. El jefe se quitó el abrigo, se lo tendió a uno de los otros dos y se dirigió a Kris con displicencia.

—¿Sabes hacer un dry martini? —Kris asintió—. Pues vamos a comprobarlo.

Cuando Kris terminó de colar el contenido de la coctelera en la copa, lo adornó con dos aceitunas y se lo sirvió sobre una servilleta de papel.

—Está demasiado caliente. —Y, con desprecio, acercó la copa a Kris deslizándola por la barra.

Kris repitió la operación asegurándose de dejar más tiempo los hielos en la martinera y en la coctelera. Al acabar, volvió a presentarle el cóctel.

—Sigue caliente.

La situación, que ya era tensa desde la calle, empezaba a crisparle los nervios a József. Por tercera vez, Kris repitió la maniobra conservando el hielo el doble del tiempo habitual para cerrar la boca a aquel arrogante. Cuando colocó la copa sobre la servilleta, la mirada de Kris no era la del barman amable que József conocía.

—Esto es una porquería. Espero que este solo sea un trabajo por horas y que no hayas dejado el otro que sea que tengas.

—Oiga, amigo —irrumpió Hanna, que estaba pendiente de la situación desde la sala—, Kris hace los mejores cócteles de Budapest, así que bébaselo y váyase de aquí.

—¡Vaya, si además de tetas tienes carácter! ¿A qué hora terminas aquí, encanto?

—Apártese de ella —dijo József desafiante—. Ni la mire siquiera.

—¿Qué pasa, gorila? ¿Crees que estás a su altura? Esta preciosidad está pidiendo a gritos un hombre sofisticado que la trate como merece, no un muerto de hambre como tú.

En ese momento, cuando József ya había cerrado ambos puños, un providencial János salió del despacho y, con un gesto de la cabeza, dio la luz verde que esperaban para dejarlos pasar.

Cuando los hubo acompañado hasta el despacho de Kovács, József se quedó junto a la barra esperando. Cada minuto que pasaba le parecía una hora y la madeja de suposiciones que se le acumulaba le iba a explotar en la cabeza. Pidió un Jameson pero Kris, precavido, le sirvió una cerveza y le alcanzó cinco o seis alambres de botellas de champán. Al cabo de media hora, cuando ya había varios pájaros metálicos sobre la barra, Kovács salió de su despacho con los visitantes y le pidió a József que los acompañara a la puerta. «Nos seguiremos viendo. Me gusta este local», dijo el tipo de la cicatriz antes de subirse con sus dos matones a un coche negro que József no tuvo tiempo de identificar.

Enfermo de nervios a su regreso a la sala, se fue directo al despacho de Kovács. Al pasar por la barra, Kris le recomendó con las manos que tuviera calma, y él asintió. Cuando estuvo frente a la puerta, que estaba cerrada, llamó, y Kovács, que lo esperaba sentado a su mesa, lo invitó a entrar. La presencia de János tranquilizó a József, pero no por mucho tiempo.

—¿Qué querían?

—Lo que me vengo temiendo desde que hacemos más ruido del conveniente. Dicen que les gusta el local y que, a partir de ahora, ellos se encargan de la seguridad.

—¿Y qué piden a cambio?

—Un pago mensual y que les dejemos hacer sus negocios aquí. Según dicen, aquí dentro se van a vender drogas queramos o no y siempre es más ordenado que sean ellos los que se encarguen. ¡Ah! Y que te despidamos.

—Pero les habrá dicho que no…

—Les he dicho que lo voy a pensar. No creo que nos convenga una guerra con esa gente y ya estamos en el punto de mira de los jefes. Si se lo proponen, nos pueden causar muchos problemas.

—Señor Kovács —dijo József angustiado—, si no entran no pueden hacer nada. Y yo me encargo de eso. Y con la ayuda de

Nick todavía más. Usted me contrató para hacer un trabajo. Pues déjeme hacerlo.

Kovács se quedó mirando a su mesa y János interrumpió un silencio que empezaba a ser largo y violento.

—Déjanos darle una vuelta. Te diremos algo en un par de días.

Cuando salió del despacho, József no sabía dónde mirar. Dos días por delante con esa mezcla de rabia y de angustia iban a matarlo. No quería salir a la puerta para no pagar sus nervios con el primer incauto que le diera motivos, pero quedarse en la sala lo estaba ahogando.

—Cálmate, pervertido. El viejo es listo y sabe que esa gente no le conviene —le dijo Hanna entre dientes mientras cargaba una bandeja.

—Pero tú sabes…

—Yo tengo ojos y con eso me apaño.

El gesto de Hanna, en su genuino estilo, eso sí, lo alivió unos minutos, pero inmediatamente volvió a la tormenta que suponía la perspectiva de su vida rota en mil pedazos. Se imaginó fresador, se imaginó gordo, se imaginó sombrío. Se imaginó a su padre. La diferencia era que su padre no se había asomado a la ventana que el trabajo en el Fortuna le había abierto, y ahora él tenía que vivir dentro habiendo visto lo que había fuera. Con la cabeza hundida en los hombros, la mirada perdida y media cerveza intacta, trató de sobreponerse al abatimiento, pero no era capaz. La voz de János rompió su trance.

—József, vuelve aquí un segundo.

Cuando cerró la puerta a su espalda, Kovács seguía con el ceño fruncido, pero János sonreía debajo de un semblante respetuoso.

—Mi hermano tiene razón. No abrimos este negocio para entregárselo a los gitanos. Tú te encargas de que no entren, pero ya puedes prepararte porque van a venir con todo.

—Gracias, señor Kovács. No se arrepentirá de esto —dijo József con indisimulada euforia.

—No apuestes.

La sala parecía otra cuando regresó. El rojo era intenso, la música vibrante, los clientes felices y Hanna... como si no hubiera pasado nada y todo aquello estuviera sucediendo en algún lugar muy lejano. Cuando Nick bajó para el cambio de turno, se extrañó al no verlo y le preguntó por la reunión.

—No hay nada de qué preocuparse. Abre bien los ojos y, si ves a esos tipos por aquí otra vez, llámame inmediatamente.

Solo tuvieron que pasar dos días para que los dos matones se presentaran en la puerta en el turno de József.

—Venimos a ver a tu jefe. Se supone que tiene que darnos un mensaje.

—Este es el mensaje y escuchad atentamente: esta es la última conversación que vamos a tener vosotros y yo. Si volvéis a aparecer por aquí, ya nadie hablará.

Uno de los tipos intentó apartar a József de la puerta con un gesto.

—Vamos, no te entrometas en lo que no te incumbe y déjanos verlo.

Antes de que aquel tipo pudiera dar un paso hacia la puerta, József lo agarró del brazo y se lo retorció hasta que lo tuvo de rodillas en el suelo a su merced. El otro gitano hizo ademán de entrar en la reyerta, pero se detuvo cuando József lo señaló con el índice de su mano derecha.

—Si das un paso más, le rompo el brazo.

El gitano levantó las manos como señal de haber entendido y József soltó a su compinche, que había cambiado su sonrisa arrogante por una expresión desencajada por el dolor.

—Este es el mensaje —dijo József—. Trasladadlo y no volváis por aquí.

Esta vez no hubo frase graciosa. Solo silencio mientras se alejaban.

Como no quería dar ninguna facilidad al temeroso carácter de Kovács para volver a dudar, se guardó el incidente para sí y no lo comentó con nadie. Ni siquiera con Nick. Y, aunque el día había terminado con la misma normalidad que los anteriores, las alarmas habían vuelto a su cabeza.

Las jornadas en el Fortuna transcurrían con aparente normalidad y la atención de József estaba puesta en aquellos dos tipos y sus posibles nuevos enviados. Dobló sus turnos en la puerta, de modo que hacía dos horas por cada una de Nick y escaneaba todas las caras de los clientes en la sala de un modo tan frenético que acababa las noches con un dolor de cabeza insoportable.

Una tarde, cuando eran ya más de las ocho y media, József echó de menos la presencia de Hanna. Cuando le preguntó a Kris, este le dijo que había llamado para avisar de que se encontraba mal, «y que el estornudo de una camarera en la bandeja no es precisamente lo que espera un cliente». «Ya sabes cómo es», dijo Kris. Nadie le dio importancia y la noche terminó como las demás pero, al día siguiente, Hanna tampoco se presentó. Ni al otro. József estuvo tentado de acercarse a su casa después del cierre, pero la hora le pareció inconveniente y prefirió esperar a la mañana.

El recuerdo del portal estaba intacto en su cabeza y, como solo había dos pisos en la segunda planta, probó suerte en ambos. En el segundo izquierda le dijeron que vivía enfrente. Llamó dos o tres veces, pero nadie contestó. Decidido a verla para asegurarse de que todo estaba en orden, se sentó a esperar pacientemente en la escalinata del portal. Media hora. Una hora. Dos… Entretenía la espera con paseos cortos, pero nunca perdía de vista el enorme arco del portal. Hasta que la silueta de Hanna apareció al inicio de la manzana de su casa. Llevaba unas bolsas de la compra y cojeaba ostensiblemente. En cuanto reconoció a József hizo ademán de darse media vuelta, pero su cojera ponía demasiado fácil la persecución. Una vez a su altura, a József se le encogió el estómago ante el rostro de Hanna antes de poder decir: «¿Qué tal te encuentras?». Con mucho cuidado le retiró las gafas de sol y dejó al descubierto una masacre. Tenía los dos pómulos hinchados, un ojo completamente cerrado con puntos de sutura sobre la ceja y apenas podía hablar por la inflamación de la boca y la parte derecha del mentón.

—¡Hijos de puta! ¿Qué más te han hecho?

—Nada que deba preocuparte. Ya estoy bien y este no es tu problema —balbuceó de un modo apenas comprensible.

—Ya lo creo que es mi problema. Sé quién ha hecho esto y te aseguro que lo va a lamentar.

—¡József!

La velocidad a la que pedaleaba ciego de rabia e impulsado por la adrenalina, hacía que adelantara a algunos coches camino de la comisaría. Cuando preguntó por Markus estaba fuera de sí.

—No sé dónde vive ese tipo, József. Y aunque lo supiera, no te lo diría. Primero, porque es un delito y, segundo y más importante, porque es una estupidez. Si vas a por él, iniciarás una guerra que ya no terminará nunca.

—Esto lo han iniciado ellos.

—Pues que esa chica presente una denuncia. Nosotros nos encargaremos.

—La policía no puede protegernos y lo sabes. Pero te aseguro que yo sí puedo. Y, si tú no me quieres ayudar, sé quién puede.

Se levantó dejando a Markus con la palabra en la boca y se fue directamente al Beckett's.

—Yo no sé dónde encontrarlo, pero tengo un par de clientes que tal vez lo sepan —dijo Declan, rascándose la barbilla.

—Dime dónde están —exigió József, enajenado.

—¡Eso ni lo sueñes! Yo les preguntaré y te mantendré informado. Mientras tanto, no hagas ninguna estupidez. ¿Estás seguro de que ha sido el tipo de la cicatriz que estuvo aquí?

—No estoy seguro de que haya sido él. De lo que sí estoy seguro es de que va a ser él quien lo va a pagar.

Desde ese día, József visitó el Beckett's todas las tardes hasta que Declan tuvo noticias a finales de semana.

—El tipo que buscas es muy peligroso, József. Por lo visto, frecuenta la casa de una mujer en el distrito VII. Suele llegar a las diez de la noche y se queda hasta las dos o las tres de la madrugada. Solo lo acompaña un conductor que lo espera en el coche. Aquí tienes la dirección.

—Te debo una.

—József, ese tipo da mucho miedo y tiene amigos que dan más miedo aún.

—Sí, ya lo sé. Yo también doy mucho miedo.

Esa misma noche avisó en el Fortuna de que no podría ir y le pidió a Nick que se encargara de los turnos con algún colega del gimnasio. Él mismo asumiría el sueldo de aquella noche. No le costó demasiado encontrar la casa que le había indicado Declan, que estaba en un barrio tranquilo, suficientemente cerca del río para notar el frío y la humedad, pero suficientemente lejos para que las farolas de la calle no iluminaran más de la cuenta.

En cuanto llegó identificó el coche que, como estaba previsto, ya estaba aparcado frente a la casa y tenía un solo conductor a la espera. Con la tranquilidad de un transeúnte, llamó con los dedos a la ventana del conductor que debía de haberse quedado dormido por la reacción de sobresalto.

—¿Qué quieres? —dijo con la ventanilla subida.

—¿Tienes fuego? —preguntó József.

Y bajando apenas unos centímetros la ventanilla dijo: «Mira, amigo…».

En ese momento, József atravesó con su puño el cristal y sacó al conductor a la calle como si fuera un fardo. Antes de que pudiera gritar, József le dio un puñetazo en la sien que lo dejó fulminado. Con más parsimonia de la que él mismo esperaba, metió el brazo por el hueco de la ventana hecha añicos, extrajo las llaves del contacto, abrió el maletero y, después de quedarse con la pistola que escondía el conductor bajo la chaqueta, lo encerró con la seguridad de que aún estaría inconsciente un buen rato. Después, abrió la puerta delantera del coche y se sentó a esperar.

A eso de las dos de la madrugada, el tipo de la cicatriz salió del portal y se encaminó al coche. Sin percatarse de que no era su conductor el que lo esperaba, ebrio de vino y de sexo, entró por la puerta del acompañante como de costumbre, pero lo que recibió al sentarse no fue el saludo de rigor sino la mano izquierda de József alrededor de su cuello. Sin mediar palabra, József liberó el cuello y, con la derecha en el cogote de aquel tipo indefenso, le estampó la cara contra el salpicadero. El sonido de la nariz al romperse estimuló a József, que ya no se detendría. Como si fuera un monigote, lo sacó del coche y, agarrándolo por las solapas para mantenerlo en pie contra la carrocería, le golpeó en las costillas y en la cara hasta que se le descolgó la cabeza sobre los hombros y dejó de respirar. Entonces lo dejó caer sobre la acera junto al coche sobre el charco de su propia sangre y se fue de allí sin que una sola luz del vecindario se encendiera ni nadie se cruzara en su camino de vuelta.

A la mañana siguiente no esperaba ninguna noticia en los periódicos, dada la hora a la que encontrarían el cuerpo, y procuró actuar con toda la normalidad posible, empezando por acudir al entrenamiento como cada mañana. El segundo escenario de su rutina era el Beckett's y allí se dirigió para comer algo antes de volver a casa a dormir un poco antes de las ocho. Pero la nada rutinaria presencia de Markus lo estaba esperando junto a la barra.

—¡Pero si es la pasma!

—No es momento para idioteces, József. ¿Me quieres decir qué tienes que ver con un jefe gitano que tengo ingresado en estado de coma esta mañana? Lo recogieron en el portal de su amante con un hilo de vida y una paliza mortal.

—¿Y a mí qué me cuentas?

—¿Que qué te cuento? Pues que te van a hacer muchas preguntas, idiota. Y más te vale que estuvieras con alguien anoche entre la una y las seis de la madrugada. Y eso no es todo. El tipo es un pez gordo entre los suyos y no van a dejar pasar este asunto. Así que, hayas sido tú o simplemente lo sospechen, ándate con mucho ojo.

—No le habrás dicho nada de todo esto a Kovács —preguntó József con un disimulo menguante.

—Eso es cosa tuya. Pero no tardará en saberlo en cuanto coja la portada de algún vespertino.

Mientras Markus salía del Beckett's, József miró a Declan que negaba con la cabeza mirando al vaso que tenía en las manos.

En su afán por aparentar normalidad, József llegó al Fortuna a las ocho en punto y organizó los turnos con Nick. Aparte de la ausencia de Hanna, nadie se comportaba fuera de lo común. El acceso al local se desarrolló sin incidentes y no había ningún indicio de problema con los gitanos. Llegada la hora de cierre, József y Nick se quedaron a apilar cajas y a echar la llave como cada noche. Al salir, ambos se encaminaron al callejón donde József amarraba la bici charlando con normalidad sobre la jornada, pero, al girar la esquina, una visión les heló la sangre. Una nota macabra clavada con un punzón en el sillín de la bici de József lo condenaba sin defensa y sin juicio: «ESTÁS MUERTO».

József retiró la profecía del sillín con rapidez, invitando a Nick a aparentar no haberla visto. Después, rígido como un poste, le pidió a su joven colaborador que no dijera nada a nadie de aquella «broma sin importancia». Nick le imploró que no fuera a dormir solo a casa y que se quedara esa noche en casa de sus padres, pero József, intentando quitar hierro a la situación, desatendió el ruego y pedaleó hasta su casa en Csepel.

Con todos los músculos agarrotados después de pasar la noche en vela, alarmado por los ruidos que cualquier otra madrugada hubieran sido inaudibles por normales y levantándose a mirar por la ventana cada dos por tres, decidió ir al gimnasio un poco antes de lo normal para despejarse. Al llegar y pasar por delante de la entrada observó la ruptura de la palabra de Nick en forma de comisario de policía.

—¿Qué pasa Sugar Ray? ¿No ibas a contarme lo de la amenaza?

—Es una gamberrada y este es un bocazas.

—No es nada de eso. Es una sentencia de muerte. Y, como tú mismo dijiste, ni yo ni nadie te podemos proteger.

—Ya me protejo yo solo.

—No seas infantil, no te lo puedes permitir. ¿Quieres acabar como Nino? El tipo de la UVI va a morir con toda seguridad. Y, aunque logre vivir, no será más que un vegetal. Nunca podrás dejar de vigilar tu espalda y te atraparán. En tu casa o en el gimnasio. Y si no llegan a ti, volverán a por Hanna y quién sabe si la próxima vez será peor. Tienes que irte lejos, József. Tienes que salir de Hungría. Esta misma noche.

—¿Y cómo se supone que voy a hacer eso? ¿De dónde voy a sacar dinero para el billete y autorización para salir del país?

—De eso ya me he encargado. Tengo un amigo que está de turno esta noche en la estación de Keleti. El Orient Express para allí a las ocho de la tarde durante veinte minutos. Solo tienes que esperar en el andén hasta que mi amigo te haga una señal. Entre los vagones hay una trampilla que da acceso a un falso techo. Tienes que encajarte ahí lo mejor que puedas y esperar a llegar a París.

—¿A París? ¿Y qué coño voy a hacer en París? No sé francés, no tengo adónde ir ni documentación para poder quedarme.

—Cuando bajes del tren tienes que irte directo a un policía y decirle que te quieres alistar a la Legión Extranjera. Es tu única oportunidad.

—¿Y qué pasa con el Fortuna? ¿Y con Hanna?

—Si te quedas, los pones en peligro. Te quieren a ti y van a hacer todo lo que haga falta para sacarte del agujero donde te ocultes. Irán a por todo lo que te importa sin piedad. Cuando desaparezcas, Kovács pactará y los dejarán en paz. Esto es algo que ni tú ni nadie podía evitar. Son demasiado poderosos.

—¿Y qué pasa con mi vida? ¿Qué quieres? ¿Que lo deje todo y huya como un conejo?

—József, escúchame bien. Este jueves ya no habrá «tu vida». Y salvarte tú y proteger a los que te importan es lo que has hecho toda la vida. Y no es huir. Si ahora no lo entiendes, hazlo solo porque confías en mí. Te aseguro que en el futuro te alegrarás de esta decisión. —Tras una pequeña pausa, Markus continuó—: Voy a estar en tu casa a las siete para recogerte. Hasta entonces escóndete y no hables con nadie. Con nadie, ¿me oyes? Y no hagas ninguna estupidez. —Después se dirigió a Nick—: No lo pierdas de vista ni un minuto.

Cuando Markus los dejó solos, József no la emprendió con Nick. Entendía perfectamente sus motivos y simplemente se limitó a reflexionar consigo mismo usando a aquel pobre chico como *sparring*. Mientras rechazaba los argumentos de Markus, se veía reflejado en Nino. Un tiro por la espalda, una cuchillada a la entrada de un concierto. Demasiado fácil. Él tenía una vida que llevar y ellos todo el tiempo del mundo. Y por encima de todo estaba Hanna, una víctima aún más fácil que él. Cuando no encontró más motivos, se quedó mirando a Nick y le dijo: «No quiero ser Nino».

Para poder cumplir con el plan de Markus, tenían que encontrar un lugar donde esconderse hasta las siete. Su casa y el Beckett's eran los primeros sitios donde los gitanos buscarían, así que a József se le ocurrió que podían pasar las horas restantes en la acería. Mientras las sirenas anunciaban los cambios de turno y los que habían sido toda la vida compañeros de su padre desfilaban hacia sus hogares, József recordó la última conversación de más de dos minutos que tuvo con él. Quería una vida mejor, más interesante. No quería terminar con un trabajo gris, un sueldo insuficiente y la televisión como única vía de escape. Y ahora su vida, de un modo u otro, se había terminado. Dentro de unas horas se iba a convertir en fugitivo sin porvenir y sin raíces. Y en ese momento sintió el sudor frío del miedo.

A las seis en punto, salieron de la acería y se encaminaron a casa de József. Comieron algo y Nick lo ayudó a hacer una maleta con algo de ropa, dinero, un neceser y el pasaporte. A las siete en punto Markus hizo sonar el claxon de su coche y József salió con el macuto.

—¿Adónde vas con eso? No necesitas nada más que lo puesto y el pasaporte.

—¿Y el dinero?

—Si llegas a poder gastarlo es que todo habrá salido mal.

Nick hizo ademán de acompañarlos, pero Markus se lo impidió.

—Encárgate de vender la casa y lo que saques más este dinero dáselo a Hanna —le pidió József—. Y asegúrate de que no le pase nada. Si tengo la oportunidad, te llamaré al club. Y no te olvides de darle esto. Y, abriéndole la mano con una delicadeza impropia de él, depositó sobre la palma un pequeño pájaro metálico.

En la despedida se abrazaron como dos hermanos y Nick se quedó de pie junto a la verja oxidada mientras el coche se alejaba por Károli Gáspár.

En el trayecto, Markus continuó dando instrucciones a József:

—Tienes que encontrar el andén del Orient Express. Es un tren azul y dorado. El más lujoso que hayas visto en tu vida. Mi amigo estará fumando al borde del tren. Obsérvalo. Cuando se agache a atarse un zapato pasa tras él y sube por la escalinata del vagón. La trampilla del falso techo estará abierta. Vas a estar incómodo y hará frío. ¿Has meado? —József negó con la cabeza—. Pues hazlo en cuanto llegues a la estación. Va a ser tu última oportunidad en las próximas catorce horas. —Mientras József trataba de asimilar toda aquella información, Markus continuó—: En la guantera hay un bolígrafo. Escríbete en el antebrazo lo que te voy a decir: «*Je veux rejoindre la Légion Étrangère*».

—¿Cómo se escribe? —dijo József como si le hubiera hablado en chino.

—Como mejor recuerdes el sonido de mi voz. Escríbelo tal y como te suena. Cuando llegues a París, esperas a que todos los pasajeros se hayan bajado y te deslizas por la rejilla de ventilación. No muevas la trampilla del vagón, porque no queremos que te sorprendan antes de tiempo. Al salir, busca a un policía y te entregas. Dale el pasaporte y dile lo que acabas de escribirte en el brazo. Es importante que te entregues antes de que te pongan las manos encima, ¿me oyes?

A esas alturas, József estaba tan aturdido que apenas escuchaba y asentía por instinto.

La estación Keleti estaba en el barrio de Erzsébetváros, a pocos minutos del estadio Népstadium, donde József había pasado uno de los mejores días de su vida. Pero aquella tarde ni siquiera se dio cuenta. Cuando el coche de Markus se detuvo frente al imponente arco de cristal flanqueado por dos columnas que guardaban las estatuas de James Watt y George Stephenson, Markus repasó una vez más las instrucciones que le había dado en el trayecto y le deseó suerte.

—Algún día volveré y te pagaré todo lo que has hecho por mí, te doy mi palabra.

Y dejó atrás el coche de Markus y su vida tal y como la había conocido hasta esa tarde.

Una vez dentro de la estación buscó en los paneles el andén de la parada del Orient Express y, confundiéndose entre los viajeros, se hizo un ovillo junto a un banco y se dispuso a esperar. No habían pasado más de cinco minutos cuando se dio cuenta de que había incumplido la primera instrucción de Markus: «Tengo que mear». Regresó a la terminal principal y, cuando hubo acabado, repitió la maniobra una segunda vez para recuperar su puesto de vigilancia. Al cabo de quince minutos apareció un policía de uniforme que iba haciendo la ronda junto a la vía. Lo único que fallaba en los planes de Markus era que aquel hombre no estaba fumando.

A las ocho menos cuarto en punto el bullicio de los pasajeros y un pitido agudo anunciaron la llegada del tren. En ese momento, el policía, al que József no quitaba ojo, se encendió un pitillo que resultó tranquilizador. A József el tren, que hizo su entrada en la estación de forma parsimoniosa pero apabullante, le pareció un sueño. No había visto nada más elegante en su vida. Azul acero y oro, tenía enormes ventanales opacos sobre los que estaban escritos en letras mayúsculas doradas los nombres de las ciudades del recorrido: París, Múnich, Viena, Bucarest... Para todos aquellos pasajeros, el Orient Express era el viaje al mundo libre en primera clase. Para él, en cambio, era un modo ilegal de huida hacia la nada. Estaba a punto de viajar hacia el Occidente con el que llevaba soñando toda su vida. Aunque jamás pudo imaginar que sería de aquel modo.

Todos los pasajeros estaban ya instalados en sus vagones cuando el policía se agachó a atarse un zapato. József pasó por su espalda y trepó por la escalerilla. Tal y como Markus le había anticipado, la trampilla estaba abierta, pero, al intentar entrar, comprendió que iba a pasar las siguientes catorce horas en un agujero del tamaño de un ataúd.

Para aliviar la probable claustrofobia, se colocó de cara a la trampilla del techo del vagón y procuró atender a las conversaciones de los viajeros. Pero nada le interesaba. Tenía la mente en blanco. Con su vida del revés y en escapada, era incapaz de entretenerse o tan siquiera de planificar. Y si tenía que vivir el presente, era mejor así.

Tras un pitido idéntico al de la llegada del tren, el inicio del movimiento lo mareó un poco, pero, al cabo de pocos segundos, la sensación de náusea remitió y su cabeza dejó de dar vueltas. El traqueteo lo fue adormeciendo mientras repasaba rostros en su cabeza: su padre, Nino, Declan, János, Markus, Nick, Hanna... Los párpados se le caían. ¿Y si nunca volvía a verlos? Estaban cerrados ya. ¿Y si...?

—¿Y ya no volviste a ver a ninguno de los chicos del Fortuna? —preguntó el Juez.

—Nunca. Pero sigo teniendo la deuda con Markus y la voy a pagar, aunque sea lo último que haga.

—¿El tipo se murió? El mafioso al que diste la paliza.

—No lo sé. Pero, como dijo Markus, si salió con vida, no la habrá disfrutado mucho.

—¿Y qué pensabas encajado en el escondite del Orient Express?

—Que tenía frío, que tenía miedo y que me estaba meando. Y que mi vida se había terminado. La verdad es que no tenía ninguna confianza en lo de la Legión Extranjera, pero, después de más de diez horas de trayecto enroscado en aquel agujero, me abandoné a mi suerte. Cuando el tren redujo la velocidad al llegar a la estación del Este...

Segunda parte

FRANCIA

El tiempo que se tomaron los pasajeros en descender pausadamente del tren a su llegada a París resultó aún más pesado que las catorce horas de viaje encajonado en su improvisado nicho. Mientras los conocidos ocasionales se despedían, los padres reunían a sus hijos y la excitación de la llegada al destino bullía en los vagones, József sentía que su estómago se iba cerrando cada vez más. Bajo la oscuridad del falso techo aguardaba la ciudad de la luz, pero, a diferencia de los turistas con la tranquilidad del billete, es decir, de la vida previsible, su París era la incierta búsqueda de un policía al que entregarse. Nada más. A partir de ahí no habría jardín de las Tullerías, ni Campos Elíseos, ni Montmartre, ni place Vendôme. Aquel prodigio azul y oro detenido en la estación del Este era el preludio de un angustioso salto al vacío. La puerta de entrada al desdibujado y aterrador resto de su vida.

Tal y como le había dicho Markus, el paseo del último revisor antes de la limpieza del vagón era el momento oportuno. Empujado por la determinación de quien no tiene otro remedio y sin pensar demasiado, corrió la rendija del aire con inesperada facilidad, y eso fue todo. A partir de ahí, cada movimiento natural se convirtió en una hazaña. Sus piernas, entumecidas después de catorce horas de adaptación al espacio disponible, no respondían a su voluntad y la luz, la ansiada luz, lo cegaba de un modo casi doloroso. Se deslizó por el hueco de la ventilación y, extrañamente, no sintió dolor alguno cuando rodó inválido por el suelo del vagón. Con el paso de los minutos, el cosquilleo en sus muslos y la capacidad para abrir los párpados se reducía la ansiedad que, por otro lado, aumentaba ante la inminente entrada de los funcionarios encargados de la limpieza. «Entrégate antes de que te pongan las manos encima». Eso era todo lo que debía pensar.

Sin poder mantener la compostura, un poco a rastras, consiguió deslizarse por la puerta del vagón y colocar sus pies sobre el andén. Una vez erguido, incapaz de abrir los ojos del todo, se dirigió hacia lo que parecía la salida a juzgar por el, a esas alturas menguante, flujo de pasajeros. Dando tumbos como si estuviera borracho, apestando a ropa del día anterior, con la vejiga a punto de explotar y sintiendo la repulsión de cuantos viajeros pasaban a su lado, una sola frase, memorizada por incomprensible, retumbaba en su cabeza como un estribillo: «*Je veux rejoindre la Légion Étrangère*».

Mientras avanzaba por la galería de techos acristalados, la vista se le iba aclarando y sus piernas recuperaban la fuerza suficiente para dejar de llamar la atención. La aglomeración de pasajeros y el espontáneo reordenamiento en cuatro filas indicaba claramente, aún sin señales en francés (que tampoco hubiera entendido), el control de pasaportes. Esperó su turno empapado en sudor y con la boca pastosa de quién lleva más de medio día sin beber. Con el paso de los minutos en la cola, su cuerpo le iba respondiendo al mismo ritmo que su ánimo se debilitaba. Todos aquellos transeúntes —algunos, turistas; otros, hombres de negocios— esperaban su turno sin más preocupación que la disponibilidad de un taxi a la salida. Sus semblantes eran de tedio, de rutina. Un hombre a su derecha llevaba un niño en el brazo derecho y una maleta en la mano izquierda mientras la que debía de ser su mujer empujaba un carrito con un bebé. Un poco más adelante, otro hombre que viajaba solo, vestido con un traje sastre que a József le pareció elegante y con un periódico bajo el brazo, no dejaba de resoplar cada vez que miraba su reloj. Escenas de vidas que no le parecían nada convencionales, más bien envidiables. Un trabajo fijo sin demasiadas pretensiones, una mujer, puede que niños y una casa a la que poder regresar por la noche. Una vida parecida a la que proponía su padre y que ya nunca sería.

Él, por el contrario, estaba viviendo una pesadilla sin haber tenido un minuto para pensar con calma. Huía por su vida solo por cumplir con el trabajo que le habían asignado. Allí de pie, en aquel monumento humano a la rutina, podía sentir el latido del su corazón en la garganta ya que para él la espera, lejos de ser un trámite cotidiano, era una admonición de un destino fatal e insalvable. Cuando llegó frente a los agentes de aduanas, los nervios lo empujaron a extender las manos con su pasaporte abierto en la derecha y gritar sin ninguna necesidad: «*Je veux rejoindre la Légion Étrangère!*». Un policía joven se le acercó, le bajó las manos, le cogió el pasaporte y lo llevó al puesto principal.

—*Calmez-vous. Venez avec moi* —le dijo.

—*Je veux rejoindre la Légion Étrangère!* —repitió József como un poseso.

Una vez sentado en un cuarto trasero de lo que parecía la comisaría de policía de la estación, señaló el cartel de los cuartos de baño con verdadera desesperación. «*Ne bouge pas de là jusqu'à ce que nous ayons fini*». No necesitó traducción para comprender que aquel policía no le iba a dejar moverse, así que, sin capacidad para aguantar un segundo más, se meó encima hasta los tobillos. «*Pour l'amour de Dieu, c'est vraiment dégoûtant!*». «Ahora sí me dejas ir, ¿eh, cabrón?». Los pantalones pesaban una tonelada y apestaban como el callejón trasero del Fortuna los sábados por la noche, así que, en lugar de intentar remediar lo irremediable, abrió el grifo y bebió con torpeza y con ansia. Después se mojó la cabeza y se frotó la cara con la remota esperanza de conseguir una cierta sensación, si no de higiene, al menos de frescor. Cuando volvió al cuarto, las caras de asco y los juramentos eran tan claros para él como si fueran en húngaro. Solo diez minutos tuvieron que transcurrir antes de que el mismo policía que lo había llevado a aquel cuarto y que le había negado la entrada al baño apareciera con unos pantalones como de hospital y una bolsa de plástico. Aburrido de no hacerse entender por aquel desheredado, señaló directamente a los pantalones, a la bolsa y al baño. El gesto consiguió calmar los ánimos de los policías y permitió a József recuperar algo de la dignidad perdida.

El transcurrir de los minutos no hacía mella en el ánimo de József, porque, paradójicamente, la retirada de su pasaporte le proporcionaba una cierta sensación de trámite en curso. Después de una hora y media aproximadamente, el mismo agente lo condujo, con el ceño fruncido pero con amabilidad, a otro habitáculo de la misma comisaría. «*Attendez ici. Dans quelque temps on viendra vous chercher*». Los gestos del agente, primero con las palmas de ambas manos hacia abajo y después como quien maneja un volante, debieron de resultar efectivos porque József se sentó sin la sensación de angustia que le estaba destrozando las mandíbulas a base de tener los dientes apretados.

Tras otra hora de espera, el agente «mimo» entró de nuevo en la sala, le devolvió el pasaporte — «*où vous allez, vous n'en aurez pas besoin*»— y lo condujo a una salida trasera a la calle donde esperaba un transporte militar.

Si cualquier pasajero en su primer trayecto por París está ansioso por contemplar, a poco que lo permita la ventanilla del taxi, todas las maravillas que la ciudad tiene que ofrecer, la fascinación de un visitante del Este se duplica. József, en cambio, se lo perdió todo. Cruzó el Sena sobre el puente Notre Dame, dejó a la izquierda la Sainte-Chapelle, volvió a cruzar por el Pont Neuf y dejó atrás el Louvre, el Museo de Orsay y los Inválidos sin almacenar un solo recuerdo. Y allí mismo también, al otro lado de la ventanilla de aquel vehículo, la libertad que tanto ansiaba se presentaba ante él tal y como la había imaginado a través de las fotos de las revistas que János acumulaba en el almacén del Fortuna. Grandes tiendas con escaparates repletos de vestidos y joyas, restaurantes de todos los rincones del mundo, marquesinas de cines anunciando la proyección de *Hechizo de luna* o de *Atracción fatal*, carteles de publicidad del tamaño de edificios con modelos embutidas en Levi's... Todo lo que había soñado a lo largo de su niñez y temprana juventud se ofrecía ante sus ojos en aquel breve trayecto y no fue capaz de levantar la vista de sus manos entrelazadas como quien se encomienda a un dios pagano sin fe y sin oración.

Al llegar al cuartel de destino, el militar que lo acompañaba en el habitáculo trasero del vehículo le hizo señas para que bajara y lo llevó a un barracón de control donde otros tres jóvenes vestidos de paisano esperaban pacientemente. Acto seguido señaló el espacio sobrante en el banco y le dio un formulario en francés. József miró a los otros, se encogió de hombros y tendió el formulario al militar quien, demostrando aburrimiento por lo que parecía una liturgia conocida, le retiró de nuevo el pasaporte y lo dejó junto con el formulario en la ventanilla que presidía la sala. Poco después oyó que lo llamaban por algo parecido a su nombre, recogió el pasaporte y el formulario relleno y se volvió a sentar.

Pasado cierto tiempo, no llegaría a una hora, otro militar algo más corpulento se los llevó dentro del complejo y anduvieron unos trescientos metros hasta llegar a otro barracón, esta vez con literas, donde, a mejor entender de los reclutas (para entonces los cuatro ya habían comprendido que eso era lo que eran), debían esperar por tiempo indefinido nuevas instrucciones. Puede que por instinto o por desconfianza, o por una mezcla de ambas, cada uno se instaló en la parte baja de una litera distinta. Al principio permanecieron sentados, pero el paso de las horas les fue haciendo perder el miedo y se tumbaron hasta acabar dormidos.

Cuando József se despertó agitado por una mano que no reconocía y sin tener la más mínima idea de dónde estaba, ya era de noche. Uno de los reclutas, un rubio corpulento que habría supuesto una pesadilla en caso de haberlo tenido que sacar por la fuerza del Fortuna, le estaba susurrando algo en alemán. József lo agarró por los hombros, lo devolvió a su cama y, sin la menor esperanza de hacerse entender, le dijo: «Duerme lo que puedas, porque mañana no será mejor que hoy». Puede que el alemán se diera por vencido o puede que la actitud de József lo calmara, pero el caso es que empezó a roncar al cabo de unos minutos. En cambio, él ya no volvió a dormirse más. La inquietud de un futuro amenazante y la frustración de no poder comunicarse le estaban destrozando un estómago que, a esas alturas de la noche, llevaba más de veinticuatro horas sin alojar nada remotamente parecido a un alimento.

Pero seguía empeñado en buscar el lado bueno siempre que sus cabales se lo permitieran. Estaba en París, en lo que parecía un barracón de reclutas, y se había alejado mil quinientos kilómetros de las bandas de gitanos que, a buen seguro, habrían cumplido sus amenazas. Dos días atrás su vida no valía nada. Ahora su futuro estaba, hasta cierto punto, en sus enormes manos.

La voz de diana sobresaltó a los otros tres, pero no a József que, poco antes, había visto amanecer por el tragaluz del barracón. El soldado que los despertó les recogió los pasaportes y los formularios y, mediante gestos, los condujo a un cuarto de duchas. En un banco de la entrada, en cuatro montones, habían dejado ropa de camuflaje doblada, una pastilla de jabón y una toalla. Fue el único momento desde que se bajó del tren en que József no necesitó gestos. Ninguno de ellos, de hecho. Se desnudaron como si fueran niños en un campamento y disfrutaron de aquella ducha como si fuera la primera. Sin embargo, un piloto parpadeante en su cerebro les hizo recordar dónde estaban y terminaron con una rapidez y una diligencia que nadie les exigía. Se secaron y se vistieron con los uniformes militares que les habían dejado en el banco, más justos para József y el alemán y más holgados para los otros dos. Abandonaron allí la ropa que traían, como quien deja atrás su vida anterior, y ya no la volvieron a ver.

Después fueron llevados a otro barracón que olía a pan y a café y siguieron el ejemplo del resto de los soldados que guardaban fila con una bandeja metálica en la mano. Café solo, un mendrugo de pan y lo que parecía un revuelto de patatas y huevos. Sentados a una mesa aislada del resto, se sonrieron para celebrar lo que a cualquier ciudadano normal le hubiera parecido una comida carcelaria. Nada más acabar de desayunar, el militar al que parecían estar asignados les señaló una especie de hangar donde debían esperar. Las horas que transcurrieron y el calor infernal bajo el tejado de uralita fueron convirtiendo las sonrisas de la ducha y el desayuno en el rictus desesperado de quien es consciente de haber cometido el error de confiar. Finalmente, a eso del mediodía, un autobús militar se detuvo frente al hangar y los cuatro recibieron la indicación de subir, la última que recibirían de aquel chico al que tampoco volverían a ver.

Una vez en carretera abierta, el alemán preguntó algo a los dos soldados que los vigilaban desde los asientos delanteros. Como era previsible, ambos hicieron como que no oían nada. El conductor les dijo algo en francés: «*Que dit-il?*». «*Ils veulent savoir où nous allons*». «*Marseille!*».

El autobús tardó diez horas en recorrer los casi ochocientos kilómetros que separan París de Marsella, con solo dos paradas para repostar, una en Dijon y otra en Lyon. Los cuatro jóvenes seguían sin saber por qué los llevaban a Marsella y qué iba a ser de ellos allí, pero se iban conformando con las pequeñas compensaciones que sus vigilantes les ofrecían arbitrariamente, como el bocadillo de queso y algo parecido a jamón que József no supo identificar, pero que le pareció un manjar.

Era noche cerrada cuando llegaron a lo que a simple vista parecía un cuartel. A simple vista, porque, a la mañana siguiente, los cuatro ya sabrían que acababan de bajar un peldaño más hacia el infierno. Aquel cuartel era conocido por los legionarios como «la Gestapo», un centro de selección en el que todos los aspirantes eran interrogados sobre su vida, con particular interés en antecedentes policiales por delitos muy graves, enfermedades mentales o consumo de drogas. Si no eran «descartados», pasaban al siguiente filtro en el que se sometían a una escrupulosa inspección médica y a una exigente valoración física. Solo en el improbable caso de pasar los dos filtros anteriores, los aspirantes eran interrogados sobre cualquier habilidad de su vida anterior que pudiera ser utilizada en un campo de batalla. Por último, a cada uno de los pocos «aptos para el entrenamiento» se les asignaría un nuevo nombre y una nueva identidad y se les ofrecería la ansiada nacionalidad francesa a cambio de cinco años completos de servicio.

Por primera vez desde que se subió al falso techo del Orient Express, József tenía la tranquilidad de quien tiene sus papeles en regla. Su expediente policial era inmaculado, no había probado las drogas en su vida y todos los años de entrenamiento en el gimnasio del Csepel estaban a punto de pagarle unos merecidos dividendos. De los cuatro aspirantes llegados de París, solo él y el alemán, rebautizados como Hugo y Stefan, superaron la criba. Cuando vio alejarse a sus dos efímeros compañeros de aventura, József pensó en la inquietante facilidad con la que un potencial amigo se convertía en un olvidable descarte. Esa especie de *memento mori* era una lección que procuraría no olvidar: «No seas tú el descarte».

Antes de la cena fueron requeridos a una reunión con el resto de los «supervivientes», unos doscientos en total, que, a falta de mejor herramienta de comunicación, utilizaban la mirada para exhibir un cierto orgullo de estar allí. No tuvieron que esperar mucho antes de que su semblante sonriente recuperara el previo rictus de incertidumbre y terror, ya que lo que parecía un oficial del ejército les fue informando de su futuro inmediato: en tres autobuses militares serían trasladados al centro de selección de Castelnaudary, una pequeña localidad al este de Francia entre Toulouse y Carcasona, donde serían sometidos a un entrenamiento intensivo del que solo saldrían elegidos veinte de ellos. A partir de aquella profecía, los doscientos orgullosos compañeros se convirtieron en encarnizados rivales en competencia por lo que, a su entender, les pertenecía. «¡Uno de cada diez!». József no podía parar de escudriñar la sala para identificar a los otros diecinueve. Su desgracia era que, a simple vista, no había diecinueve con aspecto de estar mejor preparados que él, sino setenta o más.

Durante la cena, el único sonido que se oía, aparte de las instrucciones en francés del oficial encargado de la cocina, era el tintineo de los cubiertos chocando con las bandejas metálicas. József acabó de los primeros y, con un gesto de la cabeza, indicó a Stefan que lo esperaba en la litera del barracón. Tumbado sobre la colcha, sin descalzarse siquiera y con la mirada fija en el techo, se obligó a desterrar cualquier gesto que delatara miedo o debilidad: «Si no soy uno de esos veinte, me devolverán a Budapest y mi vida no valdrá la ropa que lleve puesta. Tengo unos pocos días para demostrar a qué estoy dispuesto para sobrevivir». El resto del grupo fue llegando sin hablar, cabizbajo y con una cierta parsimonia propia del abatimiento. Las luces se apagaron y József golpeó dos veces el somier de Stefan a modo de «buenas noches». Este contestó con alguna expresión alemana y el sueño venció a los nervios.

Con las primeras luces del alba y a la voz de diana, el barracón se puso en marcha como un resorte. Alisar las literas, asearse y presentarse correctamente vestido frente al comedor en menos de quince minutos dejaría de suponer un desafío para convertirse en una rutina. Y toda contribución a pasar el día sin pensar se agradecía. Una vez terminado el desayuno, sin más instrucciones explícitas y con el pequeño petate de ropa militar que se les asignó a la llegada, formaron en tres filas frente a otros tantos autobuses para emprender el camino a Castelnaudary. Durante aquella espera los sentimientos de József eran contradictorios. Por un lado, la curiosidad por conocer el escenario de su desafío lo estimulaba. Pero, por otro, la promesa de un inimaginable sufrimiento y el miedo al fracaso lo empujaban a permanecer en aquella fila todo el tiempo que fuera posible. Al cabo de una hora, los autobuses arrancaron, las puertas se abrieron y los reclutas se dispusieron a bordear el Mediterráneo a lo largo de los casi cuatrocientos kilómetros que los separaban de su voluntario martirio.

La belleza del trayecto por la región de Occitania desentonaba con aquel viaje como si un director borracho hubiera elegido la localización equivocada para la película. El Mediterráneo, los bosques, los castillos amurallados entre Montpellier y Narbona esperaban recibir familias ansiosas de descanso y cultura y no un autobús de perdedores vestidos de camuflaje, con un nombre inventado y sin resto que apostar. Como en París, József no prestaba atención a aquel decorado. Nada de lo que le rodeaba le quitaba un ápice de concentración o le suponía un segundo alivio. Su objetivo no era muy ambicioso, apenas sobrevivir. Y su huida hacia adelante, con un plan que terminaba en aquel autobús, requería toda su atención. No era capaz de dormirse, pero tampoco de contemplar Francia abierta ante él. Mientras iba contando mecánicamente los postes que flanqueaban la carretera, pensaba en el mensaje clavado en el sillín de su bicicleta —«Estás muerto»—, en la admonición de Markus —«Vete de aquí, chaval, porque esta gente cumple lo que promete»—, en lo frágil que se sentía y en que no quería volver a estar a merced de nadie nunca más. Haría todo lo necesario para no depender de nadie y para que nadie dependiera de él. Había llegado hasta allí solo y así seguiría por el resto de su vida.

La llegada al centro de Castelnaudary no fue muy distinta de Marsella. Con una temperatura similar, la proximidad del embalse llamado Grand Bassin del canal du Midi anunciaba un frío húmedo más difícil de combatir que el de la costa mediterránea. Los doscientos aspirantes descendieron de sus autobuses ordenadamente y en silencio y formaron de una manera improvisada en el hangar. Allí estaba esperando un joven soldado que, sin conceder ningún margen para un mínimo aseo o una visita al baño, guio a los reclutas hasta una nave con bancos corridos a modo de aula. Sin que nadie les dijera nada, con un comportamiento más propio de ganado que de seres humanos, ocuparon los bancos y esperaron a que algún mando se dirigiese a ellos.

Al cabo de quince minutos, apareció un hombre de mediana edad, vestido de camuflaje y en una forma física aparentemente envidiable. Con una voz ronca, empezó a hablarles:

—*Je suis le capitaine Jean Chevalier. Dans les quatre prochaines semaines…* voy a ser su instructor. Pero no se equivoquen. Yo no estoy aquí para que aprendan nada. Yo estoy aquí para llevarlos al límite y disfrutar viéndolos caer. No soy su amigo, no voy a tener piedad y seré el primero en decirles adiós cuando abandonen este campo de entrenamiento. Ustedes son desechos de la sociedad. *Donnadies* sin amigos ni familia ni una parcela de terreno donde caerse muertos. De lo contrario no estarían aquí. Mi obligación es identificar a los pocos afortunados que merecen una segunda oportunidad. —Después de una pausa algo teatral, continuó—: Durante estas cuatro semanas serán sometidos a esfuerzos físicos extremos, serán privados de agua o alimentos, se sentirán perdidos, amenazados, traicionados. Y todo ello sin aviso y sin instrucciones, porque no es un juego. Sin reglas, porque no es una prueba. Aquí van a averiguar si están dispuestos a sobrevivir o a rendirse. Y pueden estar seguros de que no habrá un alma ahí fuera que los eche de menos.

Y ya. Una vez hubo terminado su cortísima intervención, se giró hacia la puerta y desapareció. Los que entendían algo de francés a duras penas intentaban explicar a los demás lo que habían entendido de aquellas «palabras de bienvenida». A József la figura del capital Chevalier no le resultó amenazante. De hecho, de un modo infantil, le recordó al entrenador del Csepel, y eso lo invadió de nostalgia. Añoraba Budapest como imagen de su vida perdida, la que era y la que pudo haber sido, y, de repente, sintió rabia. Había huido de aquellos gitanos malnacidos como un conejo, pero, en la distancia, a varios días y miles de kilómetros, el miedo se había convertido en frustración. La que le producía sobre todo una inasumible decepción consigo mismo.

Cuando volvió en sí, vio a Stefan agachado y con los antebrazos cruzados contra su abdomen, como un preludio del llanto o del vómito. Puede que un poco de ambos. József recordó la primera noche en el barracón de París, le puso la mano en el hombro y le dijo: «Vamos a comer con la cabeza bien alta porque ya ningún día será peor». Stefan se puso en pie y los dos amigos, que ya lo eran aunque no hubieran cruzado una sola palabra inteligible, se perdieron en el grueso del grupo de hombres que, a partir de la mañana siguiente, se convertirían en rivales.

Serían las tres de la tarde cuando cada aspirante recibió un petate con algo de ropa militar y material de aseo. Después, agrupados sin ninguna formalidad, fueron llevados a un barracón con literas que se fueron repartiendo con una tranquilidad que, claramente, procedía del miedo. József y Stefan no tuvieron ni que mirarse para saber que repetirían como compañeros de litera. Sin tiempo para ordenar la ropa en las respectivas taquillas, una voz enérgica los reclamó fuera del barracón. «Ahí está la comida, amigo». Salieron desordenadamente y un no tan joven soldado, puede que sargento por edad y autoridad, los condujo a una explanada trasera salpicada con vehículos blindados y les ordenó formar en tres filas. Cada hombre debía guardar un brazo de distancia con el precedente y los de los lados. Después, girados de cara al sargento y en posición de firmes, esperaron.

El sol en medio de un cielo despejado contrarrestaba el frío húmedo, y la sensación era agradable. El problema era el estómago, que empezaba a hacerse notar por la falta de comida desde el desayuno. Cada vez que a alguno del grupo se le ocurría susurrar algo a un vecino, la voz atronadora del sargento aparecía como de la nada para impedir cualquier tipo de comunicación o consuelo. József recordó el gimnasio. El dolor en las manos al golpear las tablas. El dolor en el abdomen al recibir los golpes de compañeros mayores y más expertos que él. Allí, al menos de momento, nadie te golpeaba. Pero el sol se escondió tras el valle y el frío se empezó a infiltrar en los huesos con una rapidez desconcertante.

Después de la puesta de sol, algunos empezaron a pedir permiso para ir al baño, cosa que, a juzgar por los gritos del sargento, fue sistemáticamente denegada. Uno tras otro fueron meándose encima y al cabo de muy pocos minutos el olor era nauseabundo. O eso era lo que pensaba József, el maldito olor, hasta que le llegó el turno y comprendió que el frío que había sentido antes de tener los pantalones empapados había sido llevadero. Ya entrada la madrugada, ateridos, tiritando, algunos vomitaban y otros se desplomaban como fardos. A los caídos, unos veinte o más, se los iban llevando a rastras.

Las punzadas en los muslos, el dolor en los riñones y la sensación de fiebre eran ya insoportables cuando, a eso de las cinco de la mañana (ninguno tenía reloj para poder saber con exactitud), el sargento ordenó deshacer la formación y fueron llevados al barracón de las duchas. Muchos de ellos apenas podían poner un pie uno detrás del otro y todos temblaban por el frío húmedo. Como se podía esperar, las duchas solo eran de agua fría, pero, sorprendentemente, eso ayudó con la sensación de fiebre. A la entrada del barracón les estaban esperando dos soldados que les repartieron un bocadillo de tortilla con beicon y una botella de leche. Los caídos nunca llegaron. Ni esa noche ni las siguientes. Eran descartes. Sin rastro de piedad o empatía, József se dijo en voz alta: «Ya solo quedan ciento ochenta».

La voz de diana despertó a József de un sueño corto pero profundo y durante los quince minutos de rutina mañanera se sintió mareado. Algunos aspirantes no podían levantarse de la cama arrebujados en la colcha y sin parar de temblar. Nadie les dijo nada, así que allí se quedaron mientras el resto formaba frente al comedor. József se sentó junto a Stefan, y los dos se miraron tratando de infundirse confianza recíproca. Mientras daban cuenta del desayuno, József reparó en que aquel alemán, sordomudo a los efectos, empezaba a tener para él una importancia que no estaba seguro de poder permitirse. De vuelta al barracón, los enfermos ya no estaban y sus colchones se mostraban desnudos por completo. Más descartes.

Según iban saliendo del aseo posterior al desayuno, con el sol asomando por los álamos, se iban incorporando a una réplica de la formación del día anterior, algo menguada eso sí, a la espera de la llegada del sargento. Como muchos creían que serían sometidos a un ejercicio parecido al de la noche anterior, se habían echado bajo la guerrera toda la ropa disponible. Inmediatamente después de que la formación estuviera completa y en posición de «firmes», el sargento indicó la pista de salida de la base y mandó marchar. No llevaban mucho trayecto recorrido, apenas unos minutos, aunque a un paso que a József le pareció exigente, cuando una figura a las puertas de la base se iba aclarando a medida que se acercaban a ella. Era el capitán Chevalier que les estaba esperando para cambiar el ritmo de la marcha y recordarles la promesa que les hizo el primer día.

La formación salió de Castelnaudary con rumbo oeste. Primero siguiendo el cauce del canal para después alejarse hacia el campo abierto y las pistas de tierra. El ritmo y la humedad hacían que el calor empezara a notarse y los precavidos lamentaban su exceso de celo. El paisaje a su paso era pura campiña francesa, con villas imponentes aquí y allí, bosques frondosos y pequeñas poblaciones a lo largo del cauce del canal y sus sucesivas presas. El aire era húmedo pero limpio. Solo en ese instante József admiró la belleza que lo había rodeado desde que se bajó del tren en París y que había ignorado por completo. Aquel país verde y majestuoso, tan distinto del Budapest obrero que él conocía, tan libre. Y sin embargo, él vivía en una burbuja ajena a todo aquello, procurando concentrarse en resistir a toda costa.

Como quien despierta de un sueño, arrancó cualquier resto de pensamiento bucólico de su cabeza y volvió a concentrarse en la marcha. En las cinco horas que llevaban andando desde que salieron de la base, el sargento no tuvo que llamar la atención ni una sola vez porque nadie hablaba. Solo se oía el ligero susurro del viento, los pájaros y la respiración irregular de una formación cada vez más cansada.

Al llegar a un embalse inmenso (después sabrían que se trataba del lago de Saint-Sernin), el sargento ordenó una parada y todos los aspirantes recogieron de un petate grande una ración de comida compuesta por una botella de agua, una lata que contenía una especie de puré concentrado y dos pastillas que probablemente eran vitaminas. Se les concedió permiso para aliviar sus vejigas y continuaron la marcha a eso de las tres de la tarde. Habían tardado siete horas en recorrer cincuenta kilómetros.

Al cabo de un par de horas más desde la reanudación, el ritmo no había descendido un ápice y algunos aspirantes empezaron a mostrarse extenuados. Incluso los que exhibían mejor forma física, respiraban por la boca con dificultad. Otros con peores condiciones cojeaban ostensiblemente y buscaban apoyo en algún compañero. Uno de los que más cojeaba, un chico rubio con aspecto de ruso, se sentó al borde del camino y, al quitarse la bota del pie izquierdo, observó con horror cómo la sangre había empapado el calcetín. Al quitárselo se arrancó parte de la piel y dejó a la vista una herida del tamaño de una ciruela en la parte interior de su tobillo. Nadie se detuvo. Apenas algunos miraron de reojo y lo vieron alejarse. El pobre chico, desesperado por continuar, cogió la bota con su mano derecha y trató de seguir al grupo con su pie descalzo, pero el dolor impedía cualquier hazaña y, llorando desconsolado, permaneció sentado hasta que el grupo lo perdió de vista.

Serían la siete de la tarde cuando llegaron al lago de Laragou. Exhaustos, sentían un dolor en las rodillas desconocido, como si no encajaran, y punzadas en la espalda y en el cuello, pero la peor parte se la habían llevado los pies. Se dispusieron en círculos, se descalzaron y pusieron sus calcetines a secar. Unos ayudaban a los otros a explotarse las ampollas con la esperanza de que estuvieran secas a la mañana siguiente. Algunos ya tenían heridas y, con el agua del lago, hicieron lo posible por limpiarlas a riesgo de quedar expuestos a una posible infección. József y Stefan estaban agotados, pero razonablemente ilesos. Apenas lamentaban alguna ampolla y cierta irritación de la piel bajo los brazos y en las ingles.

Después de una hora aproximadamente, el sargento apareció con otro macuto de raciones y agua y, en un francés que ya empezaban a intuir, les señaló la orilla del lago como barracón improvisado para la noche. Sin lamentos y sin preguntas, se asearon y se abrigaron cuanto pudieron previendo que la noche al raso a la orilla de aquel lago no sería menos gélida que la anterior en la explanada de la base.

Aún era de noche cuando el sargento despertó al grupo, que estaba empapado por el rocío. El único consuelo de aquellos hombres era la expectativa de un desayuno que nunca llegó. Apremiados por la clara intención de iniciar la marcha inmediatamente, buscaron sus calcetines, todavía húmedos, se pusieron las botas como quien cumple una penitencia y reconstruyeron la formación de la ida detrás del capitán. La mayor parte tenía las heridas de las ampollas infectadas y, casi todos, sensación febril.

Mientras rodeaban el lago hacia el norte, József se sentía agotado y colérico. Estaba dolorido, tenía las ampollas de los pies abiertas, la cabeza le ardía y el olor que desprendía le daba náuseas. Y aunque sus dolencias eran inimaginables hacía solo una semana, no eran su principal preocupación. Las pruebas y el sufrimiento corporal lo debilitaban pero estaban previstas hasta cierto punto. En cambio, lo que le estaba destrozando el ánimo era la falta de planificación o de tan siquiera comunicación por parte de los mandos. Apenas algún esporádico bufido en francés y señas, eso era todo. Tratados como reses, aquellos hombres estaban empezando a dejar de serlo con quietud y resignación. Nadie hacía preguntas, nadie hablaba y a nadie parecía importarle. Si esa iba a ser la reacción ante semejante desprecio, József pensaba que no merecían la nueva identidad otorgada; bastaba con que los hubieran herrado.

La vuelta a la base discurrió por un camino distinto al de ida y dejó los campos sembrados de treinta o cuarenta descartes más. Nadie se ocupaba de aquellos hombres. Era evidente que no podían dejarlos a su suerte en medio de Francia y que algún vehículo los recogería para, en el mejor de los casos, proceder a su repatriación. Pero, para József, la intención era clara: grabar en la mente del resto de los aspirantes la imagen desvalida de los compañeros derrotados al borde del camino. Si te paras, estás fuera. Y lo que es peor: solo.

La llegada al barracón resultó dantesca. Algunos tenían ronchas en carne viva por la ropa húmeda, otros estaban mareados por el escaso alimento y todos cojeaban. Las distintas procedencias dificultaban el entendimiento entre la mayoría de ellos, pero no la empatía. Los hombres caídos, el sufrimiento compartido y las penurias habían transformado las miradas de rivalidad y recelo de la llegada en pura compasión. O, mejor aún, en camaradería. Puede que tuvieran que aguantar un trato vejatorio y pruebas inhumanas, pero ya no lo harían solos. Aquella noche, magullados y extenuados, se sentaron a la cena con la confianza de quien está rodeado de hermanos que, sin pronunciar una sola palabra, se habían juramentado para protegerse y cuidarse. Un potente combustible para los días por venir.

Las jornadas se parecían mucho unas a otras hasta convertirse en un sinfín homogéneo. Las marchas extenuantes solo se veían alteradas por la rutina cuartelaria: plantones, imaginarias, limpieza de cocinas y letrinas… Una mañana, con la habitual falta de directrices, formaron antes del desayuno para salir de la base en ayunas. Tomaron dirección noroeste y, cuando esperaban continuar trayecto hacia el este como acostumbraban, se detuvieron en el cercano lago de la Ganguise. El sargento dispuso a los hombres en una larga fila, abrió una bolsa de la que extrajo cuerdas y, uno a uno, les fue atando las manos a la espalda. El capitán se apartó unos metros hasta la orilla de uno de los extremos del lago. Dos mandos que no habían visto hasta ese día se enfundaron sendos trajes de neopreno y se metieron en el agua. Una vez se hubieron adentrado unos treinta o cuarenta metros, el capitán hizo una seña al sargento para que le fuera enviando los aspirantes de uno en uno. Desde la fila se podía ver al primero entrar en el lago hasta que el agua le llegaba por el cuello y después perder pie. Para cualquiera que supiera nadar aquello no parecía un gran desafío. A simple vista, bastaba con desplazarse a espalda moviendo las piernas con firmeza. Pero lo que no se veía desde fuera era que la ropa y las botas añadían un peso decisivo a la hora de mantener la cara por encima de la superficie del agua. El primer aspirante logró llegar al otro extremo en un trayecto intimidante de unos cien metros, pero el segundo se sacudió en espasmos desesperados hasta que quedó totalmente sumergido. Los segundos que iban transcurriendo desde que se le dejó de ver la cabeza se hacían eternos y la angustia era creciente entre los aspirantes. Ninguno de los mandos movió un músculo. Un murmullo de excitación en cien idiomas empezó a crecer hasta convertirse en una súplica desesperada y estruendosa. Todavía transcurrió un minuto más en medio de aquel caos antes de que Chevalier se apiadara e hiciera un gesto a uno de los dos buzos para que lo sacaran.

—¿Os da pena vuestro compañero? —gritó Chevalier al grupo—. ¿Creéis que soy cruel? En combate real ese pobre imbécil ya estaría muerto, y lo que es peor, seguramente habría puesto en peligro la misión. Ahí fuera no hay buzos esperando para rescataros. Si os capturan tenéis que ser capaces de escapar en cualquier circunstancia y, si no vais a poder, es mejor saberlo ahora. Tenía que haberlo dejado en el fondo...

El miedo de los siguientes aspirantes en una fila que no se detenía era desbordante y la ansiedad dificultaba aún más el desafío. Stefan, que iba dos puestos por delante de József, solventó con rapidez la prueba. Llegado su turno, la primera sorpresa fue la temperatura del agua, inesperadamente gélida. Superada la impresión térmica, la velocidad con que el uniforme ganaba peso y se ceñía al cuerpo anticipaba la dificultad para mantener a flote aunque fuera solo la cara. La pérdida de pie era angustiosa, pero, por lo visto en los reclutas precedentes, mantenerse sereno de espaldas al lago era crucial. El pataleo desesperado de quienes sucumbían a la falta de aire los arrastraba al fondo sin remedio. József, al límite de su resistencia, estuvo a punto de perder los nervios en un momento en que se vio incapaz de sacar la cara del agua. Pero la imagen reciente de las patadas enérgicas y rítmicas de Stefan hizo posible que finalmente se impulsara hasta la otra orilla. Unos cincuenta reclutas fueron rescatados por los buzos y ya no volverían a reunirse con sus compañeros. El período de prueba tocaba a su fin y solo quedaban sesenta aspirantes. La regla del diez por ciento se demostraba inclemente.

Una noche, a falta de dos días para que las cuatro semanas llegaran a su fin, el grupo abandonó la base con rumbo oeste. Continuaron unos doce kilómetros siguiendo el cauce del canal hasta Villepinte, en la ribera del río Fresquel. Abandonaron el canal y continuaron por el río unos kilómetros más hasta que la falta de poblaciones cercanas, las nubes y la frondosa arboleda los sumieron en una completa oscuridad. A partir de un cierto momento, el sargento fue apartando de la formación a los aspirantes de dos en dos con la instrucción de introducirse en el río hasta que el agua les hubiera cubierto el abdomen. Cuando les llegó el turno a Stefan y a József, la falta de visión dejó de representar un problema comparado con la temperatura del agua. Sus órdenes eran estar de plantón contra la corriente del río, que tampoco era excesiva y, a juzgar por la experiencia de los diecisiete días anteriores, el fin de la prueba podía tardar en llegar.

Con el paso de los minutos los músculos se entumecían y József se concentraba en tener los brazos en alto, la guardia de boxeo en el Csepel, para evitar introducir las manos en el agua. Al cabo de una hora perdió toda la sensibilidad de sus piernas y unas punzadas intensas recorrían su cuerpo desde los riñones hasta la base del cráneo. Cuando los brazos se empezaban a agotar y la incertidumbre respecto a la duración de aquel martirio lo empujaba al abandono, escuchó un chapoteo a su derecha. No necesitaba ver nada para saber que el sonido procedía del cuerpo inerte de Stefan sumergido en el agua. Por instinto y sin sensibilidad, se desplazó río adentro y recordó la bajada del Orient Express en París. Demasiado camino recorrido para abandonar cuando ya podían tocar su recompensa. La falta de movimiento, aunque fuera el sonido de algún braceo, dificultaba el rescate y József no tuvo más remedio que hundir sus brazos en el agua para, a tientas, dar con el cuerpo de su amigo. Cuando tropezó con él, intentó sacarlo del agua a pulso, pero el peso del cuerpo era mucho mayor de lo esperado y sus fuerzas estaban muy mermadas. Se sumergió por completo en el agua, lo abrazó y lo sacó a la superficie. Estaba pálido como un muerto y respiraba con dificultad.

—No me jodas ahora, ¿me oyes? Pasado mañana nos vamos de aquí. Nos hemos ganado el futuro. Nos hemos ganado una segunda oportunidad. Nos hemos ganado la libertad. Nos hemos ganado París. Iremos al cine, al fútbol, al McDonald's… ¿No quieres unas Nike? Te prometo que nos compraremos un par para cada uno. Y mujeres. Follaremos con diosas como las de *Playboy*. Pero de carne y hueso. Con su melena rubia y sus enormes tetas. Follaremos hasta que se nos caiga la polla…

Con su cuerpo, József ayudó a Stefan a combatir la hipotermia y, cuando las linternas los iluminaron para dar por terminada la prueba, no fueron capaces de salir por su propio pie. «*Pauvre imbécile. Tu aides celui qui te noierait sans hésiter*».

Incapaces de recorrer la distancia a pie, fueron envueltos en mantas y transportados en un vehículo de la base. Los que llegaron al barracón, treinta y dos supervivientes, habían superado la prueba. Los demás fueron llevados al hospital de Castelnaudary.

A la mañana siguiente, cuando esperaban un último tormento que dejara el número de aspirantes reducido a la veintena, el capitán Chevalier los reunió en la sala que no habían vuelto a ver desde su llegada. Solo habían pasado tres semanas, pero a József le pareció toda su vida. Empezó felicitándolos por haber superado el período de prueba y les informó del inicio de su formación, en el que él mismo sería el oficial instructor, a la mañana siguiente. «*Vous avez un jour de congé. Profitez-en pour vous reposer*». No hizo falta traducción. Enajenados, gritando con las entrañas y con lágrimas en los ojos, aquel grupo de desconocidos se abrazó como si se tratara de compatriotas.

Con la entrada en los cuatro meses de formación militar llegaron algunas buenas noticias. La primera era que empezarían a devengar una paga mensual de cuatro mil francos que estaban destinados a ahorro, salvo las monedas que pudieran gastar los domingos en la cantina o en llamadas telefónicas, ya que el resto de los días de la semana no tendrían un minuto libre para dispendios adicionales. También abandonarían las literas del barracón y se instalarían en las dependencias principales de la base de Castelnaudary en habitaciones con seis camas individuales. La formación tenía lugar a lo largo de jornadas completas en las que se alternaban las operaciones militares sobre el terreno con el entrenamiento físico. De estas últimas, sin duda, la más dura era la pista americana.

Tendrían acceso a armamento, sobre todo al rifle de asalto FAMAS, de fabricación francesa, con un peso un poco mayor de tres kilos y munición del calibre 5,56 mm, que se convertiría en una extremidad más de su propio cuerpo. Los más dotados también entrenarían con el fusil FR F2, de cinco kilos y munición del calibre 7,62 mm y un alcance de ochocientos metros, que estaba pensado para francotiradores. Acabarían conociendo cada pieza de su fusil como la palma de su mano, los montarían y desmontarían en segundos con los ojos cerrados y en todo momento los mantendrían limpios como espejos ante posibles inspecciones sorpresa que se repetían durante la semana.

Las clases teóricas abarcarían topografía y orientación, táctica militar (con particular énfasis en todos los tipos de despliegue sobre el terreno), estudio de los vehículos blindados (no para su manejo, sino para identificar sus puntos vulnerables de cara a un ataque), telecomunicaciones (aprendizaje del manejo y los códigos de la radio) y, sobre todo, francés, que les permitiría empezar a comunicarse unos con otros más allá de gestos con las manos o la cabeza.

Todas estas disciplinas, las físicas, las prácticas y las teóricas, serían evaluadas constantemente, de modo que, al final de los cuatro meses, se establecería un *ranking* que daría prelación en la elección del arma de destino. También tendrían la posibilidad de una pequeña promoción a lo que se conocía como cabo Fout-Fout, una especie de *primus inter pares,* ya que el acceso a cabo propiamente dicho estaba reservado para los que acreditaban tres años de antigüedad, servicio en misiones internacionales y agallas para pasar por un curso de ocho meses que, a menos que uno estuviera imbuido de espíritu militar, resultaba impensable.

Para József, la pertenencia a un orden y unas pautas representaban la vuelta a una vida previsible y, digamos, normal. Nunca se imaginó vestido de camuflaje, pero lo llevaría de buen grado si esa era la forma de acabar con la huida desesperada y con la incertidumbre permanente o la puerta caprichosa por la que estaba destinado a entrar en su ansiado «mundo libre».

Echaba de menos su vida, si no completa, al menos partes de ella, pero la sensación de que habían pasado cien años desde que se subió al falso techo del Orient Express le ayudaba a pasar página y mantenerse concentrado. Y el paralelismo con su vida en el gimnasio, aunque probablemente infantil, le ayudaba a sentirse preparado. Y para que la sensación de aislamiento en una burbuja lo mantuviera fuerte, estaba resuelto a no hacer una sola llamada de teléfono para evitar la nostalgia que lo invadiría al recuperar contacto.

No hizo falta que terminara la primera semana para que József identificara sus fortalezas y sus debilidades, incluso dentro de las mismas disciplinas. Cualquier materia que requiriera fuerza o resistencia lo situaba al frente del grupo. También todo lo relacionado con el armamento que, para su sorpresa, se le daba bien y le gustaba. Desmontaba y montaba el fusil con habilidad y destacaba en tiro, aunque sin pretensiones de manejar el FR F2, reservado para los cinco mejores. En cambio, las teóricas de táctica y topografía se le atragantaban. Su natural falta de sentido de la orientación y su torpeza en el manejo de la brújula y los mapas lo frustraban hasta el punto de temer como un castigo las maniobras en campo abierto y los ejercicios prácticos.

Las clases de francés, por el contrario, suponían un aliciente diferencial, no solo por su alta consideración de cara al *ranking*, sino por la posibilidad de comunicarse con los demás. No es que se le diera particularmente bien (nunca se había enfrentado al aprendizaje de un segundo idioma), pero una creciente ambición competitiva, la que había echado de menos en su infancia, y las ganas de poder conversar aunque fuera con Stefan lo llevaban en volandas durante las clases. Y aún quedaba otra motivación extra. Si la mayor parte de los soldados gastaban lo poco que podían en cerveza y llamadas los domingos, József estaba loco por salir de la base después del desayuno y comprar todas las revistas de música disponibles en la tienda de prensa del pueblo. Al principio, como en el Fortuna, solo miraba las fotos. Pero a medida que empezó a comprender los titulares, los sumarios y la parte principal de los reportajes, fue reservando casi todo el tiempo libre del que disponía para sumergirse en el universo paralelo que suponían aquellas historias que sonaban en su cabeza con la voz de János.

Pero el gran desafío en el tiempo de formación para todos los cadetes era la pista americana.

Era la prueba de mayor puntuación de cara al *ranking* final y József estaba atascado. Todo el tiempo extra que ganaba superando obstáculos, vadeando la piscina o deslizándose a pulso colgado de traviesas, lo perdía reptando bajo el alambre de espino sobre un suelo pedregoso, trepando el muro de tres metros o agachándose bajo las vigas inferiores del obstáculo asimétrico. No es que la flexibilidad fuera su punto fuerte, pero los años de kárate y lucha compensaban. El problema era su corpachón que no había manera de reducirlo a ras de suelo.

Una de las ventajas de poder hablar un idioma común era la tranquilidad de sentirse acompañado a la hora de explorar posibilidades de futuro. La más importante para ellos, claro está, era la elección del arma de destino. Y József y Stefan lo tenían claro. Ya que habían llegado hasta allí, iban a aspirar a lo más alto. Y no había nada más ambicioso que el regimiento de paracaidistas CRAP (Commandement de Recherche et d'Action dans la Profondeur). Si todas las unidades de la Legión Extranjera francesa tienen que ser capaces de movilizarse en doce o catorce horas, el CRAP tiene que estar listo para ser aerotransportado con solo seis horas de margen desde la orden. Tanto József como Stefan eran conscientes de que la posición de *ranking* requerida era exigente, así que decidieron explorar todas las posibilidades a su alcance para sacar ventaja a los demás. Y no había ninguna más rápida que aspirar a cabo Fout-Fout que, si bien tenía el aliciente de aumentar la paga mensual a nueve mil francos, la leyenda de las pruebas de acceso invitaba a pensarlo más de una vez.

Así que los días transcurrían entre el montaje y desmontaje del fusil, las sesiones de tiro, la pista americana y las teóricas. Los sábados se dedicaban a limpiar las instalaciones y el domingo, si no había habido arrestos en la semana, a beber en la cantina y, los menos, a llamar a casa. El trato entre compañeros era razonablemente bueno, sobre todo porque, contra cualquier pronóstico, estaba seriamente castigado el abuso o el hostigamiento fuera de las pautas de la formación. Pero siempre había excepciones.

Un soldado ucraniano, retraído y con una mirada que a József le parecía atormentada, procuraba vivir apartado del resto. Su complexión, en la media del grupo, estaba suavizada por una tez lechosa, unos ojos más amarillos que azules y un pelo casi albino. Nunca iba por la cantina, ningún domingo salía de la base y en los tiempos muertos se alejaba del grupo para ocultarse y evitar el contacto. Solía ser la víctima permanente de las bromas del resto, muchas de ellas de bastante mal gusto, que soportaba con resignación y en silencio. József pensaba que si el tipo estaba allí era porque había tenido el coraje de aguantar el período de prueba, así que muy desvalido no debía de estar. Pero ni la actitud de aquel tipo era su problema ni estaba dispuesto a hacer el menor gesto de acercamiento. Y esa forma de pensar y actuar parecía ser la norma dentro del grupo. Una tarde, después de terminar la teórica de radio y antes de la cena, Stefan estaba esperando a József a la puerta de su habitación.

—¿Qué pasa? ¿A qué viene esa cara? —preguntó József.

—Cuando entraba en la ducha me crucé con el rumano. —Casi siempre se referían unos a otros por la nacionalidad—. En ese momento no le di ninguna importancia, pero dentro vi al ucraniano en cuclillas y con la cara como un mapa. Intenté levantarlo, pero se sacudió y me gritó que lo dejara en paz. Cuando terminé seguía allí en la misma posición.

—¿Crees que el rumano ha intentado follárselo?

—¿Cómo voy a saberlo? De lo que no tengo dudas es de que el que le ha arreglado la cara ha sido él.

Se miraron dando el tema por zanjado y se fueron a cenar.

Cuando el ucraniano entró en el barracón de la cena, se hizo un silencio automático. Chevalier se levantó como un resorte y se lo llevó fuera para, aparentemente, averiguar lo que había sucedido. El ucraniano no debió de abrir la boca porque, a su vuelta al barracón, Chevalier estaba hecho una furia. A la mañana siguiente, mandó formar y se dirigió al grupo.

—Os aseguro que voy a averiguar quién ha sido el responsable. Y voy a llegar donde haga falta. Ya os podéis olvidar de salir de la base, de la cantina y de llamar por teléfono. Voy a doblar las inspecciones sorpresa y os voy a destrozar la calificación final a base de exámenes que os van a parecer chino.

Sin dudar un segundo, József pidió permiso para hablar.

—Stefan se cruzó con el rumano en la ducha antes de encontrar al ucraniano en el suelo. Y no voy a ser yo el que pague por él.

Stefan lo miró de reojo y en el grupo se inició un murmullo que Chevalier cortó de raíz. Ordenó salir al rumano de la formación y dos cabos se lo llevaron a la prisión militar. Cuando rompieron filas, József comprendió que no era el tipo más popular del momento. Aunque nadie le dijo nada, todos lo miraban con extrañeza en el mejor de los casos y, en general, con desprecio.

—¿Por qué lo has hecho? —le dijo Stefan.

—Porque estoy harto de hijos de puta que se creen con derecho de abusar de los débiles y no voy a ayudar a que se vayan de rositas. Y menos si me perjudica.

La reacción de József fue instintiva y, aunque de cara a los demás estaba dispuesto a mantenerse firme, la sensación pringosa de sentirse un chivato se le quedó pegada al ánimo.

Al cabo de quince días, el rumano volvió al grupo. Más pálido y visiblemente más delgado, contó a regañadientes cómo lo habían mantenido aislado, con vitaminas y agua como único alimento, y cómo lo habían despertado cada mañana con manguerazos de agua helada. Con la pausa del que ha tenido quince días para atemperarse, esperó al descanso después de tiro para irse a por József.

—Ándate con cuidado, rata. Esto no va a terminar así, ni lo sueñes.

—¿Te crees que me intimidas, palurdo? Yo he sido amenazado por verdaderos profesionales. Tus bravatas solo me dan risa. Más vale que seas tú el que tenga cuidado, si no quieres volver a tu agujero.

József sabía que su bravuconada no zanjaba el asunto ni iba a disuadir al rumano de su particular venganza, pero tenía a Stefan a su lado y cualidades suficientes para defenderse. Lo que sí podía alterar aquel percance eran sus aspiraciones de convertirse en Fout-Fout. Ser uno de los líderes del grupo requería su respeto y, si bien su actitud en aquel altercado demostraba personalidad, delatar a un compañero, por mucho que lo mereciera, lo lastraba. Así que tendría que esforzarse aún más en las pruebas de acceso.

En una de ellas, bajo el supuesto de haber sido apresados en combate, los aspirantes eran retenidos por unos captores que los mantenían atados en medio de un paraje desconocido. Privados de agua y alimento, encapuchados, recibiendo chorros de agua helada cada cierto tiempo y después de mearse varias veces encima, eran urgidos a escapar al anochecer. Desorientados, muertos de hambre y de sed y con las manos atadas, tenían que procurar no ser descubiertos en su huida por unos supuestos vigilantes que plagaban el territorio elegido para la simulación. Lo más inmediato era liberarse de la capucha y desatarse las manos, ya que no tardarían en encontrar enemigos, es decir, en entrar en acción. Para ello utilizaban ramas y troncos de árboles aunque no siempre daba el resultado esperado. Después, procuraban evitar el cauce del río o caminos de tierra y alejarse lo más posible del punto de partida. Pero el encuentro con el enemigo, numeroso y bien ubicado, siempre llegaba, y el primer puñetazo recibido era la señal de que aquello no era la representación de una obra. Coléricos después de soportar las condiciones extremas de la captura, los soldados repelían el ataque con saña y los combates acababan con muchos de ellos, captores y fugitivos, con puntos de sutura y días de enfermería.

József no fue una excepción y, aunque sus contrincantes no corrieron mejor suerte, cinco puntos en una ceja y una costilla fracturada lo tuvieron ingresado en el hospital durante tres días. Al salir se reincorporó al ritmo de trabajo del resto del grupo, donde la única novedad era el andamio de cinco metros desde el que tenían que arrojarse para aprender a rodar sobre la espalda al contacto con el suelo en el salto con paracaídas y donde la actitud huidiza del ucraniano, que se había repuesto de sus moratones, y el deseo de venganza del rumano estaban intactos. También recuperó los turnos de imaginaria para los que, además del omnipresente fusil, estaban obligados a llevar pistola, cosa que le resultaba paradójica al recordar los reproches a Nino por llevar una idéntica a la que él tenía atada al ceñidor. Sea como fuere, Nino eligió quedarse y estaba muerto y él decidió seguir el consejo de Markus y, por lo menos hasta ese momento, estaba vivo para poder contarlo.

Como aún seguía bajo la supervisión de los médicos de la base, el domingo estaba obligado a permanecer en reposo y se quedó en su habitación devorando un número especial de *Rolling Stone* que tenía guardado desde hacía semanas. La revista había cumplido su vigésimo aniversario y preparó para celebrarlo con sus lectores algunas recopilaciones especiales. La que József tenía entre sus manos llevaba en la portada un disco de 45 revoluciones bajo la aguja de un tocadiscos, con toda la gama de colores en su galleta y un titular prometedor sobre la cabecera en rojo: los cien mejores singles de los últimos veinte años. «Satisfaction», de los

Stones; «Like a Rolling Stone», de Dylan (¿qué otro inicio si no?); «I Want to Hold Your Hand», de los Beatles; «I Want You Back», de los Jackson 5; «Fortunate Son», de la Creedence; «Born to Run», de Springsteen… Carátulas de Atlantic, Columbia, Motown… Algunas eran viejas conocidas de la cabina de János y otras completamente nuevas. Se moría de ganas de escuchar por primera vez las que no podía tararear, de volver a ver un concierto… «En un estadio de París o en una sala de ensayos de Sunset Strip», pensó. Mientras su imaginación volaba lejos de aquel cuartel, se sentía libre y feliz de una manera alborotada e hizo un juramento consigo mismo: «Las Nike me las compraré en Los Ángeles».

El día pasó volando y, antes de que se diera cuenta, Stefan y los demás estaban de vuelta para la cena. En el comedor no podía reprimir las ganas de contar historias de bandas de rock que no podía recordar con precisión, pero que completaba con imaginación, aprovechándose de una desinteresada audiencia que era incapaz de notar la diferencia. De vuelta en la habitación se acostó pensando en escenarios, guitarras eléctricas y grupis desmelenadas y, como por arte de magia, allí estaba, en primera fila de un concierto de los Stones. Keith Richards punteaba en su guitarra «Honky Tonk Women» y Mick Jagger hacía su entrada en el escenario con una chaqueta de terciopelo rojo y aplaudiendo al ritmo de la batería de Charlie Watts. Pero antes de que empezara a cantar, las motos de los Ángeles del Infierno irrumpieron en el escenario. Uno de ellos, con la cabeza cubierta con un pañuelo rojo anudado en el cogote como un pirata, estaba apuntando a Jagger con un revólver desde su Harley. La banda dejó de tocar. József quería gritar pero no podía. Miró alrededor para pedir ayuda, pero estaba solo en el estadio. ¡Bang!

Abrió los ojos sobresaltado y observó que el resto de los compañeros de habitación también estaban despiertos. Al salir al pasillo se amontonaron con los que salían de otras habitaciones, pero el sargento de guardia impidió que avanzaran hacia la salida. «¡Vuelvan a sus habitaciones inmediatamente y no salgan hasta que se les ordene!». La confusión era extrema y József, aún con mal cuerpo por su pesadilla, podía ver en la mirada de los demás el presagio de una tragedia. Al cabo de unos minutos que parecieron horas, Chevalier se pasó por todas las habitaciones para informar de lo sucedido. El ucraniano había aprovechado su turno de imaginaria para meterse la Beretta en la boca y descerrajarse un tiro en los sesos. Sumidos en una consternación culpable, todos se quedaron sin habla. Chevalier también les informó de que habían decidido trasladar al rumano por su seguridad. La tentación de una represalia aconsejaba aislarlo para tranquilidad de todos, empezando por la suya como responsable de un grupo que ya contaba con una baja. Aquella noche ya nadie pudo dormir, pero tampoco hablaban. Si la falta de empatía con aquel chico no hacía sentir culpable a József, el alivio que suponía el traslado del rumano lo hacía sentir ruin.

Cuando salieron a desayunar a la mañana siguiente, la sangre a medio limpiar del ucraniano en la pared exterior del edificio empeoró más aún el ánimo de la formación, que seguía sin articular palabra. No se interrumpió el acceso habitual a cualquier tipo de arma y continuaron los turnos de guardia, pero el anuncio de la llegada de un psicólogo para tener una entrevista en profundidad con cada uno de ellos los intranquilizó más si cabe.

—Os van a dar un formulario de preparación de la entrevista. Sed sinceros porque os jugáis la permanencia aquí. Si tenéis algún problema con el idioma, consultad con el profesor de francés.

El formulario no parecía gran cosa. «Padres (vivos o muertos), hermanos, edad de abandono de los estudios, descripción del hogar en infancia y juventud, casos de violencia o suicidio en la familia…». József no tuvo problema en rellenarlo de manera escueta, pero con relativa sinceridad. A medida que los soldados se iban enfrentando a la entrevista fueron perdiendo el miedo y la cautela a revelar detalles personales, aunque casi todos los comentarios iban dirigidos a la psicóloga, que tendría unos cuarenta y tantos, pero que estaba de muy buen ver. Al principio, todo el asunto traía sin cuidado a József, pero la proximidad de la entrevista lo fue poniendo más y más nervioso hasta que la víspera no pudo pegar ojo. Repasaba conceptos y situaciones en su cabeza como si hubiera respuestas acertadas o equivocadas. Si después de todo lo vivido se mantenía cuerdo antes de aquel proceso, lo que iban a conseguir con la psicóloga era el efecto contrario al que pretendían y volverlo loco.

A las ocho de la mañana siguiente, sin haber probado el desayuno, estaba de pie frente a la puerta del despacho de intendencia de la base. Una voz femenina lo invitó a entrar. A pesar de lo mucho que le habían advertido, la apariencia de aquella mujer lo sorprendió. De un metro setenta, con media melena castaña y pelo liso, ojos claros (aunque no sabría decir si verdes) y gafas ligeras sin montura, vestía un traje de dos piezas, con chaqueta y falda ligeramente por encima de la rodilla, color café con leche, con un jersey de cuello alto a juego. Las arrugas, el escaso maquillaje y la piel algo descolgada en la barbilla demostraban que no perdía demasiado tiempo en disimular su edad, pero, aun así, resultaba desconcertantemente atractiva.

—Siéntate, ¿Hugo? —József asintió—. Soy la doctora Bonnett y vamos a tener una charla informal. Cuanto más relajado estés y con más sinceridad respondas, más te podré ayudar. Las respuestas no tienen que ser cortas ni largas. Tú me dices lo que te parezca sin restricciones con el tiempo. ¿Alguna duda? —József negó con la cabeza—. Bien, Hugo. Naciste en Budapest, ¿cierto? —József asintió.

Mientras procuraba mantener un rictus profesional, la psicóloga no podía dejar de mirar de reojo a las manos de József. Aquellos bloques de cemento sobre los nudillos la habían alterado y no se podía permitir que József lo notara. No era profesional.

—No llegaste a conocer a tu madre y tu padre murió hace poco. Háblame de ello.

—De mi madre no tengo recuerdos y mi padre fue un buen hombre —contestó József, aunque las imágenes que acudieron a su mente fueron las de su viejo llorando frente a la tumba de su madre, hablando con ella. Entonces lo invadió un sentimiento de culpa, pensó en la acería, se vio a ellos dos delante de la televisión, y recordó que se repetía: «No quiero decepcionar a mi padre. No quiero ser como mi padre».

—En Hungría están restringidas algunas libertades. ¿Eso te afectó de algún modo?

—Mi vida era el gimnasio. Tenía todo lo necesario. —Pero no mencionó la necesidad de competir en Europa, de viajar a Occidente, del deseo de comprar unas Nike, de ser libre, de la rubia del *Playboy*.

—Cierto. Competías en boxeo, lucha, artes marciales… Trabajaste como portero en un club. ¿Te consideras una persona violenta?

—No. Como deportista, competía. Nunca tuve ningún problema. —Y vio de nuevo la sangre de los nudillos abiertos al golpear la viga, el pómulo del chico espachurrado como una uva, el sonido de la nariz del gitano al partirse contra el salpicadero, el crujido de sus costillas como palillos o el roce de los muslos de Hanna, escuchando sus gemidos con cada embestida, y oyó nítidamente sus palabras con aire socarrón: «¿Me vas a pegar con esa botella en la cabeza?».

—¿Alguna vez te sobreviene el llanto?

—No. —No pudo evitar acordarse de la lápida de su madre descorrida. El ataúd de su padre. Nino. La cara destrozada de Hanna.

—¿Has tenido alguna vez ganas de desaparecer?

—No lo recuerdo. No creo. —Más voces en su cabeza: «Cuando salga no te quiero aquí». «¿Qué haces, pervertido?». «Tienes que irte lejos, József. Tienes que salir de Hungría. Esta misma noche». Su padre en la puerta de la cocina con su camisa manchada de sangre. El falso techo del Orient Express.

—¿Alguna vez tienes miedo?

—Supongo que como todo el mundo. —«Si ya no has conseguido llegar a competir en finales nacionales, ya nunca lo harás». El coche de Nino. ¡Bum! «¿Crees que estás a su altura?». «No creo que nos convenga una guerra con esta gente». «Estás muerto». Mick Jagger. ¡Bang!

—Creo que diste la cara por el chico ucraniano. ¿Te sientes responsable de los demás?

—Yo solo me preocupo por mí mismo. Ese zumbado iba a hacer que nos arrestasen a todos. —Una vez más imágenes, voces, recuerdos: «No se acerque a mis amigos». «El único responsable de sus decisiones era tu amigo». Hunter Thompson. Hanna. «Estoy bien y este no es tu problema». «Lo que saques más este dinero dáselo a Hanna». El sonido del cuerpo de Stefan en el agua. «No me jodas ahora, ¿me oyes?».

—Así no vamos a ninguna parte, Hugo. Tengo que poder emitir un juicio sobre tu perfil psicológico y tus evasivas no me están ayudando. Cuanto más tardemos, más tiempo perderás tú y peor condicionada voy a estar yo. Así que ¿por qué no cortas esa actitud y me dices qué haces aquí?

József no movió un músculo, pero calibró todas sus opciones.

—Verá, doctora, usted es francesa. No tiene ni idea de lo que es vivir en un país como Hungría. Allí no hay caminos correctos. O caes de un lado de la mafia o del otro. O te conformas con una vida gris en la que nadie se fije.

—¿Por qué estás aquí, Hugo? Y no me vengas con monosílabos.

—Por proteger un negocio y a una mujer.

—¿Protegerla de quién?

—Ya le dije que usted no podía entenderlo.

—¿Evitaste que le hicieran daño?

—No llegué a tiempo, pero le aseguro que la cuenta quedó saldada.

—Te vengaste y por eso tuviste que huir. ¿Es así?

—Más o menos.

—¿Tenías una relación con esa mujer? ¿Erais novios o algo parecido?

József se rio por primera vez en la entrevista y la doctora Bonnett hizo un gesto de deslizar ligeramente las gafas.

—No creo que a ella se lo pareciera.

—Pero estabas comprometido con ella. Y con el negocio. ¿Ese compromiso es el que vas a adquirir con la legión?

—Eso pretendo —zanjó.

—Pues creo que eso es todo, Hugo. No es que seas locuaz precisamente, pero con tus respuestas me basta.

—¿Y cuándo sabremos los resultados?

—Esto no es un examen, Hugo. La mejor noticia será que no vuelvas a tener noticias. —Y le tendió la mano sin dejar de mirar fijamente a sus nudillos.

La entrevista revolvió a József de la manera que sabía que ocurriría si llamaba a casa. En vez de poner su concentración en su destino de la base del CRAP en Córcega, se había quedado enganchado a su pasado en Budapest. La legión no era un escondite momentáneo ni una estación de paso. Se había comprometido a un servicio de cinco años y estaba decidido a cumplir su palabra. Así que se reincorporó a la rutina castrense con la voluntad de que el cansancio y las calificaciones exigidas para la elección de destino dispersaran el revoltijo de pensamientos que lo debilitaba. Sus fortalezas, sobre todo sus hercúleos brazos, iban compensando su falta de destreza y movilidad en la pista americana y los tiempos empezaban a ser destacados. Por otro lado, el apoyo de Stefan en topografía le ayudaba a obtener las calificaciones justas para la condición de «apto», que para él era más que suficiente, y las pruebas de acceso a cabo, con el empujón que suponía en sueldo y *ranking*, aún infernales, marcaban la diferencia con sus compañeros y empezaban a gustarle.

En una de las últimas, otra vez una simulación de captura por el enemigo, pensó él, de nuevo fueron atados, encapuchados y, como única novedad, introducidos en un camión cuando ya era noche cerrada. No habían cumplido dos horas de viaje plagado de baches y bamboleo, gracias a una conducción más agresiva de lo normal, cuando uno de los «prisioneros» vomitó dentro del saco que le cubría la cabeza y el olor se volvió ácido hasta el contagio de la náusea. Durante la hora adicional que transcurrió hasta que el camión se detuvo, las expresiones de repugnancia y malestar iban en aumento hasta que se convirtieron en juramentos y maldiciones perfectamente reconocibles, a pesar del francés recién aprendido.

Lejos de representar una señal de alivio, el motor del camión en silencio anunciaba el inicio del baile. Sin que nadie les dijera nada, los fueron bajando y guiando a empujones a lo largo de un camino. La luz artificial que se filtraba por el tejido del saco y el terreno uniforme hacían suponer que estaban en algún entorno urbano. También se oía el sonido de alguna moto esporádica y el rumor lejano de conversaciones en idiomas que József no supo reconocer. Uno de los captores dio el alto con un susurro y el sonido de una cancela metálica al abrirse anunció la entrada en algún tipo de instalación cerrada. Las luces desaparecieron y el pasillo de acceso, donde fuera que los estuvieran introduciendo, era tan estrecho que podían notar ambas paredes a su paso. A medida que avanzaban por aquel pasadizo, que a József se le hizo eterno, una mezcla de olores a carne asada, probablemente cordero, humo de tabaco y café los desconcertó aún más. Se detuvieron ante lo que parecía el final de aquel acceso y, uno por uno, les fueron liberando las manos. Acto seguido, otro sonido de puerta metálica dejó entrar un haz de luz y el rumor lejano de conversaciones se detuvo abruptamente. Empujados al interior de la sala iluminada, escucharon el sonido de la puerta cerrarse a su espalda y nada más.

En un gesto instintivo se quitaron los sacos que les cubrían la cabeza y, cuando pudieron asimilar adecuadamente la luz de la sala, no dieron crédito a lo que estaban viendo. En lo que parecía una especie de bar, decenas de hombres negros, probablemente africanos, algunos de pie y otros sentados en torno a mesas pequeñas de madera, los estaban mirando atónitos de manera nada amigable. El local tenía las paredes encaladas blancas con inscripciones en árabe pintadas en negro de manera irregular, una minúscula ventana por la que entraba la luz de las farolas de la calle y una puerta de salida y entrada de madera vieja que estaba cerrada. Los hombres que estaban sentados, con una edad difícil de estimar pero que, en cualquier caso, no llegaría a cuarenta años, se incorporaron de manera agresiva y muchos de ellos empezaron a hacer acopio de los cuchillos que había sobre las mesas y en la barra. József y sus compañeros de ejercicio, cinco en total, levantaron las manos intentando indicar actitud pacífica, pero sus anfitriones ya habían decidido otra cosa, a juzgar por las caras de hostilidad que les dedicaban.

Solo hizo falta un grito en árabe para que, de manera desordenada y furiosa, se abalanzaran sobre ellos, forzándolos a dispersarse por la sala. En pocos segundos el tumulto era descomunal. Al principio los legionarios intentaron protegerse con sillas, pero el número desproporcionado de agresores volvió el gesto de defensa estéril, así que empezaron a responder con sus puños desnudos.

«Aquí no hay que sacar la trifulca a la calle —pensó József—. Aquí no hay que ser amable ni proteger a la clientela. No va a venir Kovács a reprochar un uso excesivo de violencia. Hay que emplear toda la que sea capaz». Pensó en la chica gritona, en los hinchas del Ferencváros, en los gitanos. «No hagas preguntas».

József fue apresado por dos de ellos que lo retenían por los brazos mientras otro se aproximaba con un cuchillo en la mano. En un impulso se arrojó de espaldas contra una de las paredes y, con un codazo en la cara, se desembarazó de uno de los captores. Con su mano derecha libre, agarró al otro por la nuez, pero el tercero, el que llevaba el cuchillo, ya se había acercado lo suficiente para hacerle un corte en el torso que József sintió profundo. Con un puñetazo en las costillas, se deshizo de él, pero era inútil, porque otros tres o cuatro se agolpaban a su alrededor. Con la intención de impedir que lo volvieran a inmovilizar empezó a sacudir sus enormes brazos y, aunque la mayoría de los golpes morían en el aire, los pocos que alcanzaban su destino daban con los huesos de la víctima en el suelo. Como si hiciera falta que uno diera la voz oficial de retirada, József gritó: «¡Vámonos de aquí!», y empezaron a desplazarse a trompicones hacia la salida. Una vez en la calle, de las entradas angostas y oscuras de las casas uniformes con paredes de adoquín, empezaron a salir otros tipos con el mismo aspecto y la misma actitud hostil. Solo entonces cayeron en la cuenta de que estaban en un suburbio de alguna ciudad desconocida y que estaban abandonados a su suerte.

—¡Vámonos cagando hostias de este agujero!

En la carrera por las calles infectas de aquel gueto, desde las ventanas y bajo los soportales de uralita podían percibir las miradas desafiantes a su paso. Una vez fuera de peligro hicieron recuento de los daños. Todos tenían golpes en la cara y las costillas y tres de ellos, József incluido, tenían cortes de distinta consideración. Ya en las afueras de la ciudad, a lo lejos de lo que parecía una carretera comarcal, esperaba el camión con dos suboficiales y un equipo médico para atención inmediata. El costado izquierdo de József sangraba a borbotones y su mano comprimiendo la herida en la carrera apenas podía contener la hemorragia. Los sanitarios limpiaron la herida y lo cosieron allí mismo. En el viaje de vuelta, en la misma trasera que los había llevado a aquel infierno, József se preguntaba cómo era posible que la legión utilizase civiles para sus ejercicios. Y también se preguntaba qué hubiera pasado si el cuchillo de alguno de aquellos tipos hubiera estado suficientemente afilado para cortarles la yugular.

Los tres que habían recibido cortes fueron directamente al hospital y pasaron allí el resto de la noche y todo el día siguiente. József, que no recordaba haber pasado un minuto de su vida en un hospital, llevaba dos ingresos en menos de dos meses. Las buenas noticias a su salida eran que había logrado el ascenso a cabo y sus opciones de elegir destino se despejaban.

En las pruebas finales, que no eran determinantes porque promediaban con la progresión anterior, tanto József como Stefan dieron un nivel destacado. Los cuatro meses de formación llegaban a su fin y ambos fueron destinados al ansiado CRAP, al norte de la isla de Córcega. Mientras hacía el petate, József tuvo una mezcla de sensaciones. Aquel paraje infernal, donde había sufrido como nunca antes en su vida, le había hecho sentir cobijado y con un propósito, y eso, para alguien que es arrojado de su casa, o peor aún, de su vida de un día para el otro, tiene un valor definitivo. Mientras recorría en autobús el trayecto inverso que lo trajo desde Marsella y pensaba en sus paseos en bicicleta por la isla de Csepel y el cauce del Danubio, tenía la sensación de haberse convertido en una persona distinta. Como si hubiera llegado a París siendo niño y abandonara Castelnaudary como un hombre. Desde ese momento se enfrentaba a un destino y a una carrera militar, algo que no imaginó jamás en su infancia, pero se consoló pensando que no podía ser peor que la acería de Csepel el resto de su vida.

En el avión militar que los llevó sobre el mar de Liguria al aeropuerto de Sainte-Catherine, cerca de Calvi y de Camp Raffalli, su destino, József disfrutó de su primer viaje en avión mientras estaba a punto de unirse a un regimiento de paracaidistas. La belleza de la Costa Azul desde el aire y el color del Mediterráneo contrastaban con lo rudimentario del vuelo y con la vestimenta militar de todos los que compartían cabina con él, pero quedó invadido de una paz que hacía mucho que no sentía.

La aproximación al aeropuerto de Sainte-Catherine, sobre el norte de Córcega, lo conmovió aún más. Ya en el trayecto de seis minutos en *jeep* que los trasladaba a la base, tuvo tiempo de percibir el intenso olor a mar, la humedad en el cuerpo y el fuerte contraste entre el color dorado de la tierra y el verde intenso de los pinos bajo un cielo azul inmaculado. Una vez en la base, que era inmensa, fueron alojados en habitaciones compartidas muy parecidas a las que habían dejado atrás en Castelnaudary. Los recién incorporados, József y Stefan entre ellos, fueron aleccionados antes de unirse a la rutina castrense. Un teniente de unos treinta años, moreno y tan delgado que no parecía llenar la guerrera, los reunió en un barracón con pizarras y mapas clavados sobre mamparas de corcho.

—Aquí en Raffalli vais a continuar con vuestra formación. Será algo más propia del cuerpo de paracaidistas. Pero no os equivoquéis. Ya no sois cadetes en formación. Desde hoy estáis incorporados al regimiento, así que tenéis que observar minuciosamente las reglas de contacto y el régimen de alertas, porque podéis ser movilizados en cualquier momento y esta unidad debe estar lista para ser aerotransportada en minutos desde que recibamos el aviso.

Tal y como el teniente les había advertido, desde los primeros días pudieron comprobar que la formación que iban a recibir era, digamos, especializada. Aparte de los ejercicios físicos, que no eran muy distintos de los que ya conocían, emplearon su tiempo en practicar saltos en paracaídas y maniobras de desembarco en la playa. Los saltos no se parecían en nada a los ejercicios desde el andamio de Castelnaudary. Situarse ante la puerta abierta de un avión a mil metros era impresionante. Una vez en el aire, la cabeza repetía la instrucción recibida de manera mecánica y el miedo o cualquier otra sensación parecida se dispersaba. El impacto contra la tierra era más brusco que en los ejercicios, pero la técnica era la misma, así que no tardó en acostumbrarse.

Otra de las ventajas de Raffalli era que los soldados disponían de tiempo libre para salir de la base, siempre que no tuvieran turno de guardia, así que József y Stefan podían recorrer el paraíso turístico que era Calvi a tan solo una hora y diez minutos de trayecto a pie. Coronada por una ciudadela en un saliente de la isla a la bahía, la ciudad, de no más de cinco mil habitantes, estaba dedicada fundamentalmente al turismo. Las casas, típicamente mediterráneas, estaban dispuestas desde un pequeño puerto deportivo a lo largo de la playa frente a la bahía y los pinos de la costa contrastaban con el turquesa del mediterráneo de un modo que se te olvidaba tu vida entera. Y eso que recorrer la isla de verde «camuflaje» en vez de camiseta y traje de baño hacía que uno se sintiera fuera de lugar, pero no tardaron en darse cuenta de que la coexistencia de ambos universos tan distantes estaba interiorizada por la población desde hacía mucho tiempo.

József aprovechaba los paseos a Calvi para comprar revistas, sobre todo su adorada *Rolling Stone,* algún periódico en busca de noticias de Hungría y beber la cerveza aguada que servían en las mesas exteriores de los bares del puerto. Una tarde, cuando el verano estaba ya bien entrado y el calor y la humedad volvían estéril cualquier intento de secarse después de la ducha, la sección internacional de *Le Monde* lo dejó paralizado. Cientos de veraneantes de Alemania Oriental en Hungría habían escapado a Austria por el paso fronterizo de la ciudad de Sopron. Al parecer, todo se inició cuando, cuatro meses antes, en pleno período de formación de József en Castelnaudary, el Gobierno húngaro decidió cortar la electricidad del alambre de espino que tejía la valla que separaba Austria y Hungría a lo largo de los doscientos cuarenta kilómetros de frontera. Aquello representaba un hito aperturista sin precedentes, ya que la división entre los dos países había sido celosamente custodiada por los guardias fronterizos húngaros hasta ese momento, volviendo impensable cualquier intento de fuga. Pocos días más tarde de la retirada de la electricidad, el ministro de Exteriores húngaro, Gyula Horn, y su homólogo austriaco, Alois Mock, dieron continuidad al gesto al cortar simbólicamente un segmento de alambrada en el mismo paso fronterizo de Sopron. Durante el inicio del verano, unos cuantos políticos europeos, capitaneados por Otto von Habsburg, el primogénito del último emperador de Austria y Hungría, promovieron en algunos países del bloque soviético, en especial Alemania Oriental y Polonia, la celebración de un pícnic en el mismo paso fronterizo donde las autoridades húngaras habían abierto la, en otro tiempo, infranqueable valla. Con aquella iniciativa lo que pretendían sus promotores era poner a prueba la capacidad (o la voluntad) de reacción por parte del Gobierno de Moscú. El resultado fue que centenares de los allí concentrados cruzaron la frontera ante la pasividad de la policía húngara.

En ese momento József era incapaz de calibrar la dimensión real de lo que estaba leyendo pero sintió que lo invadía una sensación de orgullo. Puede que aquella sucesión de gestos no quedara más que en eso, puro espejismo, pero era imposible no ilusionarse con la esperanza de la soñada liberación de su país. Y si las páginas de *Le Monde* lo hacían sonreír, también lo sometían a la tortura de lo que pudo haber sido. ¿Y si se hubieran adelantado solo un año? ¿Y si el estallido de optimismo que József imaginaba en Budapest hubiera barajado de nuevo los acontecimientos y le hubieran repartido cartas distintas? Por un lado, estaba eufórico, pero, por otro, se sentía perdedor, como quien llega tarde a apostar por un caballo que acaba cruzando la meta el primero. Desde esa tarde no dejó de salir a comprar el periódico un solo día y, cuando tenía guardia, rompía los nervios de los que salían al paseo, de tal modo que muchas veces se encontraba por la noche con tres o cuatro ejemplares.

La vida en la base se fue poco a poco convirtiendo en rutinaria y agradable (desde la mañana en la estación del Este en París, lo cotidiano no volvió nunca a parecerle tedioso). Incluso las maniobras y los ejercicios de simulacro resultaban estimulantes dentro de la liturgia cuartelaria. Las guardias eran llevaderas a pesar del calor y las tardes en Calvi le proporcionaban cierta sensación de normalidad: la de los hombres que llegan tarde a reuniones; la de los padres que empujan carritos de niños. Los días transcurrían indistinguibles unos de otros y los turistas fueron desapareciendo con la misma cadencia que las tardes se volvieron cortas y frías. József seguía buscando noticias que dieran continuidad a lo que entonces ya se conocía como el Pícnic Paneuropeo, pero, salvo la llegada a Hungría de un extraordinario número de refugiados de Alemania Oriental procedentes de Checoslovaquia, no había mucha novedad.

Una tarde de guardia, Stefan le tiró un periódico sobre la mesa a su regreso de Calvi.

—Tu periódico, Hugo. Creo que te va a interesar.

En la portada de *Le Monde* se podía leer «Los alemanes se podrán desplazar de aquí en adelante libremente del Este al Oeste». El estupor que le produjo el titular quedó en nada comparado con la crónica interior. Al parecer Günter Shabowski, jefe del Partido Socialista en Berlín y portavoz del Politburó, tenía que hacer un anuncio en rueda de prensa de algunos cambios en la política migratoria alemana, simplificando los trámites y habilitando puntos de cruce de la Alemania Oriental a la Occidental incluyendo Berlín. Shabowski, que no había participado en la discusión ni había tenido tiempo de recibir las instrucciones adecuadas (apenas había podido leer una nota que le habían remitido, pero que no le habían explicado), se enredó en la rueda de prensa hasta anunciar que la ley en cuestión había sido redactada para permitir la inmigración permanente en todos los puntos de la frontera. Los periodistas allí presentes, estupefactos, preguntaron cuándo iba a entrar en vigor esa ley. «Hasta donde yo sé, debe efectuarse inmediatamente. Sin demora». La noticia corrió por toda Europa y la cadena pública de televisión de Alemania Occidental, que era seguida en toda Alemania Oriental, interrumpió su emisión para informar sobre el asunto. Minutos después de la emisión, miles de berlineses se agolparon en los seis puntos de cruce, demandando a los guardias el cumplimiento de lo que acababan de escuchar. Los guardias eran incapaces de retener a la multitud, que crecía por momentos, y ninguna autoridad alemana ordenó el uso de la fuerza. Así que, desbordados, abrieron el paso y propiciaron el encuentro de aquella multitud con los berlineses occidentales que esperaban con champán y flores. Según avanzaba la noche, algunos jóvenes de los dos lados se encaramaron al muro, convirtiéndose en la imagen para la historia de su caída.

—Se acabó. Alemania es libre y detrás vendrá Hungría.

Y, con lágrimas en los ojos, se abrazó a Stefan que, abrumado y a la vez eufórico por las imágenes de sus compatriotas sobre el muro, lo había estado contemplando sonriente mientras leía.

A partir de aquella noche, el ánimo de József fue distinto. Una sensación permanente de despreocupación lo invadía y el rictus de tensión en el rostro dio paso a la expresión de ilusión del joven que entró en el Fortuna por primera vez. Las muertes, las amenazas, la huida… Todo había quedado atrás. Estaba en Francia, en una de las costas más bellas de un mundo que ahora era distinto y mejor y tenía un propósito en la vida. Sin darse cuenta, confiado, fue cometiendo el error de bajar la guardia ante un futuro que, como sabía mejor que nadie, podía poner su vida bocabajo en un chasquido.

Durante los meses siguientes, que fueron de lo más tranquilo, las prácticas que más hacían disfrutar a József eran las de conducción de todo tipo de vehículos: *jeeps*, camiones, BMR, TOA… Le gustaba mucho conducir y, cada vez que tenía la oportunidad, cogía prestado un Citroën XM que había en la base para intendencia y se diseñaba circuitos en la explanada de los blindados que recorría a toda velocidad incluso marcha atrás. Con los derrapes y los trompos, levantaba una polvareda que era visible desde el pueblo y alguna vez tuvo algún percance contra los bidones que usaba a modo de baliza para indignación de los mecánicos, que eran los que tenían que arreglar el coche después.

De vez en cuando se le unía un comandante que era instructor de defensa personal y que también adoraba la conducción, digamos, deportiva. Cuando se juntaban por las tardes sin guardias ni otros asuntos que los retuvieran en la base, los dos cogían el Citroën y salían por la isla a hacer tramos por las carreteras de pista cercanas a la costa. El comandante, que se llamaba Simón y que era francés aunque de abuelos españoles, era un experto en todo tipo de artes marciales, pero de lo que estaba realmente enamorado era del boxeo. Solía ser habitual que cuando acababan sus «prácticas de *rally*» terminaran la tarde sentados en la cantina hablando de las historias de los grandes campeones del mundo que Simón conocía al milímetro porque se había pasado la vida leyéndolas. Y József era un público muy agradecido.

—Los grandes pegadores son pesos pesados, pero el boxeo de verdad está en los medios. Puede que Joe Louis, que era pesado, haya sido el mejor de todos los tiempos pero me habría gustado ver qué hubiera pasado si Marcel Cerdan, que era francés de origen español como yo, no se hubiera estrellado en aquel maldito avión por ir a ver a la cantante francesa, que, entre tú y yo, no valía nada. Sus peleas con Sugar Ray Robinson y con el navajero LaMotta habrían sido épicas.

—A mí me llamaban Sugar Ray en Budapest —dijo József con un cierto tono orgulloso.

—¿Por Robinson? —se extrañó Simón.

—¿Hay otro?

—El actual campeón del mundo en varias categorías: Sugar Ray Leonard.

—Supongo que sería por ese. Pero el boxeo no me servirá de nada cuando me encuentre frente a un enemigo. Demasiadas reglas. ¿Por qué renunciar a los golpes con las piernas o por debajo de la cintura?

—Es que tienes razón. El boxeo tiene reglas y límites y el combate cuerpo a cuerpo no. Tu defensa déjala para las clases. Yo aquí te estoy hablando de «la dulce ciencia».

József no estaba seguro de entender lo que el comandante quería decirle, pero le gustaba escuchar sus historias igualmente.

Así que un año transcurrió entre instrucción, guardias, historias de boxeo y paseos por el puerto. De vez en cuando alguna cerveza y cada dos semanas un ejemplar de *Rolling Stone*. Si no fuera por el país de procedencia de sus compañeros, aparentemente József estaba disfrutando de la vida de cualquier cadete de una academia militar, aunque con la amenaza de poder ser movilizado en horas a cualquier parte del mundo. Una preocupación que, por la fuerza de la rutina, empezaba a desvanecerse.

Una mañana, al acabar las prácticas de tiro, el capitán los convocó a una reunión en la sala de mapas a las seis en punto, con solo quince minutos para ducharse, a la que asistiría el coronel. El anuncio no hubiera tenido nada de excepcional de no ser porque no se habían reunido con el coronel una sola vez desde su llegada a la base de Raffalli. Cuando estuvieron todos en la sala a la hora convenida, la solemnidad de la entrada del coronel y el rictus de los oficiales explicaban el silencio funerario que reinaba entre los soldados.

—Buenas tardes, caballeros. La información que están a punto de recibir procede del Ministerio de Exteriores y está clasificada como «alto secreto». Ya conocen las consecuencias de tratarla a la ligera, así que no les voy a aburrir con eso.

Probablemente muchos de ustedes ignoren la existencia de un país centroafricano llamado Ruanda. Solo les interesa saber que el Gobierno de ese país es aliado del francés. Hace pocos días, el embajador de Francia en Kigali, la capital, y el agregado de defensa han enviado un telegrama diplomático advirtiendo de un inminente conflicto civil. Al parecer, algunos oficiales franceses integrados en la jerarquía militar ruandesa, incluido el asesor jefe del Estado Mayor ruandés, han advertido de la intención del régimen del presidente Habyarimana de lanzar un ataque sobre los seguidores del Frente Patriótico Ruandés, es decir, la minoría tutsi. La intención del presidente parece ser la movilización a gran escala de la población civil hutu desencadenando un conflicto entre las dos razas que se podría cobrar la vida de decenas de miles de personas. De hecho, algunas matanzas de tutsis podrían estar produciéndose ya en ciertas regiones del país. De momento, no se nos ordena intervenir en el conflicto, pero el Gobierno quiere que tengamos presencia en la zona para evitar el desabastecimiento de los poblados tutsis por parte de los hutus que, con toda seguridad, querrán acaparar el envío de la ayuda humanitaria. Una vez aterricen, serán distribuidos en binomios en ciertos emplazamientos y su misión será supervisar la llegada ordenada de alimentos y otros productos de primera necesidad evitando abrir fuego en todo momento. El avión que los llevará a Kigali despegará mañana a las ocho-cero-cero. Durante el vuelo, los oficiales al mando les ampliarán esta información. Mientras tanto, prepárense para el viaje y no pierdan tiempo especulando. Buena suerte.

La salida del coronel desató un leve rumor de comentarios entre todos los allí reunidos que cortó el capitán de raíz:

—¡Ya lo han oído! ¡Vayan a prepararse!

Mientras József y Stefan se ayudaban mutuamente a preparar todo lo necesario, las sensaciones eran compartidas y contradictorias. Por un lado, la entrada en acción, que justificaba todo el esfuerzo de formación y preparación recibida, era un aliciente. Pero, por otro, la llegada a un país desconocido del centro de África los alejaba aún más de sus hogares y de una vida corriente. József tenía un dibujo en su cabeza, el de un gigante que levantaba un pie de la Hungría del Pacto de Varsovia mientras apoyaba el otro en una tiranía centroafricana en un gigantesco salto sobre la Europa libre que tanto ansiaba y que apenas había podido disfrutar. Al acabar fue a despedirse de Simón, pero no pudo encontrarlo, así que sobre su mesa dejó un pequeño pájaro de metal hecho a base de clips.

A la mañana siguiente, el previsible cansancio de una formación que no había pasado una noche fácil y que cargaba con todos los equipos y el armamento desapareció en el camino hacia el aeródromo gracias a la adrenalina que les salía por los poros. Durante el vuelo sobre los más de ocho mil kilómetros de distancia, con una sola escala en Argelia para repostar, los oficiales les fueron asignando puestos de vigilancia sobre los mapas. Admirado por la inmensidad del paisaje africano a través de la minúscula ventana del avión militar, József recordó la rejilla de ventilación del Orient Express y se sintió incapaz de interiorizar todo aquello con los ojos del chico que vivía en Csepel hacía solo dos años. Y como en el falso techo del tren, apoyando la cabeza en el fuselaje del avión, se quedó dormido.

—¡Una misión en África! ¿Te sentías un verdadero militar? —preguntó el Juez.

—Me sentía parte de algo. Y eso me daba equilibrio. Era como haber encontrado mi lugar en el mundo.

—Pero Ruanda ya no eran maniobras. Con el genocidio y todo aquello.

—A nosotros nos enviaron antes de que todo se descontrolara. Y tenía confianza en la formación recibida, incluidas todas las putadas que nos hicieron. Pero había cosas para las que no estaba preparado...

Tercera parte

ÁFRICA

La aproximación del avión militar al aeropuerto de Kigali, la capital de Ruanda, descubría un paisaje más verde y montañoso del que József preveía. En cambio, una vez aterrizaron, pudo comprobar a simple vista que las construcciones y las infraestructuras se correspondían con la pobreza esperada en un país centroafricano. El clima era agradable con poca variación a lo largo del día, y la humedad, procedente de la región de los Grandes Lagos, se podía respirar nada más bajar del avión. El desplazamiento en *jeep* desde el aeropuerto no llevó más de diez minutos en total y, una vez en la base, que era muy precaria, fueron reunidos en torno a un oficial que les dio detalles de la misión.

—Bienvenidos a Ruanda. No sé cuánta información han recibido hasta ahora. Empezamos aquí, así que olvídenlo todo y concéntrense en lo que les voy a contar. Este es un país pobre, fundamentalmente dedicado a la agricultura. Esta gente ha sido colonizada por alemanes y belgas, así que no esperen despertar mucha simpatía o confianza por aquí. Hay fundamentalmente dos etnias: los tutsis, minoritarios y colaboracionistas con los belgas, y los hutus, que ostentan el Gobierno después de lograr la independencia hace treinta años. Toda la población es negra, pero no se engañen, por encima de la política el odio entre hutus y tutsis es racial.

»El Gobierno de Mitterrand ve con buenos ojos el de su homólogo Habyarimana, de raza hutu, de modo que colaboramos con su ejército a través de mandos franceses integrados en la organización militar ruandesa. A partir de cierta información recabada por dichos colaboradores, hemos sabido que la actitud de Habyarimana se está radicalizando. Parte de su estrategia consiste en fomentar el enconamiento de los hutus contra la minoría tutsi. Y le está funcionando. Una de las primeras consecuencias es la organización civil de milicias, llamadas Interahamwe, que están acosando a los ciudadanos tutsis. Impiden la llegada de suministros (comida, agua, semillas, fertilizantes), amenazan a la población y sabotean sus cultivos. Estas milicias están armadas hasta los dientes con fusiles de asalto, pistolas o machetes proporcionados por el ejército ruandés y, si las cosas siguen como van, esto va a acabar en una masacre.

»Su misión consistirá en vigilar la conducta de los grupos Interahamwe y conseguir que su mera presencia sea suficientemente disuasoria. Repito: somos partidarios de los hutus, pero no queremos que este sinsentido vaya a más. Así que procuren no usar las armas y no caigan en provocaciones indeseables. En cualquier caso, y como ya deberían saber, ustedes son legionarios, así que, si mueren o desaparecen en el cumplimiento de su misión, el Gobierno francés no los buscará, no los reconocerá ni los computará oficialmente como bajas. Por eso están ustedes aquí.

»Serán distribuidos en grupos de dos binomios por población con víveres para quince días. Al cabo de ese tiempo, una patrulla irá a su encuentro para reabastecerlos o cambiarlos de destino. No beban agua que no esté potabilizada y no coman nada que no salga de sus mochilas. ¿Alguna pregunta?

Un español levantó la mano en la parte de atrás de la tienda habilitada como punto de reunión.

—¿En algún momento habrá refuerzos? ¿Cómo estableceremos contacto en caso de emergencia?

—Ustedes no nos contactan. Lo haremos nosotros. Si están en emergencia la resuelven. En cuanto a refuerzos, lo único que necesitan saber es que se encuentran en el operativo de la misión Noirot. El sargento los distribuirá en pelotones y les asignará un vehículo. Buena suerte.

Inmediatamente después de la intervención del oficial, que abandonó la reunión, el sargento que estaba a su lado fue repartiendo los grupos.

—¡Mark, Antoine, Stefan, Hugo! Irán al área de Nyamata, al sur. Su vehículo será el número dos. Deberán completar su equipo y sus provisiones en el área de abastecimiento. Su misión será guardar el centro de la población y vigilar la periferia. Se repartirán en dos binomios: Mark y Antoine en el centro; Stefan y Hugo en el sur de la ciudad sobre un montículo cercano a la iglesia. No deben estar juntos en ningún momento, pero se mantendrán en contacto permanente por radio.

La confirmación de los binomios asignados en el avión tranquilizó a József. Stefan y él habían vivido lo suficiente para ganarse la confianza mutua y, si tenían que partir hacia lo que parecía una misión desesperada, mejor con alguien cuya guardia garantizara la tranquilidad del sueño. Mientras aguardaban su turno para recibir las provisiones, los cuatro comentaron la inquietud que la misión les generaba. Sin cobertura, sin puesto de mando, enviados como descartes por los que no hay que rendir cuentas, se sentían miembros de un pelotón suicida. Toda la formación recibida hasta ahora desembocaba en misiones como esa y, aun así, los ceños estaban fruncidos y las mandíbulas prietas.

Una vez estuvieron sentados en el vehículo, les llamó la atención el tiempo que tardaron en salir de Kigali a campo abierto en dirección sureste. La ciudad se extendía prácticamente hasta el puente del río Nyabarongo, a la altura de una planta de tratamiento de agua. A partir de ahí, la carretera serpenteaba entre colinas cubiertas de niebla y cortaba el océano verde y dorado de los campos de sorgo y las plantaciones de sisal. Cuanto más se aproximaban a Nyamata mayor era la humedad que sentían en la cara y en la ropa, procedente de los lagos Cyohoha, Rumira y Bugesera. La ciudad estaba salpicada de casas de campesinos con paredes de tierra roja y pequeñas parcelas para cultivo de subsistencia. Algunas de mayor tamaño contaban con pocilgas y pequeños establos separados de las viviendas por tabiques. Los puntos de reunión de los habitantes eran el mercado, el ayuntamiento y la iglesia católica.

Cuando descendieron del vehículo, Mark y Antoine se dirigieron hacia el centro de la ciudad para dejarse ver por la población y ganarse su confianza. El único modo que tenían para controlar lo que pasaba allí dentro era escuchar la versión de los vecinos, y eso no ocurriría a menos que consiguieran hacerles comprender que aquellos soldados blancos, armados y salidos de la nada, estaban allí para ayudar a mantener la paz. Mientras, József y Stefan buscaron el emplazamiento elevado cercano a la iglesia, en el sur, para poder tener mayor visibilidad de los alrededores. Debían elegir un punto de vigilancia suficientemente alto como para poder controlar cualquier movimiento en el exterior pero razonablemente cercano para poder acudir en ayuda de sus compañeros en cuestión de minutos. Y, además, debían ser meticulosos, ya que el lugar elegido iba a ser su hogar durante, al menos, las siguientes dos semanas.

Después de un par de días de paseos, de asistir a la iglesia y al mercado, de enseñar a los niños sus armas (de todos los habitantes, los chicos, de edades entre los seis y los quince, eran los que más rápido se familiarizaron con ellos corriendo a su encuentro cada vez que aparecían al final de la calle del mercado) y de interesarse por la población, los vecinos, visiblemente atemorizados, dejaron de interpretar la presencia de los legionarios como una amenaza para empezar a respetarla como una protección. A simple vista, los días habían transcurrido con los usos propios de cualquier pueblo agrícola o ganadero, pero una entrevista con el párroco, que hablaba francés, los sacó de su engaño.

—Los Interahamwe llegan cada pocos días y aterrorizan a la población. Disparan al ganado o envenenan el agua de los abrevaderos y arrasan los campos de cultivo. Si esta gente no ordeña o recolecta, no puede comerciar y se muere de hambre. Pero el miedo a esa muerte, que es aplazada, es mucho menor que el espanto que les producen los fusiles y los machetes. Amenazan a sus hijos y se insinúan a sus mujeres, pero no son capaces de hacer nada. Solo corren a esconderse. —Tras una pequeña pausa, el párroco continuó—: Todo empezó con las soflamas en la radio. El gobierno de Kigali está prendiendo un fuego que va a tener consecuencias desastrosas. Y cada vez vienen con más armas. Y mejores. Rezo por este país, pero lo que veo me ensombrece el corazón.

A la mañana del tercer día, como si de una profecía cumplida se tratase, József divisó la llegada de tres vehículos cochambrosos que iban descapotados y cargados hasta la rueda de repuesto de hombres armados, algunos de los cuales iban de pie y disparando al cielo. Sin perder un segundo, avisó por *walkie* a sus dos compañeros en la ciudad y, desde el suelo, siguió la trayectoria de aquellos tipos a través de la mirilla del FR F2 que, para entonces, ya tenía fuera de la funda. Mark y Antoine se dirigieron inmediatamente hacia la entrada sur con el FAMAS apuntando al suelo, con el dedo índice justo por encima del gatillo y con el seguro desactivado. Cuando los vehículos se percataron de la presencia de los legionarios, aminoraron la marcha hasta que se detuvieron frente a ellos. Cuatro hombres con sus respectivos fusiles se acercaron a pie e iniciaron una conversación que duró unos minutos eternos en los que József no dejó de apuntar a la cabeza de uno de ellos. Cuando dos de los indeseados interlocutores se disponían a apartarlos para entrar, Mark extendió el dedo índice apuntando a la posición del puesto de vigilancia. Los tipos miraron, se volvieron hacia Mark, dijeron algo a lo que asintió, se montaron en sus coches y se marcharon por donde habían venido.

—¿Qué querían? Cambio.

—Se han sorprendido por nuestra presencia. Hablaban un francés bastante decente, cambio.

—¿Os han amenazado? Cambio

—Han dicho que tienen el respaldo del presidente y que volverían. Iban a pasar por encima de nosotros, pero os han visto y se lo han pensado mejor. Probablemente creyeron que éramos muchos más, cambio.

—¿Iban armados? Cambio.

—Llevaban fusiles automáticos y machetes. Se despidieron con algo parecido a «tendréis noticias». Cambio.

—Pues tendremos los ojos abiertos. Cambio y cierro.

Cuando József miró a Stefan, recordó el Fortuna.

—Los mismos matones en todos los países. Las mismas amenazas. Su arrogante forma de atemorizar a los débiles. Y el puto «tendréis noticias». Tenemos que pensar bien todo esto. Actuar por impulso en Hungría me trajo hasta aquí y, si me vuelve a pasar, sería para que me devolvieran en una bolsa.

—¿Qué quieres decir? —preguntó Stefan.

—Pues que nos han ordenado que evitemos enfrentamientos. Así que creo que lo mejor sería negociar con esos tipos.

József hizo partícipes de su plan a Mark y Antoine y les pidió que consultaran con el párroco algún modo de contactar con aquellos milicianos.

—Ellos aparecen. Nosotros no los llamamos. Hacen batidas por todos los pueblos de la región, pero no sé a dónde vuelven por la noche. Vuestra presencia les habrá extrañado, pero dad por descontado que volverán.

Así que solo podían esperar. Al salir de la iglesia, la alegría y despreocupación de los niños arremolinados en torno a ellos, el verde de las colinas, el rojo de la tierra y el colorido de la vestimenta de la población los desconectaron de los peligros de la misión. De no ser por su uniforme, casi podían haber vivido con la tranquilidad de un turista cuyo único objetivo fuera fotografiar a los gorilas escondidos entre la neblina de las mil cumbres de aquel país.

Los días siguientes transcurrieron sin novedad destacable. József y Stefan hacían turnos de guardia para proteger su posición y asegurar la de sus compañeros, cuyas rondas por el pueblo siempre eran en pareja. Inicialmente, Mark y Antoine dormían en sus tiendas a las afueras del pueblo, pero, ya entrada la segunda semana, aceptaron la invitación del párroco de quedarse en las dependencias de la iglesia. A esas alturas de la semana, József tenía una diarrea que lo debilitaba y que no conseguía cortar por muchos plátanos que comiese, y las llagas de la boca le dolían incluso dormido. Cuando, al cabo de los quince días, llegó el vehículo con las provisiones, los cuatro se reunieron junto a él, se avituallaron con más raciones de comida y más agua y recibieron órdenes de mantener el puesto de vigilancia por otras dos semanas.

En las rondas de día era habitual ver aparecer algunos vehículos que descargaban mercancía en el centro del pueblo o junto al mercado, sobre todo los sábados. A József y Stefan les resultaba difícil distinguir a los ocupantes y sus intenciones, pero el trasiego constante se hizo rutinario y, aunque atentos, dejaron de estar en alerta ante cada aproximación. Además, el peligro eran los Interahamwe que, como ya habían comprobado, venían en grupos numerosos y sin ningún disimulo. Pero el caso era que no habían vuelto a aparecer, y eso escamaba a József. «No importa el tiempo transcurrido: si han amenazado con volver, lo harán».

Mientras pasaban los días, en el puesto de vigilancia se turnaban para hacer algo de ejercicio. Alternaban paseos largos por el montículo, hacían series de fondos o abdominales y se entretenían con conversaciones que casi siempre consistían en repasos de su vida anterior, sobre todo por parte de József, que achicharraba a Stefan con historias del Fortuna, del gimnasio, de su fracasada carrera como luchador olímpico y de su relación con su padre. El silencio y los días transcurridos habían conseguido vaciar su psique mucho más que cualquier intento por parte de la psicóloga de Castelnaudary. A Stefan parecían gustarle las historias y prestaba atención a las canciones que József intentaba afinar con un vozarrón estruendoso y con un inglés entre imaginativo e intuitivo.

Uno de sus pensamientos más recurrentes era el contraste de su «vida interesante» comparada con la vida previsible que su padre ambicionaba para él. Habían transcurrido solo dos años en los que había abandonado Budapest, había estado (porque «conocer» era mucho decir) en tres regiones francesas y la isla de Córcega, había viajado dos veces en avión y estaba en el corazón de África en un pueblo perdido y prácticamente abandonado a su suerte. Sin duda, habían sido años interesantes, pero ¿había valido la pena? ¿Su padre,

161

que jamás salió de Hungría, había sido más infeliz que él? Era obvio que las vidas interesantes requieren el pago en angustia, dolor, sufrimiento e incertidumbre. Nadie escribiría la historia de su padre. No estaba seguro de si la suya era digna de un libro, pero, desde luego, tampoco estaba seguro de si había merecido la pena.

Por las tardes, los chicos locales solían salir a un campo de fútbol de tierra que había a la derecha del puesto de vigilancia. Pasaban por delante de la iglesia en grupos grandes y daban rienda suelta a su imaginación. Decenas de ellos con un solo balón, que muchos ni llegaban a tocar, corrían sobre aquel campo rudimentario en el único divertimento disponible.

Una tarde, la normal algarabía de los chicos camino del campo dejó indiferentes a Mark y Stefan que estaban apostados a la entrada de la iglesia. Cuando se acercaron a ellos con los saludos de costumbre, un brillo sobresaltó a József. Desde la distancia no conseguía ver exactamente de dónde procedía el brillo, así que usó la mira telescópica del FR F2.

—¡Un fusil! —exclamó—. ¡Dos!

Antes de que pudiera enroscar la mirilla en el arma, el eco del sonido de varios disparos rompió el silencio como un trueno y los cuerpos de Mark y Antoine se sacudieron antes de desparramarse por el suelo.

—¡Joder, los han acribillado! —dijo József, horrorizado.

—¡Dispara, joder! —le urgió Stefan.

—¡Pero si son niños!

Sin tiempo para reaccionar, escucharon otra salva de estruendos y vieron cómo los proyectiles rebotaban en el suelo de la colina unos pocos pasos delante de ellos. Los chicos que portaban los fusiles de asalto corrían hacia ellos sin dejar de disparar.

—¡Vámonos de aquí ya! —dijo József mientras recogía los dos fusiles y su mochila a medio cerrar.

—¿Vamos a dejarlos ahí tirados? —preguntó Stefan, sumido en el más espantoso de los desconciertos.

—Están muertos. ¿Quieres estarlo tú también? ¿Quieres disparar contra los niños?

Y, abandonando el puesto, sin volverse a mirar, corrieron colina arriba hasta que oyeron cómo los disparos cesaban y la algarabía se alejaba hasta desaparecer.

Con la intuición de estar suficientemente lejos del alcance del grupo de chicos armados, hicieron un alto para poner algo de orden en su huida.

—Joder, Hugo, los hemos dejado allí tirados.

—¿Y qué querías hacer? Estaban muertos. Lo has visto tan bien como yo. Y te aseguro que yo no voy a disparar contra niños.

—Pero no podemos volver a Kigali. Hemos abandonado la posición dejando atrás dos bajas —apuntó Stefan, que estaba sobrecogido—. Nos harían un consejo de guerra, si no fuera porque los demás nos van a matar antes.

—Pues no volvemos —dijo rotundo József—. Vayamos hacia el norte. Hay que evitar encuentros con los Interahamwe a toda costa, así que tendremos que apartarnos de los caminos y marchar por las cimas y entre la vegetación.

—Esto no es Córcega, cabronazo. Esto es África. Si no nos matan los Interahamwe lo harán los gorilas.

—Tenemos tres rifles, munición de sobra y cuatro ojos. Con eso será suficiente.

—¿Y por qué al norte?

—Nos acerca a casa. ¿Acaso quieres llegar a Sudáfrica?

—¿Y qué pasará si nos encuentran?

—No nos van a encontrar, porque no nos van a buscar. Recuerda: ni siquiera estaremos oficialmente desaparecidos.

Como había sugerido József, se encaminaron hacia el norte sin un destino concreto y sin más plan que permanecer fuera del alcance de humanos o fieras. Otra vez la huida hacia ninguna parte. «La puta vida interesante». Mientras caminaban por las colinas verdes entre una vegetación cada vez más densa, József intentaba disimular su mal estado físico. La diarrea no cesaba y, en la huida, no habían tenido tiempo de coger las pastillas potabilizadoras. Estaba deshidratado y débil y empezaba a tener problemas con la visión.

Cada uno de los dos, con los FAMAS acunados y el FR F2 cargado a la espalda de Stefan en bandolera, iban prestando la misma atención a los ruidos de motores o de humanos que a los sonidos de la selva. Cuando llegó la noche, eligieron un árbol suficientemente grueso y treparon por las ramas principales para acomodarse lo mejor posible, como si la altura les fuera a proteger de los gorilas o los leopardos. Establecieron turnos de guardia sin tiempo fijo, pero József apenas pudo aprovechar para dormir por la fiebre y los temblores. Cada sonido era una alerta. Incluso el viento agitando las hojas del árbol representaba una amenaza.

Al amanecer reiniciaron la marcha desviándose al oeste de Kigali, pero siempre con rumbo norte. Con eso evitaban encuentros inconvenientes de toda naturaleza y aplazaban el momento de tener que cruzar el Nyabarongo, cuyo cauce serpenteaba amenazante unos kilómetros a su derecha. József no hablaba. Ninguno lo hacía. Y la necesidad de encontrar agua potable empezaba a desalojar a las bestias y a sus inciertos perseguidores como su principal preocupación. En el trayecto vieron jirafas, chimpancés y todo tipo de aves vistosas que no podían reconocer. Pero ni rastro de leones o gorilas.

A mediodía se sentaron a dar cuenta de una ración de comida cada uno, lo cual no era ningún problema porque tenían de sobra en la mochila. La urgencia real era el agua, con József al borde de la deshidratación. Después de la parada, con un ritmo que cada vez era más lento, reiniciaron la marcha hasta que, transcurrida una hora, como si de un enorme caudal de barro se tratara, se toparon con las aguas marrones del Nyabarongo. El río era imponente y se extendía interminable ante sus ojos de este a oeste, por lo que, si querían continuar hacia el norte, no tenían más remedio que vadearlo. Pero a la vista de la anchura, las posibilidades de perder pie y tener que continuar a nado eran aplastantes, así que calibraron el peso del equipo para decidir si era posible o no. Mientras pensaban, los sobresaltaron dos troncos que, en la margen contraria, cobraron vida y salieron por su propio pie de aquellas aguas opacas hacia la orilla.

—No son troncos —dijo József al límite de sus fuerzas—. Son cocodrilos.

—Prefiero que me fusilen a morir en las fauces de esas bestias —dijo Stefan—. Y no es lo peor que nos podemos encontrar ahí dentro. No quiero pensar lo que pasaría si nos topamos con un hipopótamo.

Así que se sentaron a esperar la aparición de algún lugareño que les ayudara a cruzar en cualquier tipo de embarcación por precaria que fuera. Como por allí no pasaba nadie y el estado de József empeoraba, Stefan salió a buscar ayuda, dejando a su compañero armado, pero tan débil que apenas podía levantar el fusil para apuntar. Emprendió la marcha hacia el oeste, alejándose del cauce del río lo suficiente para quedar fuera del alcance de los cocodrilos. Al cabo de dos o tres kilómetros vio un pequeño dique con dos balsas amarradas. Un poco más adelante un hombre y el que debía de ser su hijo estaban reparando algo cerca de la orilla. Stefan llamó su atención con un grito, pero, al ver su indumentaria, tuvieron el impulso de intentar escapar. Stefan disparó al aire y los dos se quedaron paralizados en su carrera.

—¿Hablan francés?

—Sí —contestó el padre.

—¿Esas barcas son suyas?

—Sí.

—Necesito su ayuda. Mi amigo está más arriba y se encuentra mal. Tenemos que cruzar al otro lado. Si nos ayudan, les pagaré. No les haremos ningún daño.

El padre asintió y, sujetando a su hijo de la mano, acudió al encuentro de Stefan. Cuando llegaron los tres al dique, el padre desamarró una de las balsas y levantó del suelo una pértiga que a Stefan le había pasado desapercibida. Una vez en la balsa, el hijo y Stefan se sentaron en la proa y el padre, de pie en la popa, los impulsó río arriba. En el trayecto en balsa emplearon más tiempo que a pie a la ida. Cuando llegaron al lugar en el que Stefan había dejado a József, este estaba caído sobre el suelo y a merced de cualquier depredador.

—Levanta, amigo, que ya nos vamos.

Al subir a József a la frágil embarcación, el peso de los dos legionarios con sus equipos la hizo zozobrar y estuvieron a punto de irse todos al agua, así que decidieron tumbarlo en el medio mientras Stefan se sentaba en la proa y padre e hijo impulsaban la balsa desde la popa para intentar mantener un cierto equilibrio. Al llegar al otro lado, Stefan apuntaba con el rifle hacia la orilla, alerta ante la aparición de más cocodrilos, y ayudó a bajarse con mucha dificultad a un József que se encontraba peor por momentos. Sacó su brújula para continuar la dirección de la marcha que el río había interrumpido y, cuando estaba seguro, tal y como había prometido, ofreció al padre latas de comida. En ese momento el hijo le dijo algo al padre y señaló la brújula que Stefan tenía en su mano.

—Esto no te lo puedo dar. Sin la brújula estaríamos aún más perdidos de lo que ya estamos.

—Dásela —dijo József—. Aún tenemos la mía. No necesitamos más.

Así que tendió la brújula al chico, que sonrió por primera vez, se despidió de ellos y esperó hasta verlos desaparecer para reiniciar su camino siguiendo el curso del Nyabarongo, aunque no demasiado cerca de la ribera. El paso de los kilómetros estaba torturando a József de un modo que imposibilitaba la marcha. Stefan empezó a temer por la vida de su amigo y, como habían entrado en terreno de cultivos, salpicado de casas con cobertizos, se adelantó para buscar agua y algún lugar para poder refugiarse. Al cabo de una hora, Stefan regresó gritando y agitando su cantimplora, pero József ya no era capaz de escuchar o ver nada y solo tiritaba. Mientras le daba de beber, y el ansia de József derramaba la mayor parte del agua por la comisura de sus labios agrietados, le contó exultante cómo había encontrado una granja cercana cuyos dueños se habían ofrecido a atenderlos. Cuando no quedaba una gota en la cantimplora, Stefan levantó a József y se pasó su brazo derecho por detrás del cuello para ayudarlo a caminar. «Pesas como el infierno, amigo», susurró el alemán. El trayecto, que no llegaba a la media hora, lo recorrieron en más de una y, para entonces, József apenas se mantenía consciente.

Un rayo de luz de la mañana se filtraba por una ventana cubierta por sisal trenzado a modo de rejilla. El silencio solo lo rompía el zumbido de los insectos de la habitación que tenía las paredes de madera. Cuando József hizo el intento de incorporarse, sintió mil punzadas en las sienes y se desplomó como un fardo sobre la cama.

—¿Stefan? —gritó.

Una mujer negra, joven y vestida con ropa vistosa se acercó, mojó un paño en una palangana con agua y se lo puso en la cabeza. La sensación de fiebre había desaparecido, pero la cabeza lo estaba matando, así que el paño frío sobre la frente lo alivió. Al poco rato, Stefan entró en la habitación sonriente.

—¡Buenos días!

—¿Dónde estamos? ¿Qué ha pasado?

—Llevas tres días durmiendo y, si no fuera por esta gente, no sé qué habría sido de ti.

—¿Quiénes son?

—El padre es dueño de la plantación de café. Mi llegada, con esta pinta de guerrillero, los asustó, pero cuando pude explicarme se ofrecieron a ayudarnos. Deberías asearte un poco y salir a comer algo. No podemos quedarnos mucho.

—¿Adónde vamos? —preguntó József.

—Tengo un plan.

Cuando József terminó de lavarse y vestirse, salió a un pequeño soportal que daba sombra a la entrada de la casa ante una plantación de café de un tamaño respetable. A una mesa repleta de huevos, pollo y, claro, café, lo esperaban Stefan y un hombre de unos cincuenta años que debía de ser el dueño. Después de presentarlos, Stefan detalló su plan a József.

—Samuel es exportador de café. Dentro de dos días uno de sus camiones saldrá hacia Marruecos con un cargamento. He acordado con él que el camión nos llevará hasta Tánger. Desde ahí podemos cruzar a España, desde donde salen barcos hacia Estados Unidos. Puede que en Europa nos hagan preguntas, pero en América a nadie le importará nuestro pasado.

—¿Cruzar a España? —preguntó József—. ¿Con qué papeles?

—Eso ya lo pensaremos cuando lleguemos allí. Algo se nos ocurrirá.

—¿Y esta gente qué quiere a cambio?

—Samuel nos proporcionará ropa civil y sandalias. Tenemos que intentar pasar desapercibidos. A cambio, él se queda con nuestra ropa y nuestro equipo, incluyendo las armas.

—¿Las armas? ¿Eres gilipollas? —preguntó de un modo que hizo que volviera a sentir las punzadas en la sien—. ¿Y cómo nos vamos a defender?

—Cálmate, animal. Si vamos con nuestros rifles en ese camión, lo normal es que acabemos muertos en el Congo o en Nigeria. Tenemos que parecer operarios, no mercenarios. No vamos a encontrar una opción mejor que esta.

József guardó silencio. Mientras terminaba de comer, pensaba que tal vez su amigo tuviera razón. Pero también pensaba que su huida no se iba a terminar nunca. Ese camión de café no era muy distinto del techo del Orient Express y se imaginaba la travesía hacia América como otro penoso episodio más de su interminable escapada sin destino. Pero no estaba en condiciones de elegir y el plan de Stefan tenía sentido, así que le dio la mano a Samuel y se dispuso a pasar en aquel lugar exótico los siguientes dos días.

La tranquilidad de sentirse momentáneamente a salvo hizo que József empezara a disfrutar de aquel excepcional lugar. Todo era muy distinto. La luz, más tenue incluso en las horas de más calor; el olor de África más espeso, puede que dulce; el contraste de colores, con las plantas de café milimétricamente alineadas ocultando sus frutos rojos entre las hojas verdes sobre la tierra roja; los sonidos de los animales rompiendo el silencio de una naturaleza apenas alterada por la mano del hombre. Cuanto más se recomponía más capaz era de disfrutar de los pocos momentos de tranquilidad que la vida le brindaba.

Por la tarde, Samuel los invitó a comer algo de fruta y café.

—Esta plantación ha pertenecido a mi familia durante cuatro generaciones. Ni los alemanes ni los belgas pudieron sacarnos de aquí. Pero lo que se avecina ahora es distinto. El Gobierno está fomentando el odio entre razas. Y en África, ese odio siempre termina en guerras civiles o algo peor. Tengo la intención de dejar a mis hijos la plantación como mi padre me la dejó a mí. Por eso me vendrán bien vuestras armas cuando llegue el momento. Y en el camino que vais a emprender no las vais a necesitar. Haréis el viaje con un conductor de mi confianza. Ya le he dado instrucciones. No habla mucho, pero, si le hacéis caso cada vez que os haga indicaciones, todo irá bien.

—Yo quería darle las gracias por todo lo que está haciendo por nosotros, Samuel —dijo József—. Y pedirle disculpas por el tono de la conversación de esta mañana.

—No te preocupes —contestó Samuel con su imperturbable pausa al hablar—. Ahora solo tenéis que poneros la ropa que mi mujer os ha dejado sobre la cama y disfrutar de todo esto el poco tiempo que os queda antes de partir. —Y, extendiendo su mano sobre la vegetación que rodeaba las plantas de café, pareció invitarlos a entrar al paraíso terrenal.

Al acabar la merienda, fueron a sus habitaciones y, como les había anticipado Samuel, sobre la cama tenían ropa parecida a la de cualquier operario de la plantación. Al desprenderse de su uniforme militar y ponerse la nueva vestimenta no pudieron evitar reírse a carcajadas. «¡Parecemos africanos desteñidos!». József vestía una camisola verde de lino con rayas granates horizontales, unos pantalones de loneta grises y unas zapatillas de esparto. Como el pelo rubio de aquellos dos nórdicos enormes era un reclamo para todo tipo de problemas durante el viaje de más de diez días a lo largo de los siete mil quinientos kilómetros que los separaban de Tánger, ambos se cubrieron la cabeza con dos viejos sombreros de cubo, que les daban un aspecto indeterminado entre un lugareño y un turista.

Sin dejar de reír, salieron de nuevo al soportal para acumular todo el descanso posible y seguir planificando la única parte del plan que dependía de ellos: el paso de la frontera de España. Apenas llevaban sentados unos minutos, cuando uno de los hijos de Samuel, que siempre estaba corriendo incansable por la plantación, llamó la atención de József. Se le acercó con cautela, lo sujetó de la mano y lo guio alrededor de las plantas de café hasta el extremo norte de la finca. Por el camino, el chico, que no dejaba de mirarle los nudillos, le hizo un gesto de silencio con el dedo. Cuando se hubieron alejado unos doscientos metros de la linde superior de la plantación, el pequeño señaló a los pies de una acacia donde un león descansaba custodiado por dos leonas que parecían patrullar vigilantes. Mientras József grababa en sus recuerdos aquella estampa, no podía dejar de sonreír al pensar la amenaza que hubiera supuesto hacía tan solo tres días. Pasados unos minutos, el chico retrocedió sobre sus pasos despacio, como si deshiciera el camino en un campo de minas, procurando no dar la espalda a los leones. József imitó sus movimientos y, cuando estuvieron ocultos tras los árboles que rodeaban la finca, le dio las gracias al pequeño con un leve puñetazo en el hombro. El chico, con ganas de jugar, cerró los puños como poniéndose en guardia, a lo que József respondió levantándoselos a la altura de la cara. A partir de ahí, se pasaron la tarde ensayando los directos, los *crochet*, los ganchos... Aquel niño escuálido intentaba golpear con sus bracitos a su imponente rival y todos los obreros de la plantación reían ante la desproporción de la contienda. Escenas de vida corriente, pensó József. Esas que nunca parecerán lo suficientemente emocionantes. El problema era que hacía tiempo que, a él, ese tipo de vida se lo empezaba a resultar.

Al alba del día siguiente, József y Stefan ayudaron a cargar los sacos de café de la plantación en el remolque de un camión antiguo de dos ejes. La distribución de los sacos era importante, ya que debían reservar para ellos dos un espacio en el interior donde pudieran viajar ocultos bajo la lona de la cubierta y entre el café apilado. El único equipaje que llevaban consigo eran tres garrafas de agua que, aunque insuficientes para un viaje de diez días, serían rellenadas durante las dos paradas diarias que el conductor tenía planificadas. En el viaje tendrían que esquivar la vigilancia de siete policías aduaneros y recorrer otros tantos países que no iban a poder admirar, ya que iban a ir bien ocultos en el remolque. A József le resultó paradójico el modo en que los deseos se cumplen. Había querido toda su vida abandonar Budapest y recorrer el mundo. Ahora su petición se le había concedido con creces, llegando a rincones que ni soñaba, pero prácticamente no había podido detenerse a disfrutar un solo momento de todo lo nuevo que lo iba rodeando. Los paisajes estaban ante él, las distintas culturas, sus gentes. Nada le concernía. Solo debía concentrarse en su huida, que parecía no tener fin.

Cuando acabaron con la carga, se despidieron de Samuel y de su familia y se ocultaron tras los sacos.

—Gracias por todo, amigo. Gracias por habernos salvado. Os deseamos a ti, a tu familia y a tu país toda la suerte —le dijo Stefan desde el remolque.

—¡Un momento! —gritó József—. He olvidado algo.

Ante la atónita mirada de los allí presentes, Stefan incluido, bajó del camión y se adentró en la casa. Con mucho sigilo descorrió la tela que hacía las veces de puerta del cuarto de los niños y, al pequeño que lo llevó a ver los leones, le dejó sobre la almohada un pequeño pájaro de alambre.

Durante los primeros kilómetros, los únicos sobresaltos que alteraban la calma del viaje eran los baches y las curvas propias del terreno escarpado, pero, en cuanto salió el sol, el aire condensado bajo la lona les anunció que sus peores enemigos en los siguientes diez días serían el bochorno y la sed. Tenían la esperanza de que, una vez hubieran dejado atrás la región de los lagos, el clima seco del desierto haría más llevadero el calor, pero, aun así, decidieron administrar el agua. La respiración era tan pesada y el sudor tan copioso que el único sonido que compartían durante el viaje eran resoplidos.

En la primera etapa recorrieron unos ochocientos kilómetros hasta la ciudad de Kisangani, en Zaire, donde el río Congo cam-

171

bia su nombre. Como querían evitar cualquier pregunta difícil de responder, el conductor les había dicho que se quedarían a las afueras de las ciudades, sorteando poblaciones densas y policías curiosos. La noche, tal y como habían planificado, la pasaron al raso y cenaron algo de lo que guardaban en la cabina del camión. La humedad seguía siendo pesada como un yunque sobre la cabeza, pero el aire fresco fuera del remolque producía una sensación más llevadera.

Para el segundo tramo se habían propuesto cubrir los setecientos kilómetros que les separaban de Bangassou, al otro lado del río Bomu, que servía como frontera natural con la República Centroafricana. Desde ahí, a lo largo de los siguientes cinco días, atravesaron el norte de Camerún y el este de Nigeria para adentrarse en el terreno árido de Níger. A partir de ese momento, la única buena noticia era el calor seco del día; las malas, el frío del desierto al raso, la escasez de agua y la proximidad de las fronteras de Argelia y Marruecos, donde esperaban que su escondite fuera puesto a prueba.

Otro inconveniente del nuevo paisaje era el polvo que levantaban las ruedas del eje delantero del camión y que se filtraba en el remolque. Los sacos de café los protegían en parte, pero la respiración se hacía cada vez más difícil, así que en Assamakka, un poblado paupérrimo de casas de barro al borde de la frontera con Argelia, se hicieron con una especie de gasas que se enrollaron a modo de turbante, dejando algo de tela para que les cubriera la boca y la nariz.

En el paso fronterizo de Níger a Argelia, la vigilancia resultó mucho más minuciosa que en el resto del viaje. Después de recibir el alto frente a una barrera, József y Stefan pudieron oír la voz del conductor dando explicaciones y quitando importancia a la carga, pero, aun así, dos guardias subieron al remolque a mover algunos sacos de la entrada. Como lo que buscaban era droga, limitaron su exploración a unas pocas catas haciendo pequeñas incisiones en la arpillera. La preocupación de József era el tufo que desprendían sus cuerpos después de más de una semana sin ducharse, pero el olor intenso del café hacía imperceptible el hedor humano desde fuera, así que los dos guardias descendieron del camión dejando el paso fronterizo con Marruecos como última dificultad antes del incierto salto a España, cuya planificación aún seguían aplazando.

Desde la frontera, el conductor decidió hacer una etapa larga hasta el oasis de In Salah, parando en Tamanrasset para repostar y descansar una hora, ya que el Sáhara no daba muchas oportunidades para detenerse y era preferible cruzarlo lo antes posible. Desde allí solo quedarían tres días de viaje hasta llegar a Tánger. El pueblo de In Salah emergía en medio del desierto como una concentración de casas de adobe perfectamente camufladas en la arena de las dunas. Como llevaban demasiados días sin asearse y estaban cubiertos de polvo y de sudor, decidieron adentrarse en la ciudad y buscar una posada donde poder bañarse, comer algo y dormir a cubierto. A pesar de lo homogéneo del paisaje desde fuera de la muralla, la ciudad estaba salpicada de palmeras y jardines con fuentes, lo que hacía que el calor y el cansancio casi se olvidaran.

Se detuvieron en lo que parecía una casa de huéspedes cuya entrada en arco estaba guardada por un hombre con una túnica blanca hasta los pies y un turbante. Al preguntar por habitaciones disponibles, el hombre los llevó ante una mujer con la cara cubierta que salió de un habitáculo minúsculo y los guio hasta la primera planta donde iban a disponer de una habitación cada uno. Como su mayor urgencia era el baño, que era común, tardaron bastante tiempo en bajar a comer a una especie de bar, que daba a un patio interior con una palmera y un pozo, donde cuatro o cinco hombres estaban tomando té en vasos de cristal.

Al entrar, József y Stefan compartieron inmediatamente el recuerdo del local en el que los abandonaron a su suerte en Francia. Como iban con la cabeza descubierta, los hombres que estaban allí sentados no tardaron mucho en identificarlos como forasteros, así que se levantaron y salieron del bar, dejándolos solos a la espera del conductor. Otra mujer, también tapada, les trajo a la mesa una especie de torta redonda a modo de pan, té y un cuenco con queso y miel. No es que fuera gran cosa, pero a ellos les supo a gloria. Al cabo de pocos minutos, los hombres que habían abandonado el local volvieron con unos cuantos más y se agolparon a la entrada. József y Stefan se pusieron de pie, girándose hacia el grupo y con el recuerdo de Francia cada vez más vivo. Inmediatamente, el dueño del local se interpuso entre sus huéspedes y la multitud y les dijo algo en árabe que resultó convincente, porque se giraron y los dejaron tranquilos durante la cena. El hombre les explicó que dos años antes, el Gobierno de Argelia había legalizado el partido radical islamista y que hacía pocos días que ese mismo partido se había hecho con el respaldo mayoritario de la población, lo que ponía en apuros al actual régimen.

—Los ánimos están revueltos y su presencia aquí no es bien recibida, así que les ruego que salgan por la mañana. Y les aconsejo que tengan cuidado en el resto del trayecto hasta Marruecos. No van a encontrar muchos amigos.

—Solo pretendemos dormir un poco y llenar nuestras garrafas de agua. Saldremos en cuanto amanezca. No buscamos problemas ni llamar la atención, tiene nuestra palabra.

Tal y como se habían comprometido, al alba estaban listos para reiniciar la marcha. Mientras József y Stefan llevaron las garrafas de agua llenas al camión, el conductor pagó al posadero y abandonaron la ciudad con el firme propósito de no volver a dejarse ver por ningún ser humano antes de su entrada en Tánger, lo cual los condenaba a dormir al raso expuestos al frío gélido de las noches saharianas.

El resto del trayecto hasta la frontera con Marruecos, con los cuerpos reconfortados por la ducha y el ánimo por la cercanía del destino, resultó más llevadero en aquel rincón angosto lleno de polvo y de sacos de café, recalentado por el sol filtrado por la lona, iluminado por la luz que entraba por las rendijas del remolque y en el que apenas podían estirar las piernas. Inspirado por la similitud, József sintió el impulso de contarle a Stefan su salida de Budapest en circunstancias aún más precarias, pero prefirió guardarse su historia para él, al menos hasta que su huida terminara de una vez.

Pero la calma ilusionante del último tramo del viaje se vio quebrada por la proximidad de la ciudad de Oujda, paso fronterizo de Argelia con Marruecos. Un cierto pesimismo los invadió a los dos, como si el destino les estuviera mostrando su recompensa para, un segundo después, arrebatársela delante de sus narices. Al detener el vehículo ante la guardia marroquí, los agentes de aduanas pidieron la documentación al conductor y ordenaron a un grupo de operarios que descargaran completamente la mercancía. Cuando uno de ellos vio la cabeza de Stefan, que ya no tenía forma de quedar a cubierto, gritó a los policías que, apuntando con sus ametralladoras al interior del remolque, les ordenaron en perfecto francés que bajaran con las manos en la cabeza. Mientras permanecían de pie en la trasera del camión frente a los guardias, lamentando en silencio su derrota justo al final, el conductor se acercó a uno de los guardias y lo alejó unos pocos pasos de donde estaban ellos. En voz baja y con una especie de estuche en la mano, estuvieron hablando unos minutos hasta que el policía dio la orden de devolver la carga al remolque y se alejó junto a su compañero.

—Volved a sentaros donde estabais. Y no se os ocurra hablar o hacer ningún ruido hasta que os avise.

—¿Qué ha pasado? —preguntó József.

—El patrón me dio el contenido de la cartera por si llegaba este momento. No hagáis más preguntas y subid.

Al adentrarse en Marruecos camino de la costa atlántica, todavía rígido por los nervios y el miedo, József pensaba que si estaba sentado en aquel camión, sin futuro y sin esperanza, era por unos cuantos hijos de puta y por un par de malas decisiones. Pero, por otro lado, si había llegado hasta allí, a estar sentado en ese mismo camión, era por personas desinteresadas que, en algún momento, decidieron apostar por él. Pensó en Markus y en Samuel, al que no volvería a ver, pero con el que estaría en deuda el resto de sus días.

Mientras tanto, el camión recorría la carretera que pasaba por Fez y por las afueras de Rabat, dejando el Atlántico a su izquierda a lo largo de la playa desértica de Larache hasta llegar a su destino: el puerto de Tánger. Nada más llegar a sus inmediaciones, la ciudad mostraba al visitante su cara cosmopolita, fomentada por el puerto, por el encuentro del Atlántico y el Mediterráneo y por la cercanía de España. József y Stefan se sentían excitados de una manera contradictoria. Por un lado, desde la costa de Tánger se podía ver la playa de Tarifa, que era como poder ver la isla de Ellis con Manhattan al fondo, pero, por otro, aún no sabían cómo iban a llegar hasta allí. En cualquier caso, la solución tendría que esperar, ya que primero debían cumplir con las instrucciones que había recibido el conductor, consistentes en pasar antes de nada por las naves de almacenaje del puerto para descargar el café. József y Stefan ayudaron con la tarea como cualquier otro estibador y, cuando hubieron apilado el último saco, se fueron hacia el conductor para despedirse y darle las gracias.

—Esperadme aquí. Voy a aparcar el camión y os llevaré a ver a un amigo.

Sin saber a qué se refería con su lacónica petición, obedecieron sin hacer ninguna pregunta a falta de mejor alternativa propia. Diez minutos después, la silueta del conductor reapareció a lo lejos y, cuando llegó a su altura, los guio a pie por la zona franca del puerto. Al salir, una avenida ancha dejaba el mar y la playa a su izquierda y la medina de la ciudad, protegida por un muro de piedra parcheado por paredes encaladas, a su derecha. Por encima del muro, imponente sobre la teja vieja de color verde del templo, emergía el minarete de la mezquita. Un camino de adoquines que atravesaba el muro por un arco escarzano de piedra los introdujo en la medina. Flanqueados por la cara interior del muro, que estaba decorado con macetas repletas de flores que se descolgaban por la pared, y por las casas del interior, avanzaron por una calle angosta que no tendría ni cuatro metros de ancha. A lo largo de aquel pasillo laberíntico, solo la madera labrada de puertas y ventanas y los faroles de hierro negro colgados de la pared cada quince o veinte metros rompían la uniformidad casi monótona de un blanco que refulgía. Cuanto más avanzaban por la medina, más se estrechaba la calle y más se concentraban los transeúntes, arremolinados en los cientos de pequeños comercios que zigzagueaban bajo los soportales.

Cuando llegaron a una tienda de ropa de marca falsa, idéntica a otras en ese mismo tramo de la calle, el conductor se detuvo, preguntó en la puerta por alguien y les pidió que esperasen fuera. Al cabo de pocos minutos, volvió a aparecer y les pidió que lo siguieran hasta el fondo donde dos hombres jóvenes estaban sentados a ambos lados de una mesa minúscula.

—No hace falta presentación —dijo el conductor—. Estos hombres necesitan que alguien les ayude a pasar dos coches a España y vosotros necesitáis un plan. Así que os dejo. He arreglado todo con ellos para que os adelanten dinero y un sitio donde dormir. Buena suerte.

Y sin estrecharles la mano siquiera, se giró sobre sus pasos y desapareció por la entrada de aquella tienducha. Los dos hombres les ofrecieron té y les invitaron a sentarse en taburetes sobrantes que, por así decirlo, hacían juego con la mesa. Los cuerpos de esos dos vikingos sentados sobre aquella birria de mobiliario hacían que la escena resultase grotesca.

—Tenemos que cargar en el ferri de Algeciras dos Suzuki Santana. Podemos proporcionaros documentación falsa para que podáis cruzar, pero ha de ser con nuestros coches. Con vuestra pinta y con los pasaportes franceses que os daremos, nadie os hará preguntas en la aduana.

—Al final hemos acabado con la nacionalidad francesa por otro camino —susurró Stefan.

—Por supuesto —continuó el tipo—, os conseguiremos ropa occidental. Con eso que lleváis parecéis nazis disfrazados de moros.

—¿Y una vez en el puerto de Algeciras qué tendríamos que hacer? —preguntó József.

—No tenéis que hacer nada más que esperar en el *parking* del puerto. Nuestros socios os encontrarán y os darán instrucciones.

—¿Y qué llevan esos Suzukis? —volvió a preguntar József, cada vez más escamado con el plan.

—Nada que os vaya a sorprender demasiado. Además, tienen matrícula española y llegaron a Marruecos conducidos por turistas. Y turistas los van a devolver.

József miró a Stefan y se dirigió al tipo, que lo miraba indiferente.

—Todo esto tenemos que pensarlo.

—Muy bien. Pero no tardéis mucho, porque los coches deben estar cargados en el ferri pasado mañana. Y, si no lo hacéis vosotros, alguien más lo hará.

—Lo haremos, no se preocupe —interrumpió Stefan.

—Ahora os acompañaremos a vuestra habitación y con esto podréis dormir —Y, estirando la mano, depositó unos pocos billetes sobre la de József—. ¡Ah! Y antes de iros os tenéis que hacer una foto en la tienda de aquí al lado. Un pasaporte falso como los que hacemos nosotros requiere dos días de trabajo.

Tras el trámite de las fotos, y tal y como estaba previsto, les estaban esperando en la entrada un par de camisetas blancas de Calvin Klein, vaqueros y varios pares de zapatillas de deporte para que pudieran elegir la talla adecuada. Ningunas eran Nike. Una vez se cambiaron, los llevaron unos cuatrocientos metros calle arriba a lo que parecía una vivienda normal con un recibidor y varias habitaciones en la primera planta. Después de asignarles una de ellas, el acompañante se despidió.

—Supongo que querréis ducharos y descansar un poco. Si vais a salir después, procurad que sea por dentro de la medina. Si os detienen antes de tiempo, no nos habréis servido de nada.

Siguiendo los consejos de su anfitrión, se dieron una ducha y aplazaron la conversación pendiente hasta después de la siesta. Cuando József se despertó desubicado, era de noche y tenía un hambre voraz. El ruido del somier al incorporarse despertó a Stefan que, sobresaltado, preguntó dónde estaban y qué hora era. Llevaban tantos días durmiendo en estado de alerta que todo el sueño atrasado les cayó encima en una sola tarde. Así que, sin más trámite que atarse las zapatillas, salieron a buscar algo para cenar. Dentro de la medina, como les habían indicado, encontraron un pequeño restaurante marroquí con decoración náutica, un dispensador frigorífico de bebidas y sillas forradas en cuero. Se sentaron a la única mesa que estaba libre y un hombre mayor con pinta de ser el dueño les dejó el menú en inglés y francés. Antes de pedir nada, el hombre volvió con una tetera de plata con dos vasos de cristal tallado y unas aceitunas. Después de repasar la carta sin reconocer mucho de lo que ofrecía, se dejaron guiar por el dueño: lentejas con curri, sardinas asadas, un plato de cuscús y *tajine* de cordero. Durante la cena no cruzaron ni una palabra y solo se miraron para compartir la satisfacción por el menú elegido. Al acabar, empezaron una discusión que continuaría en el paseo posterior por la medina.

—Yo no me voy a ver envuelto en droga. Prefiero esperar y encontrar otra solución.

—¿Pero te has vuelto loco? ¿Qué otra solución? ¿Quieres cruzar a nado hasta la playa de Tarifa?

—Algo habrá. Si quisiera hacer tratos con este tipo de gente, me hubiera quedado en Budapest.

—No hay tratos que valgan. Es una sola vez. En cuanto lleguemos a España, no los volvemos a ver.

—Si llegamos... Además, con estos tipos nunca es «una sola vez». Los conozco. Siempre vuelven. Y, cuando lo hacen, acabas volando por los aires en uno de esos Suzuki.

—¿Pero qué crees que es lo peor que nos puede pasar? Acabar en una cárcel española no me parece un drama. En nuestras condiciones, se parece más a un hotel de lujo que a una amenaza.

—Pues vete tú. A mí no me espera nadie, así que no tengo prisa.

—Estoy hasta los cojones de tus remilgos, Hugo. A veces pienso que no te das cuenta de que no tenemos mucho donde elegir.

Aplazada la discusión, sin acuerdo y con mal tono, se fueron a dormir con el silencio tenso de una bronca de pareja. Para cuando József se despertó por la mañana, Stefan ya no estaba en su cama. En condiciones normales se habría preocupado, pero, como seguía enrabietado por la actitud de aquel alemán testarudo, no le dio ninguna importancia, se duchó y salió a desayunar algo al mismo restaurante de la cena. Cuando volvió, su amigo lo estaba esperando.

—A ver qué te parece esto. Tienen un contacto en el puerto de Cádiz. Al parecer, dentro de tres meses saldrá un carguero de

Barcelona que hará transbordo allí antes de partir hacia Nueva Orleans. Pueden embarcarnos como tripulación a cambio de un dinero por cabeza.

—¿Cuánto dinero?

—Aún no lo sé. Depende de lo que negociemos con los del otro lado.

—¿Y de dónde vamos a sacar ese dinero?

—Tenemos tres meses para buscarnos la vida. Con un pasaporte «en regla», recuerda. Algo se nos ocurrirá.

—No lo sé. Cuanto más avanza el plan, más estamos en manos de estos tipos.

—Piensa en Nueva Orleans, Hugo. Una vez allí, podrás escuchar toda la música que quieras y llevar una vida decente —replicó el alemán con todo el sarcasmo del que era capaz.

Durante la conversación, József no dejaba de recordar a Nino. Su amigo había muerto por infeliz, manejado por mafiosos a los que la vida de sus peones les importaba menos que la de sus gatos. Él no quería ser uno de esos peones. No había pasado por todo el castigo de los dos últimos años para acabar en manos de unos moros camellos que lo acabarían condenando.

Después de pedirle a Stefan tiempo para pensar, se fue a las inmediaciones del puerto para buscar una revista de música y aclararse un poco las ideas. Salió por la misma puerta de la medina que los acogió al llegar y dejó atrás el olor agradable a especias y hierbas aromáticas que impregnaba todas sus calles. Una vez fuera, se dirigió hacia la playa con la ciudad a su derecha y un muelle con embarcaciones de vela a su izquierda. Bajo un cielo despejado y un sol brillante pero agradable, la ciudad blanca resplandecía a su espalda y el olor a mar lo hacía sentir falsamente turista. Por el camino encontró una tienda de prensa con libros antiguos en francés, algunos periódicos franceses y españoles y unas cuantas revistas. Entre ellas encontró un número atrasado de *Rock&Folk*, con James Brown en la portada, que le pareció más que suficiente para pasar la mañana. Con media sonrisa ansiosa, se la entregó al tendero junto con un ejemplar de *Le Monde* del día anterior y se fue a leer a la playa. Como el día era claro y no había rastro de bruma, la vista de la costa de Tarifa le hizo recordar la provocación de Stefan. «¿Quieres cruzar a nado?». La verdad era que, desde donde él estaba, parecía posible. Pero solo lo parecía.

A unos cien metros de un anciano que estaba pintando un lienzo sobre un caballete frente al mar, se descalzó, hizo un montón de arena con las manos y se sentó a hojear la revista. Aparte de la anunciada entrevista a James Brown, en el centro encontró un reportaje de los músicos callejeros en Nueva Orleans. Fotos de negros tocando la trompeta y el saxo delante de las puertas abiertas de los edificios de colores de Bourbon Street, niños sentados agitando sus baquetas frente a cubos invertidos a modo de batería. Bandas completas que arrastraban tras ellas comitivas de turistas en las tardes del Mardi Gras. Una ciudad bañada por el Misisipi que sonaba a jazz de la mañana a la noche. Se imaginó como dueño de un pequeño local con música en directo, puede que folk, y también Jameson y Guinness en la ciudad del Bourbon. Sin porteros ni matones. Con las puertas y las ventanas abiertas a la calle. ¿Y si…?

Levantó la cara de la revista, que era lo mismo que apartarla de su propio sueño, y volvió a reparar en el anciano pintor. Estimulado por la curiosidad se levantó y se acercó por detrás para ver qué era lo que estaba pintando con tanta parsimonia. Cuando llegó a su espalda sin excesivo disimulo, el tipo le habló en español sin volverse:

—Menudo tamaño, hijo.

—Perdón, no hablo español —dijo József en francés.

—¡Oh! Disculpa. Decía que eres un hombre muy corpulento —continuó el viejo en perfecto francés—. ¿A qué te dedicas?

—De momento, solo tengo que cruzar a España. Allí veré a qué me dedico. —Después, mirando fijamente al cuadro, continuó—: Eso que está pintando no es el mar.

—No lo es, pero sí lo es. Yo no pinto las cosas como son. Las interpreto a mi modo.

—¿Y si no se parecen qué mérito tiene? —se sorprendió József.

El viejo dejó escapar una carcajada y lo miró de reojo.

—¿Y eso qué más da? —preguntó.

—No lo sé, la verdad. Pero es bonito eso que está pintando.

—Pues eso es lo importante, hijo. Es tarde. ¿Tienes dónde comer?

—No —contestó lacónico.

—Pues si me ayudas con el caballete, te invito a mi casa a que pruebes algo de la comida que te espera allí. —Y con el pincel extendido señaló a la costa de España.

A József le sorprendió la rapidez con la que el hombre recogió la paleta y todos los utensilios y cargó con ellos hasta una de las casas blancas en hilera al borde de la playa. Salió a recibirlos una señora que debía de ser su mujer, a juzgar por el tono de regañina confiada que tenían entre ellos.

—Mira, Carmen. Tenemos un invitado que he conocido en la playa. Se quedará a comer con nosotros.

Después de indicar a József dónde descargar todo el material de pintura, el hombre, que se llamaba Alfredo, lo guio a través de la casa, que estaba repleta de bocetos y de cuadros sin acabar, hasta un patio interior con buganvillas rosas y moradas descolgadas por las paredes desde el tejado. Allí los esperaba una mesa con platos, cubiertos y vasos bajos para dos personas que Carmen se encargó de ajustar al nuevo número de comensales.

—Pero siéntate. Ponte cómodo —dijo Alfredo mientras descorchaba una botella de vino—. Aún no me has dicho tu nombre.

—Me llamo József.

—¿Ese nombre es francés?

—No señor. Es húngaro.

—Pues bienvenido, József el húngaro.

Durante las presentaciones, Carmen regresó al patio cargando con un caldero que depositó con cuidado en el centro de la mesa.

—Mira, József, esto en España se llaman «papas con chocos», o sea, un guiso de sepia y patatas un poco picante. Pero recuerda su nombre, porque no vas a comer nada más rico allí.

Mientras Carmen servía el contenido del puchero en cada plato, que a József le pareció que olía como el cielo, Alfredo se interesó por la historia que intuía detrás del chico corpulento y callado que estaba sentado a su mesa.

—Bueno, József, tenemos comida, vino y toda la tarde por delante. Cuéntanos cómo has llegado hasta aquí.

Al principio József se sintió torpe y la narración le salía deslavazada, pero, a medida que avanzaba con la historia, con el guiso y con el vino, se empezó a entonar como si conociera a aquella pareja de toda la vida. Budapest, el Fortuna, su padre, Nino, el Orient Express, la legión, África… Los ojos de Alfredo se iban abriendo más y más con expresión de incredulidad. Pero lo cierto era que estaba creyendo cada palabra que salía de la boca de József.

—… y si mañana no se tuerce nada, llegaremos a España para conseguir el dinero que nos lleve a América.

—De modo que eres Ulises, hijo —dijo el viejo con tono de admiración.

—¿Quién?

—¡Ulises! El héroe de la batalla de Troya.

—No sé quién es.

—Claro que no lo sabes. Vosotros ya no sabéis nada. No leéis nada.

—Yo sí leo. Revistas de música y algún periódico.

—Eso está bien, pero no es a lo que yo me refiero. Verás —continuó el viejo—. Ulises era rey de Ítaca. Formó parte del ejército griego mandado por el rey Agamenón en la conquista de Troya. Cuando la batalla estaba perdida y los griegos eran incapaces de atravesar los inexpugnables muros de Troya, Ulises, que era el más listo de todos, tuvo una idea que los llevó a la victoria. Un truco. Y así, victoriosos, los griegos embarcaron en sus naves y emprendieron el regreso a casa. Pero Ulises ofendió a los dioses durante la travesía y estos lo condenaron a vagar por el mar eternamente y lo enfrentaron a gigantes de un solo ojo, sirenas embriagadoras y monstruos marinos. —Alfredo hizo gestos fantasmagóricos con las manos, y József, que estaba embobado, recordó las historias de János en el Fortuna—. Su mujer y su hijo lo esperaban, pero los nobles se impacientaban ante la falta de noticias. Finalmente resolvieron darlo por muerto y urgieron a la reina a tomar un nuevo marido contra su voluntad.

—¿Y nunca pudo regresar? —preguntó József.

—Claro que pudo. Recuerda que era el más listo.

—¿Y qué hizo con los nobles?

—Penélope, que así se llamaba la reina, sometió a los nobles a una prueba para ganarse el derecho a desposarla. Estableció que cualquier aspirante al trono debía ser capaz de tensar el arco del rey. Como ninguno podía, los nobles se desesperaban y cargaban contra la reina y su hijo, tratándolos como si fueran esclavos. Así que Ulises se disfrazó de forastero para participar en el desafío, tensó su propio arco ante el estupor de todos los presentes y, una vez se hubo asegurado que todos lo habían reconocido, los mató sin piedad.

—Joder con el listo.

—Es que hay un tiempo para cada cosa, József. Tú también has debido de ofender a tus dioses, porque te tenían reservado el mismo castigo.

—No son dioses a los que yo he ofendido. Y, además, no pienso regresar. Mi destino está lejos de mi casa. En el otro extremo del mundo. Allí encontraré una mujer y unos hijos a los que aún no conozco. Y una vida.

Aún se quedó un rato más escuchando las historias de Alfredo hasta que empezó a ponerse el sol.

—Tengo que irme ya. Han sido muy amables conmigo.

—Te deseamos suerte, József. Que tu viaje termine algún día y que encuentres lo que buscas.

En el camino de vuelta a la pensión, no podía dejar de pensar en las historias de aquel viejo pintor. Al fondo de la calle la silueta de Stefan lo estaba esperando con los brazos extendidos.

—¿Dónde cojones te habías metido? ¿Crees que puedes desaparecer así? ¿Porque vas en camiseta y vaqueros te has creído de verdad que estamos aquí de vacaciones?

—Diles que sí, que pasaremos sus putos coches.

—¿Así por las buenas? ¿Me quieres decir qué coño te ha pasado?

—Nada. Que quiero llegar cuanto antes a Nueva Orleans. —Y tirando sobre la cama la revista y el periódico, dio por zanjada la explicación—. Vamos a cenar.

En el mismo restaurante y ante idéntico menú, planificaron su último día en Tánger antes de cruzar a Algeciras y empezaron a pensar en el modo de ganarse la vida en España para conseguir la aún desconocida cifra que les iban a pedir por su pasaje. Como la ocupación tenía que permitirles pasar todo lo desapercibidos que fueran capaces, descartaron clubs y discotecas de moda como porteros y pensaron en trabajar como jornaleros en el campo a destajo. También consideraron emplearse como camareros en hoteles y restaurantes favorecidos por el período de temporada alta que se avecinaba. La principal incógnita era la cantidad de dinero que les iban a pedir por el pasaje y si, con ese tipo de trabajos, serían capaces de reunirla en tan poco tiempo.

—Siempre podríamos trabajar para estos tipos.

—Ni lo sueñes. Ellos fijan la cifra y con ella te controlan. Si dependemos de ellos, nunca saldremos de aquí. Que nos digan cuánto tenemos que conseguir y ya nos apañaremos con dos empleos si hace falta. Después de este trabajo, o como sea que lo llamen, consideraré saldada nuestra cuenta con ellos, y espero que solo los vuelva a ver en el puerto de Cádiz en el momento de embarcar.

Después de cenar, dieron un paseo por la medina, aunque sin detenerse mucho a mirar en los puestos porque József tenía la mente en otro lado. Seguía pensando en aquel rey guerrero y en su venganza. Ya de vuelta en la habitación, Stefan se durmió con extraña facilidad ante el compromiso del día siguiente, pero József aún seguía dando vueltas a la historia de Ulises y a la suya propia. Recordó a Hanna magullada y al gitano malnacido tirado en la acera y bañado por su propia sangre, y solo lamentó no haberlo matado. Pero la verdad era que no tenía ganas de saldar más cuentas. Si acaso una: la promesa que le hizo a Markus de volver algún día para compensarlo por ofrecerle una vía de escape. Markus. Poco podía imaginar aquel policía de Budapest que, a esas alturas, después de recorrer media África, József se disponía a cruzar el estrecho primero y el Atlántico después. El océano. Sus dioses y los monstruos marinos. Nueva Orleans…

—¡Hugo!

El grito de Stefan lo despertó cuando aún era de noche. Estaba empapado y angustiado y un mal presentimiento lo invadía.

—Está todo bien. Tenías una pesadilla. ¿Qué soñabas?

Con la respiración agitada y aún incapaz de distinguir el sueño de la realidad, solo pudo recordar que los policías españoles los detenían al bajar del barco. Después de ordenarle que descorriera la cubierta de lona del coche, József se encontraba el cuerpo ensangrentado y sin vida del hijo de Samuel. Al sacarlo en brazos, los policías lo apuntaban con sus subfusiles. «¡Quieto ahí, asesino, no te muevas!». Ante aquellas amenazas, József levantaba los brazos y dejaba caer el cuerpo del crío, solo que no era el pequeño el que estampaba contra el suelo a sus pies, sino el gitano.

Por la mañana, con mucho dolor de estómago y aún con la mala sensación de la pesadilla, bajaron a la tienda de ropa de marca falsa de la llegada, donde los esperaban los dos mismos hombres. Les entregaron sus respectivos pasaportes (se habían preocupado de falsificar el sello de la entrada en Marruecos y, a simple vista, parecían tan auténticos como los oficiales), el pasaje para el ferri, la documentación del coche a nombre de Fantasy Tours y una mochila envejecida con algo de ropa sobrante.

—Los coches están en regla y la compañía turística es real. Con los pasaportes no tendréis problema, siempre que recordéis que sois franceses. Ya los hemos probado otras veces.

—¿Y dónde va la carga? —preguntó József.

—Es mejor que no lo sepáis. Así, si os registran, no os pondréis nerviosos. Recordad: una vez allí, os quedáis en el *parking* y os vendrán a recoger. Jamal os acompañará al garaje. Buena suerte.

Salieron de la medina tras el tal Jamal y llegaron a una nave cerca del muelle donde había barcos de vela que József había visto la mañana anterior camino de la playa. Dentro de la parte trasera de la nave había dos Suzukis rojos, cubiertos de barro y de polvo, con las llaves puestas. Echaron sus respectivas mochilas en la parte de atrás de los coches y escucharon las instrucciones de Jamal. Debían conducir hasta el puerto por la avenida que dejaba el mar a su derecha y, una vez allí, seguir las indicaciones del ferri a Algeciras. La señal inequívoca era la larga cola de coches que se solía formar a la hora de embarcar, así que solo tenían que incorporarse y esperar. A partir de ahí, el control de pasaportes de Marruecos no iba a ser un problema para dos tipos con su aspecto. La llegada a Algeciras ya era cosa suya.

Se despidieron del tipo sin mucho aprecio mutuo, arrancaron los coches y salieron de la nave en caravana y en la dirección que les habían indicado. Durante el trayecto, József no dejaba de preguntarse dónde habrían escondido la droga. Probablemente en los bajos del vehículo, así que, como si de un coche bomba se tratara, procuró limitar la agresividad en la conducción y, sobre todo, los baches. Al llegar al puerto, según las indicaciones que habían recibido, los carteles del ferri los guiaron de manera inequívoca a la cola de coches frente a la compuerta abierta en forma de rampa en el casco del barco. Mientras esperaban en la cola, un policía les repartió un formulario en francés que debían rellenar para entregarlo con su pasaporte en el control anterior al embarque junto con un impreso sellado de importación temporal de vehículos. Como los Suzuki tenían matrícula española, al entrar en Marruecos era preceptivo rellenar el formulario de importación que debía quedar sellado a la salida. Esta parte de la mascarada era totalmente cierta, probablemente la única que lo era, así que por un momento olvidaron la carga oculta que llevaban en alguna parte.

La cola era pesada y en el coche hacía calor. Y como llevaban las capotas retiradas para dar una mayor sensación de despreocupación y facilitar la revisión ocular, el sol les picaba a pesar de estar equipados con gorras de equipos de beisbol. Al llegar su turno, que les llevó algo menos de una hora, los policías les recogieron los pasaportes con los dos formularios, los sellaron y se los devolvieron sin más preguntas. Una vez dejaron los coches aparcados en el lugar indicado por los operarios de la bodega, se sonrieron y subieron a la cubierta a disfrutar de la hora y media de travesía antes del último escollo: la Guardia Civil española.

Al ritmo de la marcha lenta del barco al salir del puerto, África se alejaba a su espalda como el fin de un sueño profundo. Pero József no pensaba en su destino inmediato. España no le interesaba lo más mínimo y, para él, solo era una estación de paso antes de que otra cubierta, la del carguero, lo llevara a través del Atlántico a la ciudad de los negros, el jazz, las trompetas y los antros nocturnos. Y eso que, cuanto más aceleraba el barco sobre las olas del estrecho, más se podía apreciar la belleza y la luz que irradiaba la costa española bajo un cielo azul inmaculado.

Apoyados en la barandilla blanca de la proa de la cubierta, con el viento en la cara y salpicados por el mar, József y Stefan pensaron que era un buen momento para retomar la conversación aplazada sobre el modo en que se ganarían la vida los tres siguientes meses. Después del brevísimo tramo entre la nave y el barco, József tuvo una inspiración.

—¿Y si conducimos?

—¿Si conducimos qué? —apuntó Stefan, perplejo.

—Cualquier cosa. Pasajeros, mercancías, coches, camiones, autobuses. Podríamos sacar partido a todo lo aprendido en Córcega.

—Pero solo tenemos un pasaporte y es falso. Si vamos a conducir vehículos grandes con personas o mercancías, lo primero que nos van a pedir es el permiso. Además, cualquier control por carretera sería un problema. Recuerda que no solo tenemos que ganar el dinero suficiente para el pasaje. En estos tres meses, cuanto menos se sepa de nuestra existencia, mejor.

—Pues podemos trabajar en obras —aportó József—. Yo solía ayudar a mi padre con reparaciones y mejoras en la casas de nuestros vecinos, y no se me daba mal. Y para eso no creo que pidan contratos ni ningún permiso oficial.

—No lo sé —zanjó Stefan—. De momento, deja de pensar y disfruta del mar. Y prepárate para la llegada, que no será el paseo plácido del embarque en Tánger.

Así que József cerró los ojos y se dejó arrullar por el sonido del casco rompiendo la espuma del mar y por el graznido de las gaviotas que anunciaban la proximidad de la costa española.

—¿Y así llegaste hasta aquí?

—No Juez. Para empezar, nunca debí llegar aquí. Yo ahora tendría que estar en Estados Unidos con Stefan.

—Si hubieras tenido un pasaporte en regla, no te cabrían los sellos. No los he contado, pero calculo que pasaste por seis o siete países africanos.

—Cierto, pero oculto en un camión y muerto de miedo. La historia de mi vida. En cambio, la llegada a España era distinta. Teníamos que ganar dinero aquí trabajando de cualquier cosa y eso nos iba a dar algo de tiempo para conocer un poco el país, aunque solo fuera la costa, que desde el ferri deslumbraba...

Cuarta parte

ESPAÑA

Durante los últimos metros de travesía antes de arribar a Algeciras, los motores del ferri apenas lo impulsaban, como si el capitán lo dejara llevar suavemente por la marea, lo que les permitía contemplar con detalle desde la cubierta la fisonomía del puerto. Plagado de muelles, dársenas, depósitos para combustible, silos para grano y buques cargando y descargando, su función principalmente industrial quedaba patente a simple vista. Pero era el tamaño, inabarcable a sus ojos, y la actividad frenética lo que más les impresionaba: cientos de operarios, vehículos y grúas en continuo movimiento que no parecían tener un minuto que perder y que prácticamente estaban pidiendo a gritos algo de ayuda en forma de cuatro brazos robustos. O al menos eso es lo que les pareció a ellos cuando se miraron sin necesidad de decir nada.

El ritmo pausado, casi paralizante, de la aproximación al muelle, con los motores en silencio y el bullicio de los pasajeros apaciguado por la observación hipnótica de cada minuciosa maniobra, se vio alterado por el aviso a todos los que tuvieran vehículo en la bodega. Otra vez más la angustia, físicamente perceptible por la sangre en la cara y la tensión en la mandíbula, les arrancó de golpe cualquier sensación engañosa que pudieran tener de turista en su regreso a casa después de unas largas vacaciones y los dejó desnudos ante su crudo destino: el de dos fugitivos que no tenían más remedio que confiar en unos traficantes de poca monta y en su habilidad para falsificar pasaportes y esconder droga.

Solo había dos escenarios posibles en los que volverían a verse al cabo de unos minutos: o esposados en las dependencias de la Guardia Civil o en el *parking* del puerto esperando a que su desconocido contacto apareciera. Así que se abrazaron al bajar a la bodega del barco, se desearon suerte y buscaron sus respectivos Suzukis para repetir de manera inversa la maniobra del puerto de Tánger.

La espera, a oscuras y con la condensación del calor procedente de los motores encendidos pegada a la cara, aunque larga y tensa, resultó más cómoda que en el pequeño nicho del Orient Express o tras los sacos de café del camión de Samuel. O eso, o József ya estaba empezando a acostumbrarse. La apertura del portón de carga, que fue dejando entrar toda la luz del sol de España como en un vertiginoso amanecer, aumentó los rugidos de los coches alineados y József sintió cómo se le cerraba el estómago. Con la trasera del barco convertida en rampa y con ritmo lento, fueron desembarcando en dos filas perfectas hasta el control aduanero donde cuatro o cinco guardias civiles, asistidos por dos perros, esperaban para la inspección de documentos y vehículos. József podía ver a Stefan con las dos manos agarradas al volante y rígido como un poste. Solo tenían dos coches delante cuando vio cómo su amigo ajustaba el retrovisor con su mano derecha como queriendo asegurarse una última vez de que sus espaldas estaban cubiertas. Ya en el puesto de control, Stefan recibió el saludo del guardia civil que estaba frente a su puerta mientras otro agente, con un pastor alemán sujeto por una correa, iniciaba la inspección exterior del Suzuki. Stefan extendió el brazo con los documentos y el guardia civil se los llevó dentro de una cabina. Mientras esperaban, el perro olisqueaba con celo los bajos, las ruedas y el motor del mugriento coche sin mostrar el menor signo de alerta, y József se preguntaba dónde habrían escondido la droga aquellos moros que empezaban a parecerle verdaderos expertos. Cuando el policía apartó al perro como dando por finalizada la inspección, József concentró toda su atención en el que se había llevado los documentos, que estaba tardando un poco más de lo esperado en regresar. Los segundos transcurrían eternos, como si todos los operarios y los policías del puerto hubiesen quedado paralizados, la noche se hubiera cerrado sobre Algeciras y un único foco iluminara la puerta de la caseta. József podía notar cada una de las gotas de sudor que le corrían por la espalda. Finalmente, con una parsimonia ajena a la tensión que estaba a punto de partir las mandíbulas de József, el agente reapareció, devolvió el pasaporte a Stefan y ambos iniciaron una conversación que, vista desde fuera y sin contexto, resultaba innecesaria. En un cierto momento, Stefan se giró y señaló al Suzuki de József. El guardia civil asintió, volvió a saludarlo y le dio paso al puerto.

Con el alivio momentáneo que suponía la imagen del coche de Stefan alejándose hacia la salida, József sacó los documentos de la diminuta guantera y se preparó para repetir la liturgia que acababa de contemplar. Sorprendido por el más que decente francés que hablaba el guardia civil, le confirmó que viajaba de vuelta a Francia con su amigo, entregó los papeles y esperó. Mientras, el perro había perdido todo interés en su coche y apenas se acercó a olisquear el lateral derecho y el motor. En menos de la mitad del tiempo que se había tomado con Stefan, el guardia civil regresó con su pasaporte, se lo devolvió, le deseó buen viaje de vuelta y le dio paso.

El breve trayecto hacia el *parking*, donde lo debía estar esperando su amigo, fue para él como un desfile de la victoria. A partir de ese momento, todo le parecía pan comido. No tenía ni idea de cómo conseguirían el dinero para comprar los pasajes que los llevarían a América ni tan siquiera dónde dormirían esa misma noche, pero el optimismo que lo invadía era tal que no le preocupaba lo más mínimo.

A la salida del puerto, en una explanada plagada de coches que había a la derecha, Stefan lo estaba esperando de pie junto a la puerta abierta del Suzuki rojo que ya no parecía mugriento sino brillante bajo un sol que a József le pareció distinto. Se abrazaron como dándose mutuamente la bienvenida al resto de su vida y se sentaron juntos a esperar la llegada de su desconocido contacto.

En otras circunstancias, la espera de más de dos horas en un país desconocido, bajo el sol de la tarde, con el estómago vacío, sin dinero ni hospedaje y sentados sobre dos coches abarrotados de droga hubiera resultado desesperante, pero esa tarde todo era llevadero. No había nada que ensombreciera la sensación de estar en la antesala de una América que ya podían intuir al otro lado del Atlántico. Serían las seis de la tarde cuando un Ford Escort azul entró en la explanada, dio dos vueltas de reconocimiento entre los pocos coches que aún quedaban y aparcó junto a los Suzukis. Cuando los tres ocupantes, todos ellos con rasgos árabes, se bajaron, József y Stefan ya los estaban esperando de pie fuera de los coches.

—Ya veo que no habéis tenido problema —dijo el que había conducido el coche hasta allí.

—Habéis tardado mucho. Empezábamos a pensar que nos habíamos equivocado de *parking* —contestó Stefan.

—Este negocio no tiene horarios. Se llega cuando se puede. ¿Habéis tocado algo?

—Nada —dijo József cortante—. ¿Cómo lo hacéis? Los perros no olieron nada.

—No es asunto vuestro. —Y arqueando levemente las cejas indicó a los otros dos tipos que ya podían llevarse los dos vehículos lejos de allí.

Mientras se alejaban, el tipo que se quedó con ellos, que parecía estar al mando, sacó una cartera con dinero, extrajo unos cuantos billetes y los contó dos veces. Cuando terminó, volvió a guardar la cartera y extendió su brazo con el dinero.

—Aquí tenéis diez mil pesetas. Con esto tenéis para comer y dormir hasta que encontréis un trabajo.

—¿Y el pasaje para América? —preguntó József ansioso.

—Dentro de tres meses sale del puerto de Barcelona un carguero llamado Alberta que hará parada en Cádiz antes de dirigirse a Nueva Orleans. El capitán es un viejo conocido nuestro con el que hemos hecho negocios en el pasado. Hemos acordado con él que os admitirá como mano de obra a bordo. Trabajareis para él a cambio del pasaje, pero el acceso al barco os va a costar trescientas mil pesetas por cabeza que me entregaréis a mí.

—¿Y eso cuánto es?

—Divide por veinte. Unos quince mil francos.

—¿Quince mil francos? ¿Por cabeza? ¿Y de dónde cojones vamos a sacar ese dinero? —preguntó József, que estaba perdiendo el optimismo por momentos.

—Ese no es mi problema, amigo. Si queréis, podéis trabajar con nosotros. Es evidente que esto se os da bien.

—Ni hablar —sentenció József—. Ya encontraremos otro camino.

—Como queráis. Guardad los pasaportes. Os sacarán de algún lío. Pero no andéis enseñándolos mucho por ahí. Cuanto menos se usen, mejor para vosotros. —Y, extendiendo la mano les entregó una tarjeta—. Aquí tenéis dónde localizarme, por si lo pensáis mejor. Si no, nos vemos en tres meses. Suerte. —Y, dándoles la espalda, regresó a su Ford Escort y se alejó hacia el este.

—¡Quince mil francos por cabeza! ¿De dónde los vamos a sacar? —repitió József—. El trabajo que consigamos no podrá ser legal, ya has oído al tipo, así que ya me dirás cómo se gana todo ese dinero trapicheando.

—Ya lo pensaremos. Ahora lo más urgente es comer algo y encontrar un sitio para dormir. Con el estómago lleno pensaremos mejor.

Con el puerto a su espalda, se adentraron en una ciudad de Algeciras que rebosaba actividad. El trasiego de vecinos por las calles cercanas al puerto era un constante ir y venir de españoles, árabes y gitanos que aparentaban convivir en relativa armonía. Deambularon entre edificios de apartamentos que no tenían nada que ver con las callejas encaladas que habían conocido en Tánger y evitaron llamar la atención pidiendo consejo u orientación. Al cabo de unos minutos de caminar a la deriva, llegaron a una plaza imponente con una fuente central cuya estructura era una réplica en miniatura del campanario de la iglesia que le daba sombra unos metros a su derecha de no ser por los azulejos amarillos y azules que la vestían y por los faroles de hierro forjado que la coronaban. Cuatro cabezas de león, una por cada cara, escupían agua al abrevadero y eran correspondidas por pequeñas ranas que, desde el borde y en sentido contrario, parecían querer contribuir al llenado. Pero el color que predominaba en la plaza era el verde de un sinfín de palmeras y naranjos que rodeaban la fuente. Como en cualquier centro de ciudad, los bares ocupaban la mayor parte de los locales comerciales a pie de calle, así que solo tuvieron que elegir uno al azar para sentarse a comer algo y pensar con tranquilidad.

El camarero que los atendió parecía resuelto, pero solo hablaba español, así que la comunicación, algo con lo que aún no habían contado, se incorporó a su lista de «problemas pendientes de abordar». El francés que habían aprendido en la legión les había servido para viajar por media África y para entrar en España, pero, durante los siguientes tres meses, no les iba a ser de mucha ayuda. Y en esta inquietud estaban cuando el chico, que se demostró verdaderamente resuelto, reapareció con un compañero marroquí que hablaba perfecto francés.

—Es un poco tarde para el almuerzo y un poco pronto para la cena, pero si queréis comer, algo tendremos —dijo el chico marroquí mientras el otro no dejaba de mirarlos.

—Gracias a Dios —dijo Stefan—. Cualquier cosa que nos saques de comer estará bien. Y dos cervezas.

Al cabo de unos minutos, la pareja de camareros, se separaría porque al chico español lo estaba matando la curiosidad, les trajo un plato de jamón con pan, algo de queso y un revuelto de patata con mayonesa que no pudieron reconocer.

—Se llama ensaladilla —dijo el marroquí al ver sus caras de extrañeza—. Os vais a hartar de comerla por aquí, pero esta está buena.

—¿Cómo te llamas? —preguntó József, asintiendo con la cabeza como señal de gratitud.

—Aquí todos me llaman Curro.

—¿Y él? —preguntó, señalando a su compañero.

—Este es Miguel. —El chico le dijo algo en español sin dejar de mirarlos—. Dice que no había visto a muchos de vuestro tamaño. ¿De dónde sois?

Stefan soltó una carcajada.

—Esa es una pregunta que no podemos responder —dijo József sonriente—. Y, aunque pudiéramos, nos llevaría toda la tarde.

Los dos camareros se dieron por contentos y regresaron a atender a los clientes de las otras mesas que, a esas alturas, ya se habían vuelto para mirarlos.

—Está claro que nos va a costar pasar desapercibidos. Dos días más por aquí y nos van a pedir autógrafos —dijo József, echando un vistazo a su alrededor y notando cómo las miradas de los curiosos rehuían la suya.

—Aún no tenemos dónde dormir. Y lo del idioma no nos va a ayudar a encontrar trabajo precisamente —dijo Stefan—. Deberías pensar mejor lo de colaborar con los moros. Es dinero que resultó bastante fácil en el puerto.

—No es la Guardia Civil lo que más me preocupa. Esos tipos muchas veces tienen que cortar cabos sueltos y no les suele temblar la mano. Algo encontraremos.

—Esta conversación no termina aquí, pero ahora vamos a ocuparnos de lo urgente —dijo Stefan, tocándose el bolsillo, donde había guardado la tarjeta que le dejó el moro del puerto y llamó la atención de Curro con la mano—. Oye, chico, tú no sabrás de un sitio de confianza donde podamos pasar un par de noches, ¿verdad?

—Los padres de Miguel a veces alquilan habitaciones. Dejad que le pregunte.

Al cabo de dos o tres minutos, Curro volvió con Miguel, que seguía mirándolos con la misma incredulidad de un niño ante una atracción de un circo.

—Dice su padre que puede estar aquí dentro de una hora. Que hasta que no os conozca no sabe si tiene una habitación para vosotros. Mientras, podéis dar una vuelta por aquí cerca. Si os perdéis, preguntad por la plaza Alta —dijo, procurando vocalizar para que pudieran memorizar en español.

Después de pagar, siguieron el consejo de Curro y callejearon por los alrededores de la plaza. Stefan aprovechó para insistir en las ventajas de la oferta del moro, pero József estaba cerrado en banda. No quería oír hablar de trabajar para traficantes. No se fiaba de ellos ni de su palabra, y aunque trescientas mil pesetas era una cantidad impensable para cualquier trabajo de tres meses que, además, no podía pasar por una contratación reglamentaria, estaba dispuesto a asumir el riesgo. Después de todo, estaban en una ciudad portuaria industrial y él tenía formación como fresador. Solo era cuestión de encontrar la oportunidad adecuada. Pero el reloj de los tres meses estaba en marcha y cada día sin cobrar era un día perdido.

La hora convenida transcurrió entre conjeturas y calles idénticas a simple vista. Cuando regresaron a la plaza los estaban esperando Curro, Miguel y un hombre de unos cincuenta años con la piel cuarteada por el sol y cuyo parecido con Miguel lo delataba. Curro hizo las presentaciones y el hombre le dijo algo en español que no pudieron entender.

—Dice que de dónde venís y qué habéis venido a hacer aquí.

—Dile que somos exsoldados franceses. Tenemos que esperar tres meses a que zarpe el barco que nos llevará a América desde Cádiz —contestó Stefan.

—Dice que cuántos días os pensáis quedar en su casa y que cómo le vais a pagar.

—Dile que solo necesitamos dos noches. Después, nos iremos —dijo József, intentando inspirar confianza—. Podemos darle cinco mil pesetas por anticipado. En esos dos días esperamos haber encontrado un trabajo.

Después de pensarlo un momento en silencio, el hombre asintió, les tendió la mano, les dijo que se llamaba Miguel, como su hijo, y con un gesto les pidió que lo siguieran.

El recorrido por el laberinto de calles que rodeaban la plaza Alta no fue largo pero sí lioso y les proporcionó la prueba definitiva, si es que hacía falta, de que lo iban a tener difícil para pasar inadvertidos. No tenían más que observar la cara de incredulidad de los pocos conocidos que se fueron encontrando por la calle al ver aquellos dos armarios rubios escoltando a su vecino. La casa de Miguel no era un hostal ni ningún otro tipo de hospedaje al uso. Como les había dicho Curro, era una vivienda particular con dos habitaciones libres separadas del resto de la casa por una especie de cancela que alquilaban a personas de confianza. Y cobraban en metálico: nada más llegar, sin margen para soltar las mochilas o echar un vistazo a las habitaciones, Miguel reclamó el pago de las cinco mil pesetas frotándose el índice con el pulgar y extendiendo la mano. Ajustadas las cuentas, los llevó a través de la cancela y los instaló a cada uno en una de las dos habitaciones, que tenían un baño propio, y les dio las llaves.

La falta de idioma común imposibilitaba cualquier tipo de conversación con su anfitrión, así que, sin nada que hacer hasta la hora de dormir, József salió a la calle en busca de alguna revista y Stefan se quedó esperándolo en su recién estrenada habitación. De noche, Algeciras era aún más bulliciosa que durante el día, sobre todo alrededor de la plaza de donde József, como atrapado por un campo gravitatorio, no se alejó. Encontró abierta una papelería con prensa y, a falta de algo más parecido a *Rolling Stone*, se llevó una revista llamada *Super Pop*, que parecía pensada para quinceañeras grupis, plagada de cantantes locales y que, para más inri, estaba en español.

Con su dudoso pasatiempo bajo el brazo, regresó al bar de Curro para tomarse una cerveza y, de paso, empezar a preguntar por posibles trabajos antes de que Stefan volviera con la matraca de los moros. Sentado en la terraza reclamó la atención del único lugareño con el que podía conversar y que, además, parecía espabilado.

—Aquí todo lo que pasa se concentra en el puerto —dijo Curro con la bandeja en la mano para disimular—. También está la refinería, pero ahí hace falta algo de experiencia. De camareros no vais a encontrar mucho y, encima, está mal pagado. A lo mejor en la construcción.

József recordó las chapuzas que su padre y él hacían por encargo de los vecinos de Csepel y le pidió a Curro que lo avisara si se enteraba de alguna oportunidad.

—También tengo amigos que pasan hachís. No hacen preguntas y pagan bien.

—No, gracias —dijo József con un cierto tono cansino, como preguntando: «¿Tú también?»—. Esos amigos, como los llamas, también los tengo yo, pero no quiero saber nada de ellos.

Cuando terminó la cerveza dejó intencionadamente la revista sobre la mesa y regresó a casa de Miguel con la corta lista de empleos posibles dándole vueltas en la cabeza. Al llegar, todo estaba en silencio y la habitación de Stefan cerrada, así que se duchó y se metió en la cama con el propósito de aprovechar cada minuto del día siguiente.

La luz de la mañana, que se filtraba por las rendijas de la persiana, y el ruido de la calle, despertaron a József un poco más tarde de lo que hubiera querido, pero la sensación de descanso con la que amaneció hizo que diera por bien empleado todo lo dormido. Después de ducharse otra vez y arreglar un poco su cuarto, pasó por delante de la habitación de Stefan, que estaba abierta y vacía, y entró en la cocina donde la que debía de ser esposa de Miguel estaba tostando pan. Sobre la mesa había una cafetera llena, una botella de aceite y una especie de mantequilla roja. «Es manteca colorá», dijo la señora sin darse cuenta de que József no entendía nada. Se sentó, dio los buenos días en francés, se sirvió un poco de café en una de las tazas de loza que había sobre la mesa y esperó la llegada del pan.

Terminado y agradecido el desayuno, József intentó preguntar por el paradero de su amigo, pero cualquier esfuerzo era inútil. Por toda respuesta, la señora asentía y sonreía. Rendido de impotencia, volvió a agradecer las atenciones (al menos en ese momento la sonrisa y los gestos con la cabeza sí eran lógicos) y se lanzó a la calle sin saber muy bien a qué. Y cuando eso pasa, cuando uno no tiene destino, acaba volviendo al refugio en el que, a esas alturas, ya se había convertido el bar de la plaza Alta. Allí nadie sabía nada de Stefan, así que József preguntó por una tienda de prensa un poco más importante y Curro lo mandó a un kiosco cerca de la plaza de toros.

—¿La qué?

—Amigo, más vale que espabiles si quieres ser español aunque solo sea durante tus próximos tres meses.

Siguiendo las indicaciones que Curro le había dibujado en una servilleta de papel, József encontró la plaza de toros de las Palomas, que tampoco le pareció nada del otro mundo. En cambio, la escultura en bronce de tamaño natural de un toro y un torero a la entrada de lo que parecía la puerta principal sí captó su atención durante un buen rato. Desde la plaza fue fácil encontrar el kiosco donde le esperaban dos noticias. La buena era que tenían un ejemplar de *Rolling Stone*. La mala que tenía que viajar en el tiempo al almacén del Fortuna y conformarse con ver las fotos, ya que solo estaba disponible en español.

Para regresar a la terraza del bar de Curro, ese ya era el nombre oficial para él, solo tuvo que desandar el camino y, cuando llegó, allí lo estaba esperando Stefan.

—¿Dónde te habías metido? —preguntó József.

—Tenemos que hablar. He estado charlando con los moros. —Con una cara de contrariedad ostensible, József hizo ademán de levantarse para salir de allí—. Espera un poco. No me he comprometido a nada. Solo quiero que me escuches. —Y, agarrándolo por el brazo, lo hizo sentar de nuevo.

—¿Qué te han ofrecido, si se puede saber?

—Tienen otra entrega en dos días. Pasamos los coches vacíos y en regla y los traemos de vuelta exactamente como lo hicimos la otra vez. Nos pagarían cincuenta mil pesetas más los gastos del viaje. Con diez como esta, nos vamos a Nueva Orleans.

—Con los mismos pasaportes falsos, claro —dijo József irónico.

—Que, como viste, no nos dieron ningún problema.

—Esa vez. No dieron problema esa vez. ¿Y qué pasa si la siguiente no tenemos tanta suerte o el guardia civil se ha levantado esa mañana un poco más desconfiado?

—Estoy hasta los cojones de tus remilgos —dijo Stefan exasperado—. Y, como te digo siempre: ¿tienes una idea mejor?

—Llevamos aquí menos de un día. Esta misma mañana estuve dando vueltas a algunas posibilidades.

—Mira, tú haz lo que quieras. Que hayamos compartido camino hasta ahora no quiere decir que tenga que seguir siendo así.

Y, con un palmetazo sobre la mesa, Stefan se levantó y se marchó en dirección a la casa de Miguel.

Cuando József se quedó solo, Curro, que había escuchado la conversación, se acercó a su mesa.

—Deberías hacerle caso. Es un trabajo fácil. La droga mueve mucho dinero aquí.

—¿Has perdido alguna vez algún amigo por una represalia de esta chusma, Curro? Porque yo sí. Lo volaron en mil pedazos justo cuando se creyó importante. Y para eso solo hay que empezar. Al principio, un poco. Luego, un poco más. Y acabas muerto en un contenedor de basura. A mí eso no me va a pasar. Tengo tres meses y los pienso aprovechar. Ponme una cerveza. —Y abriendo la revista por cualquier página, József dio por zanjada la conversación.

El día transcurrió sin que los dos amigos se volvieran a ver. József ojeó los anuncios de empleo de un periódico local y curioseó por la ciudad en busca de no sabía muy bien qué. Y cuando no se sabe exactamente lo que buscas, no se suele encontrar. Por la noche, con un cierto sentimiento de derrota y después de cenar un bocadillo en un puesto cercano a la playa, József regresó a la casa. Le extrañó ver a los dos «Migueles», padre e hijo, y a Curro sentados a la mesa de la cocina. Saludó y preguntó por Stefan. Miguel contestó algo en español y Curro tradujo que no había pasado por allí en todo el día. Se asomó a su habitación y estaba todo en orden, con la ventana entreabierta y la colcha estirada sobre las sábanas arrebujadas. Desde la cocina, Curro llamó su atención.

—Ven un segundo, József. Siéntate con nosotros.

Después de servirse un vaso del vino que había sobre la mesa, los acompañó algo escéptico.

—¿Qué pasa ahora? ¿Nos va a echar? —le preguntó a Curro pero mirando a Miguel.

—Nada de eso. Verás, József, Miguel tiene un hermano que vive en Tarifa. Es dueño de un hotelito cerca de la playa que suele llenar en temporada alta y de una casita que está pegada y que, de momento, no usa para nada. De cara al verano, lleva un tiempo de obras en esa casa para disponer de dos habitaciones más. Las obras se le están alargando y perdería mucho dinero si no llega con todo terminado. Si le ayudáis a terminar a tiempo, está dispuesto a pagaros el dinero del pasaje por los tres meses de trabajo.

—¿Y cómo vamos a comer y a dormir? ¿Nos va a pagar eso también?

Curro miró a Miguel y le trasladó la pregunta de József.

—Dice que dormiréis en una buhardilla del propio hotel que usa de almacén. —Miguel interrumpió a Curro y completó la respuesta—: Dice que es pequeña pero que tiene un balcón a la playa.

—¿Y la comida? —insistió József.

—Dice que no sabe, pero que supone que será con el resto de los obreros en el propio hotel. —Curro siguió traduciendo—. También dice que cuanto antes os vayáis, antes podréis empezar.

—Pregúntale que por qué hace esto.

Curro tradujo la pregunta y Miguel se quedó pensativo un momento.

—Dice que porque sois fuertes y le parecéis de fiar. Y porque, pase lo que pase, dentro de tres meses no os volverá a ver más. —Miguel siguió hablando y Curro traduciendo—: Dice que su hermano se llama Juan y que tiene una hija que trabaja con él que habla francés. Se llama María.

Satisfecho con la conversación, József estrechó la mano de Miguel y acordó con Curro que los acompañaría a la estación de autobuses a la mañana siguiente. Una vez tumbado en su cama, siguió ojeando la revista, pero sin prestar ninguna atención a lo que veía. Su pensamiento estaba en Nueva Orleans. El sueño empezaba a hacerse realidad y, si todo lo que había dicho Curro era cierto, en tres meses estaría en las calles del French Quarter bebiendo cerveza y escuchando a las bandas de jazz en garitos abiertos a la calle. Quién sabe si trabajando en uno de ellos.

Era noche cerrada cuando Stefan lo despertó sigilosamente.

—¿Dónde has estado todo el día? —preguntó József.

—Ya sabes dónde he estado.

—Pues olvídate de eso. Se acabaron todos nuestros problemas.

Y mientras se iba desperezando, József le fue detallando a Stefan la propuesta que les había hecho Miguel.

—Yo no voy a Tarifa a partirme la espalda con sacos de cemento. Ya te dije que tenía un plan y lo voy a cumplir. Si es contigo, mejor. Si no, lo haré solo.

—¿Prefieres vivir con el riesgo de acabar extraditado o en la cárcel? O en la bahía con un tiro en la frente.

—No va a pasar nada de eso. Ahmed y su gente saben lo que se traen entre manos.

—¿Así que el moro ahora es Ahmed, eh? Pues allá tú. Yo me voy mañana por la mañana a Tarifa. Si cambias de opinión, allí estaré.

—No lo haré. Nos vemos en tres meses.

—Si llegas…

Y, con cara de resignación, Stefan se encerró en su cuarto.

A la mañana siguiente, József recogió las sábanas y las dejó en el pequeño lavadero junto a la cocina. Con la poca ropa que tenía guardada en la mochila, tuvo la tentación de llamar a la puerta cerrada del dormitorio de Stefan cuando pasó por delante, pero no lo hizo. Tomó un poco del café de la jarra que había sobre la mesa y bajó al encuentro de Curro, que lo esperaba en el portal. Con un simple «buenos días» por toda conversación, se encaminaron a la estación de autobuses bajo el mismo sol algecireño de cada día. El bullicio en la estación era mayor del que József esperaba y la ayuda de Curro se volvió aún más valiosa. Después de comprar un billete de ida «porque ya no habrá vuelta hasta dentro de mucho» y de situarse frente a la puerta cerrada del autobús, por enésima vez en su vida, József sintió vértigo.

—Bueno, amigo. Si vas a Tarifa, ven a verme. Y, si no, nos vemos a la vuelta. Gracias por todo.

Curro le estrechó la mano, le deseó suerte y se quedó esperando junto al autobús hasta el bufido del cierre de puertas. El trayecto a Tarifa apenas duraba veinte minutos, pero las curvas cerradas de la carretera estrecha y los tirones del autobús lo marearon más que todo el trayecto por África en el camión de café de Samuel. Cuando se bajó en la estación, desplegó el mapa que le había dibujado Miguel y, como el itinerario no tenía mucha dificultad, decidió dirigirse directamente a la playa de los Lances para caminar junto al mar. Todo era agradable. Incluso el viento templado que lo incomodaba por los granos de arena que levantaba y que le golpeaban en la cara y en los brazos. En la costa, la hilera de tiendas de surf y windsurf se correspondían con la inmensidad de velas que se desparramaban sobre la superficie de un mar turquesa. A su espalda, en la punta de la ciudad, un faro se erguía sobre lo que parecía una fortaleza y, al frente, una inmensa lengua de arena dorada entraba en la montaña como si fuera el agua del mar sobre la playa cuando la marea está alta.

Tal y como reflejaba el mapa, en menos de media hora cruzó la desembocadura del río de la Jara y avanzó quinientos metros más hasta un camino que salía de la playa y que cruzaba la carretera nacional. Justo a su izquierda, a unos ciento cincuenta metros, el cartel del hostal Poniente marcaba el punto de llegada en el mapa y ante sus ojos.

La casa principal estaba rodeada por una valla con postes de madera y alambres, como si en otro tiempo hubiera guardado ganado. Desde la verja de la entrada —que estaba abierta— hasta la entrada principal habría unos cincuenta metros cuesta arriba. A la derecha, dentro del mismo perímetro que delimitaba la valla, estaba la casita secundaria asediada por ladrillos amontonados, sacos de cemento, un par de hormigoneras y un pequeño volquete. El edificio principal constaba de dos pisos con una altura algo más holgada de lo normal y estaba coronada por un tejado a dos aguas que cobijaba un pequeño balcón orientado al sur, es decir, al mar.

Como la puerta del edificio principal también estaba abierta, József entró sin llamar, pero con cautela. Un recibidor más grande de lo que se adivinaba desde fuera, aunque sencillo y suficientemente iluminado, con una escalera lateral de madera como único acceso visible a las plantas superiores, daba la bienvenida al visitante, pero no había ni rastro de algo parecido a una recepción.

—¿Sí? —lo reclamó una voz de mujer tras la puerta.

—Hola —dijo József, forzando su mejor español de turista para continuar después en francés—. Soy József. Vengo de parte de Miguel. Busco a Juan o a María.

—Hola, József —contestó en francés la chica que estaba detrás de una pantalla de ordenador sobre el típico mueble de atención a los clientes—. Yo soy María. ¿Dónde está tu amigo? Me dijo mi padre que esperábamos a dos.

—Me temo que soy yo solo.

—No importa. Si me esperas un momento, te acompaño arriba. Hemos dejado el desván bastante acogedor. Creo que te gustará.

Mientras María terminaba de teclear en el ordenador, József retrocedió hasta la barandilla de la escalera pretendiendo darle algo de privacidad. Cuando ella terminó, levantó la cara y, con una sonrisa que él pudo sentir en el estómago, le pidió que la siguiera escaleras arriba. María era muy delgada, tanto que se le podían contar los huesos de los hombros, aunque de una manera extrañamente atractiva que impedía a József apartar la mirada de sus clavículas. Era morena, con un pelo más ondulado que rizado que le caía alborotado sobre los hombros. Bajo un flequillo que no lograba esconder del todo unas cejas anchas y marcadas, tenía ojos rasgados y un poco más separados de lo normal, nariz estrecha, ni demasiado pequeña ni demasiado grande, y unos labios carnosos y perfectamente simétricos que resultaban hipnóticos (aunque la sonrisa que golpeó a József no fue con la boca, sino con los ojos). No era baja, pero lo parecía al pasar a su lado, y sus piernas, finas pero bien formadas, bamboleaban su vestido estampado azul de tal forma que József no pudo evitar mover la cabeza al ritmo que marcaban al subir por la escalera.

Terminados seis tramos y medio de escaleras más largos y empinados de lo normal, María abrió la única puerta que había en el rellano. «Ya hemos llegado». El cuarto abuhardillado aún tenía algunos muebles viejos apilados a los lados, pero la luz que entraba por los ventanales abiertos desde el suelo al techo daba una falsa sensación de amplitud. Sobre la tarima de madera, alineados de manera simétrica, habían colocado dos colchones estrechos sobre una colchoneta como de tatami vestidos con ropa de cama y almohadas.

—Tienes ese pequeño armario. Aunque visto tu equipaje puede que no resulte tan pequeño después de todo. En esta planta no hay baño, por eso no la ofrecemos a clientes. Tendrás que bajar a uno que está en la parte de atrás. Se accede por la puerta de la cocina. El desayuno es en el comedor principal, antes de que lleguen los obreros, pero el resto de las comidas las harás con ellos. Yo te haré de intérprete un tiempo, pero te recomiendo que hagas un esfuerzo con el español, aunque sea muy básico. Mi padre ha salido, pero volverá para comer. Él te aclarará cualquier duda que tengas. Yo me vuelvo a trabajar.

Y dándole la llave, se dirigió hacia la escalera echando una última mirada de reojo a József, que no era capaz de mover un músculo, a través de los barrotes de la barandilla.

—¡María! —gritó József cuando ya no podía verla.

—¿Sí? —contestó desde abajo.

—¿Por qué hablas francés así de bien?

—Mi madre es francesa. Pero vive en Bayona. Así que me temo que soy tu única posibilidad de hacerte entender por aquí.

Y embobado por el mismo ritmo que marcaba el sonido de sus pasos al subir, József pudo ver desde arriba y sin mirar el vaivén del vestido de María al bajar las escaleras.

Sin maleta que deshacer y con todo el tiempo por delante, dejó sobre el colchón su mochila, cerró la buhardilla con llave en un claro exceso de precaución y se fue a dar un paseo por la playa hasta la hora de comer. Al pasar por la recepción se despidió de María que, arqueando levemente las cejas, pero sin dejar de mirar la pantalla, lo despachó con un *Au revoir*. Para llegar al mar deshizo el camino que había recorrido hacía tan solo unos minutos y eligió andar hacia el oeste una vez en la playa. El paisaje, con el verde de los pinos y el rojo de la tierra, le recordó a Córcega, aunque todo era un poco más salvaje. La otra gran diferencia eran las incontables velas de windsurf que, impulsadas por un viento constante, se deslizaban sobre la superficie en todas direcciones. Por la costa prácticamente no había construcciones. Pasó de largo un hotel con pinta de lujoso que se llamaba Dos Mares, que estaba rodeado de palmeras y pinos y que alternaba bloques amurallados color tierra con casas más bajas amarillas con teja vieja. Después, nada hasta el final del camino transitable, donde otro hotel aún más lujoso, el Hurricane, se escondía tras una vegetación tan variada y frondosa que a József le recordó a África.

Mientras regresaba con margen suficiente para estar de vuelta a tiempo para la comida, József pensaba que aquel paisaje, aquel olor, los colores, se le estaban pegando a la piel con mucha más intensidad que la propia de una simple estación de paso. A pesar de las pocas horas que llevaba allí, empezó a pensar si no se le acabaría haciendo difícil dejar atrás ese paraíso salvaje. Un pensamiento que, sin embargo, no era verde ni turquesa ni marrón. Un pensamiento que estaba estampado en azul.

Desde la verja no podía verlo con claridad, pero cuando estuvo a la altura de la entrada principal no tuvo ninguna duda de que la silueta que estaba dando instrucciones a los obreros era la de Juan. Dudó entre esperarlo dentro o interrumpir, hasta que el propio Juan se giró y propició que la decisión se tomara sola. Era parecido a Miguel, pero más delgado, aún más moreno y con la piel más ajada por el sol y el viento. No se parecía en absoluto a María hasta que te miraba directamente. Entonces, de algún modo inquietante, bien por las cejas, bien por los ojos ligeramente separados, se la podía reconocer en él. Nada más ver a József, se fue a su encuentro dejando a medias lo que estaba haciendo en la obra.

—Bienvenido. Soy Juan, el hermano de Miguel. Vamos a comer y hablamos de tus próximos tres meses. —József se encogió de hombros y le tendió la mano—. Ah, claro. Que no entiendes. Pues dentro nos ayudará María con el idioma.

Así que la mano derecha en su hombro y la izquierda señalando a la entrada fue toda la indicación que József necesitó para seguirlo hasta el comedor del hostal. Por el camino recogieron a María, que seguía en la tarea detrás del mostrador. Se sentaron los tres a una mesa cercana a la cocina y una mujer les trajo una botella de vino y pan.

—Hay gazpacho y chicharrones. ¿Te gustan?

—Déjalo, papá. Me siento incapaz de traducir gazpacho. Y no creo que en Hungría sepan entender lo que es un chicharrón

Mientras comían, Juan le fue explicando a József su cometido a través de María.

—Llegar al final de la primavera con esas dos habitaciones extra disponibles supone mucho dinero para mí. De modo que así están las cosas: si llego, dentro de tres meses te pagaré las trescientas mil pesetas que necesitas. Si no, te pagaré la mitad. Si todo funciona como debe, el sábado te daré un adelanto de quince mil pesetas ¿Sabes conducir camiones?

—Sí, señor. En la legión conduje de todo —contestó József después de esperar a la traducción de María—. Aunque no tengo ningún permiso.

—Eso no importa. Por aquí no te lo van a pedir. Trabajarás cada mañana desde las ocho, comerás bajo la lona que hemos instalado en la parte de atrás para los obreros y la jornada acaba cuando acaba. Creo que María ya te enseñó el desván. Si quieres ir andando al pueblo al acabar la jornada es cosa tuya. Pero no creo que te vayan a quedar muchas ganas. Los domingos son libres.

Sin terminar el gazpacho y sin que hubieran traído siquiera los chicharrones, que a József le parecieron deliciosos, Juan se levantó con la excusa de «tener mucho que hacer».

—Por cierto —se detuvo un instante—, para entrar y salir usa la puerta de atrás, la del almacén. No quiero que los huéspedes coincidan con un mastodonte como tú embadurnado de yeso. Empiezas después de comer. —Y se marchó.

—No te lo tomes mal —dijo María, mirando al plato sopero vacío—. Nunca come mucho y está siempre de un sitio a otro. No es muy amable, pero es justo.

József agradeció el comentario y durante el resto de la comida fueron incapaces de decir una palabra más hasta que, justo antes de levantarse, María le hizo un ofrecimiento.

—La jornada del sábado termina a mediodía. Si quieres, podemos ir al pueblo con tu adelanto a que te compres algo de ropa. Por lo que he visto, no creo que tengas para tres meses.

József sonrió, asintió con la cabeza, y entonces sí, ambos se levantaron para atender a sus respectivos quehaceres.

A pesar del poco tiempo transcurrido, József empezaba reconocer en el hostal mucho de lo vivido en el Fortuna: la frialdad ejecutiva de Kovács en Juan, su ambición por gestionar el negocio de manera implacable de un modo que, lejos de resultar amenazante, inspiraba confianza; el aplomo de Hanna en María, su eterna compostura, el dominio natural que ejercía sobre todo lo que la rodeaba, incluido él mismo. Como si siempre supiera qué era lo próximo que iba a suceder. Como si le hubieran repartido el guion de su vida y lo hubiese memorizado a la perfección. Se sentía sometido a sus designios de una manera instintiva y eso era precisamente lo que lo desarmaba. Pero si la forma en que ambas mujeres lo miraban era igualmente arrebatadora, era la amabilidad de María la que lo hacía sentirse atraído de un modo distinto. Menos animal. Más completo.

Sin pasar por la buhardilla, József se puso a las órdenes del jefe de obra que, a cambio, le indicó dónde podía buscar un peto que le hiciera el apaño y unas botas. Nada de lo que tuvo que hacer esa primera tarde resultó muy distinto de los trabajos que le encargaba su padre en Csepel. Si acaso, el modo abusivo en el que le hacían acarrear peso con la excusa de que doblaba en tamaño al resto de los obreros. La buena noticia era que el calor no resultaba tan asfixiante como esperaba, aunque sí tuvo que cubrirse la cabeza por el sol.

Cuando la jornada terminó y todos los obreros se marcharon, József volvió al hotel para darse una ducha y cenar. Como le habían indicado, entró por la puerta del almacén, subió a por una toalla, bajó de nuevo al baño de la cocina y, con la misma ropa con la que había llegado esa mañana, entró a cenar al comedor. Al no ver ni a Juan ni a María, se sentó en la mesa más pequeña y más apartada que había disponible y esperó a que lo atendieran. La cena fue ligera y en menos de quince minutos había terminado, así que volvió a la intimidad de su buhardilla para leer un poco e intentar dormir largo. Tumbado en su colchón, con la luz de la luna y el sonido del mar entrando por el ventanal abierto, se dispuso a quedarse dormido sin darse cuenta de que, por primera vez en mucho tiempo, no era Hanna quien lo acompañaba hasta el sueño.

La luz del amanecer entrando entre las cortinas descorridas era todo el despertador que József necesitaba. Enfundado en el peto de trabajo y con las botas de obra inició una jornada que se iba a repetir invariablemente los siguientes días. El único momento que alteraba la monotonía era el transporte de materiales en el camión. Aunque, si bien la conducción lo animaba y la carga corría a cargo de los suministradores, la responsabilidad de la descarga en el hostal era toda suya. Con la espalda molida pero el ánimo intacto, József dejó ir los primeros días con la esperanza latente de cruzarse con María, cosa que no sucedió ni siquiera en el comedor. Y eso que él fue variando unos minutos arriba o abajo sus hábitos con la intención de sincronizarlos con los de ella.

Llegado el ansiado sábado, József inició la jornada pensando en la promesa que le hizo María de acompañarlo al pueblo a comprar. Más enérgico que de costumbre, la mañana lo fue venciendo por la falta de noticias, hasta que llegó el mediodía y todos los obreros emprendieron el camino a sus casas. Cuando la esperanza estaba ya perdida y József se encaminaba a la ducha con sensación de derrota, María lo estaba esperando en la cocina con un sobre en la mano.

—Aquí tienes tu adelanto. Si te das prisa, podemos llegar a comer a Tarifa y luego vamos de compras.

József trató de esconder una media sonrisa, pero no pudo evitar subir los peldaños de cuatro en cuatro. Cuando estuvo preparado, María se había cambiado y lo esperaba con una blusa blanca con volantes, unos vaqueros nevados y unas sandalias planas. Llevaba el pelo recogido en un moño informal y la cara lavada, pero a él le pareció que estaba aún más guapa que el día que la conoció. Decidieron hacer el camino de ida por la playa y, con los zapatos en la mano, con los pies bañados por el mar, se fueron contando mutuamente sus vidas.

—Mis padres se conocieron aquí. Mi padre trabajaba en la refinería y mi madre vino con su familia desde Francia. Mi abuelo era un experto en petróleo y Cepsa lo contrató para un trabajo de cuatro años. Se conocieron en una fiesta a la que asistieron las familias de los trabajadores y, en menos de un año y contra la voluntad de mi abuelo, se casaron. Yo nací aquí y aquí he vivido desde siempre. Cuando murió mi abuelo, mi madre heredó algo de dinero y mi padre compró el terreno para construir el hostal. Cuando se divorciaron, yo era muy pequeña para mudarme a Francia con ella y, con el paso de los años, se nos ha hecho demasiado tarde a las dos. Mi madre sigue siendo la dueña del terreno, pero mi padre lleva el negocio y le pasa una renta todos los años.

József caminaba a su lado con la vista fija en el suelo pero prestándole toda la atención.

—¿Y tú? ¿Cómo has llegado hasta aquí? —preguntó ella.

—Nada de particular. En mi país no había mucha libertad que digamos, así que probé suerte alistándome a la legión en Francia, pero no salió bien. Nueva Orleans puede ser una buena forma de volver a empezar.

József pudo notar que su respuesta resultó involuntariamente cortante, pero ya era tarde para rectificarla, así que continuaron en silencio hasta llegar a las primeras casas de Tarifa, que no le parecieron nada del otro mundo hasta que se detuvieron ante el arco de un castillo que daba acceso a una ciudad interior.

—Es la Puerta de Jerez —dijo María—. Es un homenaje a un rey castellano por arrebatarle la ciudad a los moros.

Nada más cruzar el arco, József se dio cuenta de que habían entrado en una ciudad distinta. Bajaron la cuesta adoquinada de la calle de la Luz y le vinieron a la memoria las calles estrechas y las casas encaladas de la medina de Tánger. Continuaron hasta la calle Sancho IV, un poco más ancha y con naranjos alineados en las aceras, pero manteniendo la armonía del conjunto, hasta el final de la misma, donde se alzaba imponente la iglesia de San Mateo. María se movía con la seguridad de quien sabe lo que está buscando y dónde encontrarlo, así que en poco tiempo József se vio cargado con dos o tres bolsas con camisas de lino un par de pantalones, ropa interior y unas zapatillas de esparto. Cuando estaban a punto de dar por concluidas las compras y se disponían a disfrutar de una merecida cerveza, María lo hizo esperar, entró en una tienda y salió a los pocos minutos con otra bolsa.

—Toma, esto es de mi parte. Imagino que no querrás bañarte desnudo en la playa.

Y de la bolsa sacó un traje de baño gris con palmeras verdes que dejó sin reacción a József… otra vez. Durante el rato que pasaron sentados en la mesa de una de las terrazas frente a una cerveza y un vino, lo poco que hablaron corrió a cargo de María, que hacía un verdadero esfuerzo por reducir los silencios incómodos.

—Gracias —interrumpió József.

—¿Por qué?

—Por la tarde, por las compras, por el traje de baño…

—No hay de qué. Tampoco es que tuviera mucho que hacer esta tarde. Y, además, es refrescante practicar algo el francés para variar.

Cuando terminaron e iniciaron el camino de vuelta, ya atardecía y el sol había perdido su intensidad. Pero la luz, el color del cielo y el perfume de María, como en un *zoom*, alejaban más y más a los músicos de jazz de las calles de Nueva Orleans. Aunque, al pasar por una tienda de prensa a las afueras, József no pudo evitar la tentación de entrar a preguntar por *Rolling Stone*.

—¿Puedo? —dijo María, señalando la revista.

József se la tendió y ella contempló sorprendida la portada.

—Así que te gusta la música.

—Trabajaba en un club de Budapest y el dueño era muy aficionado. Él me enseñó lo que sé.

—Pero está en español…

—Da igual. En Budapest estaban en inglés y me acostumbre a mirar las fotos nada más. Pero si conoces las canciones, las fotos suenan.

—Yo no sé nada de música, pero conozco un sitio aquí que tiene programación de música en directo los jueves. Son bandas locales que te parecerán una birria, pero en Tarifa tienen bastante éxito.

Y por toda respuesta, József dejó un silencio que solo él interpretó como una aceptación a la oferta de una María cada vez más desconcertada.

Con el sol ya oculto tras el mar, la arena de la playa estaba fría de una manera agradable.

—¿Y hay alguna chica esperándote en alguna parte? —preguntó María incansable.

—Hubo una en Budapest. Bueno, no sé si la hubo siquiera. Por lo menos por su parte. Por mi culpa le hicieron daño.

—¿Le hicieron daño?

—Unos tipos que me buscaban a mí. Pero me encargué de ellos.

—Estoy segura de eso —dijo María, pasando la yema de sus dedos por los bloques de nudillos—. ¿Por eso te fuiste?

—Sí. Era lo mejor para todos.

—¿Y ella te está esperando?

—Nada ni nadie me espera en ninguna parte. Tan solo mi vida nueva en América.

En medio del camino entre la verja y la puerta principal de hostal, József pensó que hubiera seguido andando al lado de María el resto de la noche. Después de despedirse hasta la cena, ella entró por la recepción y él subió a su buhardilla por la entrada de la cocina. Tras una ducha rápida, sacó toda la ropa que habían comprado y se la fue probando hasta que estuvo satisfecho con el modelo adecuado para cenar. Cuando entró en el comedor, Juan y María ya estaban sentados a su mesa habitual y, le hicieron un gesto con la mano, invitándolo a sentarse con ellos. El interés de Juan por el modo en que József se había aclimatado a su provisional nueva vida llenó toda la conversación durante el escaso tiempo que compartieron y, al acabar, József dio las gracias y se fue con su revista al extremo más lejano del camino de la entrada, que estaba iluminado. Como le sucedía cada vez que tenía otras ideas en la cabeza, pasaba las páginas de *Rolling Stone* sin prestar ninguna atención. Conocía todos los grupos que aparecían en la revista, pero sus canciones no sonaban esa noche. Solo era capaz de escuchar la voz de María en su cabeza. Aburrido de mirar sin ver, cerró la revista y subió para intentar dormir. Pero no pudo. La idea de ella dormida a solo dos tramos de escaleras lo tuvo dando vueltas en el colchón como si fuera un quinceañero inexperto.

A la mañana siguiente, el sonido inesperado de unos nudillos en la puerta lo despertó de un sueño mucho más breve de lo que le hubiera gustado.

—József —la voz de María traía un anuncio—, un tipo que habla francés está abajo preguntando por un tal Hugo. Por la descripción supongo se refiere a ti.

Desconcertado, se vistió todo lo rápido que pudo y, mientras bajaba por la escalera, oyó la voz de Stefan hablando en francés con María.

—¿Qué cojones haces aquí?

—Yo también me alegro de verte, amigo —contestó Stefan sarcástico.

—No se te habrá ocurrido traer hasta aquí a esa chusma…

—No he traído a nadie. Solo lo he pensado mejor.

—¿Qué ha pasado?

—¿Me puedes ofrecer un sitio un poco más privado? —dijo Stefan, mirando a María sin disimulo.

—Podéis entrar a desayunar —sugirió María.

—Nada de eso —contestó József que, cogiendo a Stefan por el brazo, se disculpó con María y se lo llevó a la playa.

Al llegar a la orilla, József se dio cuenta de que no había soltado el brazo de Stefan ni un segundo en todo el trayecto.

—La verdad es que tengo hambre.

—Ya comeremos. ¿Qué ha pasado? ¿Por qué estás aquí?

—Esos tíos me iban a dejar tirado con el dinero.

—Eso ya te lo dije. Pero algo tiene que haber pasado para que tú cambies de opinión —contestó József, enfatizando el «tú».

—Cómo me jode lo listo que eres, Hugo —dijo Stefan con un tono de hartazgo—. El trabajo consistía en entrar y salir como hicimos la primera vez. Mismo Suzuki y misma mecánica. Pasar el coche vacío a Marruecos con documentos españoles no tenía ninguna dificultad. Una vez allí, se lo llevaban y, a los dos días, te lo devolvían cargado tal y como hicieron con nosotros. La vuelta a España era idéntica. El problema surgió cuando se llevaron el coche en Algeciras. Habíamos quedado con ellos en un puticlub que controlan en Guadacorte para que me pagaran. La idea me pareció buena porque, no sé a ti, pero a mí lo de no follar se me está haciendo largo. El caso es que los estaba esperando en la barra con un whisky cuando Ahmed, el jefe que tú conoces, se me acercó con un gesto raro. «Tu coche no estaba completo», me dijo sin mirarme a la cara. Yo le dije que a mí que cojones me contaba, que yo solo lo conducía. Él me dijo que no era su problema y que si no estaba la carga entera no había paga. Me levanté del taburete y otros tres moros se acercaron. Antes de liarme a hostias pensé en que esos mismos tipos nos iban a conseguir el pasaje a América, así que lo pensé mejor y me volví a sentar.

—Y te echaron de allí, claro.

—Eres muy listo, pero a veces no entiendes nada. Fui yo quien les dijo que no contaran conmigo en el futuro. Así que aquí me tienes.

—Pero el pacto del carguero sigue en pie, ¿no?

—Intacto. Me aseguré de que no hubiera malentendidos.

—No les habrás dicho adónde ibas…

—Claro que no. Lo bueno es que, en compensación, me invitaron a un polvo que me calmó bastante la mala hostia. —Después

218

de desplegar una sonrisa forzada, Stefan continuó—. ¿Qué tal es esto?

—El sitio es tranquilo y el trabajo sencillo. El hermano de Miguel se llama Juan. Es un tipo muy serio, así que ahórrale tus bobadas. El negocio lo lleva su hija, que se llama María. Escúchame bien: ni la mires —dijo József, levantando el índice en señal de advertencia.

Cuando József terminó de explicarle la mecánica diaria de horarios y duchas y la ubicación de su dormitorio en la buhardilla, regresaron al Poniente para desayunar algo.

A Juan le pareció perfecta la incorporación de Stefan, siempre y cuando terminaran el trabajo en el plazo convenido. Después de todo, ese era el trato desde el principio. Terminado el desayuno y con la bendición del patrón, József lo llevó a buscar un peto y un par de botas y, con todo bien recogido en el dormitorio, se lo llevó a la playa. Cuando József apareció en la recepción con la camisa de lino, el bañador que le había regalado María y las alpargatas, Stefan soltó una carcajada que casi se cae de espaldas.

—Ten cuidado, a ver si te borro la risita de una hostia.

—¡Nada, hombre! Si estás hecho un surfero.

María hacía como que no prestaba atención detrás del mostrador, pero no pudo ocultar del todo una sonrisa avergonzada.

—¿Tú también? —le dijo Josef en un tono mucho más suave.

Ella frunció el ceño y, sin levantar la mirada, se pasó por los labios el pulgar y el índice como cerrando una cremallera.

La mañana se fue en la playa y, a la hora de comer, József se llevó a Stefan a Tarifa repitiendo el trayecto del día anterior. Comieron en una de las terrazas que rodean la iglesia de San Mateo y pasearon por la Alameda mientras caía la tarde.

—Tú sigues con la idea de irnos en ese barco, ¿no? —preguntó Stefan.

—Pues claro. No sé a qué viene eso.

—Viene a que solo llevo aquí una mañana y ya me he dado cuenta de que estás distinto.

—Aquí no se me ha perdido nada.

—¿Ni siquiera María?

—Eres un gilipollas. María es amable y nos sirve de intérprete.

—Y «nos» compra ropa…

—La ropa me la compro yo. Y vamos a dejar el tema porque solo llevas aquí una mañana y ya voy a tener que partirte la cara —dijo József, dejando claro que no quería hablar del tema.

Ya de vuelta en el hotel para la cena, József percibió que la presencia de Stefan lo incomodaba. Por un lado, seguía siendo su amigo y se alegraba de tenerlo allí pero, por otro, la pareja que formaban limitaba la intimidad de los escasos encuentros con María, que se mostraba mucho más distante desde aquella mañana. Stefan, en cambio, estaba exultante. No paraba de hablar del viaje a América y, en sus primeros días en la obra, trabajaba con torpeza inexperta, pero con tesón. El problema para József era que el entusiasmo de su amigo por atravesar el Atlántico contrastaba con su desinterés, que crecía según pasaban los días.

La obra avanzaba a buen ritmo y Juan estaba complacido con la llegada de los dos legionarios. József apenas cruzaba palabra con María y se conformaba con mirarla bajar por el camino en sus salidas al pueblo. Y, cada vez que lo hacía, podía notar la mirada de Stefan clavada en él. También la veía en el comedor durante la cena, pero, desde la llegada de Stefan, no volvieron a compartir mesa con ella y con su padre. Una mañana, María se acercó a la obra, le dijo algo a József y este dejó lo que tenía entre manos.

—¡Oye! ¿Adónde vas? —preguntó Stefan, indignado.

—Me ha pedido que la lleve a Cádiz en el coche de su padre. Tiene que arreglar unos papeles allí. Y no pongas esa cara, que aún me debes unas cuantas horas de tajo.

Dejó la ropa de obra, se duchó, se vistió cómodo para conducir y cuando llegó a la puerta del garaje en la parte de atrás, María ya estaba esperando sentada en el asiento del acompañante.

—¿No sabes conducir? —preguntó József.

—Sí sé. Pero hoy no me apetece.

Antes de salir, József sintonizó una emisora local de rock. El bajo de Roger Waters y la guitarra de David Gilmour anunciaban el inconfundible «Wish You Were Here». Sin moverse, miró de reojo a María y esperó su bendición en silencio. Ella no apartó la mirada del parabrisas, simplemente sonrió, asintió y le retiró la mano del dial. Durante la hora y media larga de viaje por una carretera general plagada de curvas, József se empleó con su conducción más agresiva, en parte para presumir y en parte porque no se podía aguantar los nervios.

—¿Tenemos mucha prisa? —preguntó María de manera capciosa.

—Yo no. Es que siempre conduzco así.

—Pues baja el ritmo, porque me estoy empezando a marear y el ayuntamiento no lo cierran hasta las dos.

Durante el resto del trayecto, María tuvo que hacer verdaderos esfuerzos para entablar con József algo de conversación. Hacía comentarios de los pueblos que iban pasando, preguntaba por las canciones que sonaban y contaba recuerdos de su niñez por esa misma carretera. Como casi nada de lo que proponía era efectivo para sacar a József de su silencio, probó suerte con el coche. Su padre había comprado ese BMW 323i color verde oliva hacía cinco años y lo cuidaba como a un segundo hijo.

—Debe de estar muy contento con la obra para que me haya dejado que lo conduzcas.

—Es un cochazo. Seguramente el mejor que he conducido en mi vida.

En ese momento, las cuerdas del bajo de John Deacon interpretando «Under Pressure» lo hicieron sonreír.

—¿Sabes? Yo los vi en Budapest.

A partir de ahí, como si se hubiera estado reservando todo el viaje para ese momento, József empezó a relatar con minuciosa precisión cada pequeño detalle del concierto de Queen con la misma ilusión contagiosa con que había fascinado a sus amigos del Fortuna.

—Vaya —dijo María sonriente—, así que voy a tener que comprar los grandes éxitos de Queen para saber un poco más de ti…

József dejó de hablar, la miró directamente por primera vez desde que se subieron al coche y notó cómo la sangre le abrasaba la cara.

Mientras María resolvía el papeleo en el ayuntamiento, József la esperó tomando una cerveza en una de las terrazas de la plaza. Como era más de la una cuando terminó, József sugirió tomar otra cerveza y comer por allí antes de volver.

—Vámonos ya, que te quiero enseñar un sitio en Barbate. Llegaremos justo a tiempo y te aseguro que no has comido nada más rico en tu vida. Y, además, te invito yo. Por el servicio de conductor.

Que María era muy conocida en El Campero era algo que se notaba desde la entrada. Hasta que llegaron a la primera mesa para dos que había en el comedor, que tampoco es que estuviera rebosante, se paró dos o tres veces a saludar. Otro detalle que delataba la confianza que tenía con aquel lugar fue que no hizo falta menú ni comanda. Directamente les sirvieron una fuente de lo que parecían filetes de ternera con tomate y cebolla por encima. «Es atún», dijo sacando a József del error antes de que preguntara siquiera. «Es un poco pronto, pero si lo tienen aquí es que está bueno». A József le pareció lo más tierno y sabroso que había probado en su vida. La cocinera también salió a saludar y se quedó hablando con María junto a la mesa unos minutos. Por los gestos y lo poco que podía deducir, József se percató de que estaban hablando de él. Cuando la señora se marchó de vuelta a la cocina, József tuvo una idea.

—Enséñame español.

—¿Yo? Te dije que aprendieras un poco, pero no conmigo. ¡Si no he dado clase a nadie en mi vida! —dijo María, insegura.

—Conoces los dos idiomas perfectamente. No puede ser tan difícil.

—¿Y para qué quieres aprender tanto español si solo vas a estar aquí unas semanas más?

—Para trabajar mejor con los obreros. Y para poder salir solo a pasear por Tarifa. Además, en Estados Unidos se habla mucho español.

—Supongo que podemos intentarlo. Tendría que ser por las tardes, después de que acabes el trabajo en la obra y yo termine con el papeleo del hotel.

—No tengo nada mejor que hacer.

—Pues ya tienes profesora. Si se me da bien, siempre podría tener un segundo trabajo por horas.

József se preguntaba si María se habría dado cuenta de que la verdadera razón de su repentino interés por aprender el idioma era pasar tiempo con ella sin la compañía molesta de Stefan y sin llamar la atención, al menos excesivamente. Sea como fuere, la deliciosa comida y un cierto orgullo por su iniciativa lo relajaron de un modo que se reflejó en la conducción durante el resto del camino, como si pretendiera aplazar la llegada.

Al atravesar la verja de la entrada, María se bajó en la puerta principal y József se encargó del coche. En la buhardilla, Stefan lo esperaba con más morbo que curiosidad. Le preguntó por el viaje con sorna y József no le dio demasiados detalles.

—Le he pedido que me enseñe español.

—¿Español? ¿Y tú para qué quieres saber español en Nueva Orleans? Siempre que vayas a ir, claro.

—Deja de decir eso. Ten por seguro que embarcaré delante de ti.

—Yo ya no estoy seguro de nada —dijo Stefan mientras salía de la habitación con la cabeza hundida en los hombros y las manos en los bolsillos.

Si hasta ese día József y María tuvieron que soportar miradas de reojo y cejas arqueadas, sobre todo por parte de Stefan pero también de Juan y del resto de los obreros, a partir de la primera clase, el rumor se convirtió en estruendo. Lo que a József más le preocupaba era la incierta reacción del padre, pero a María parecía traerle sin cuidado. Ella se comportaba con una naturalidad creciente que a él lo ilusionaba y lo inquietaba a partes iguales. Se estaba jugando su futuro y el de Stefan y cualquier paso en falso podía colmar la paciencia de Juan y acabar con la única posibilidad que tenían de subir a aquel barco. Pero la presencia de María, por lejana que fuera, hacía que se le olvidase cualquier peligro. Por lo menos temporalmente.

Pero a esas alturas María ya no se iba a detener. Una tarde de esa misma semana, cuando los obreros ya se habían ido pero József y Stefan aún no habían terminado en la obra, María entró con el coche hasta el garaje y, al pasar, les pidió ayuda para descargarlo. József supuso que sería un pedido de comida o limpieza, pero al abrir el maletero sonrió al contemplar un tocadiscos de segunda mano y unos veinte vinilos de grupos de rock y pop de los setenta y ochenta. Stefan cerró los ojos con desesperación y se retiró hacia la puerta de la cocina, pero József, con indisimulada ilusión, lo levantó y lo llevó a la sala de lectura junto al comedor, siguiendo las instrucciones de María.

—He pensado que un poco de música podría resultar un buen entretenimiento para los clientes durante las tardes.

—Para los clientes… —murmuró Stefan entre dientes camino de su cuarto.

Los discos eran de segunda mano y casi todos clásicos. *Rumours*, de Fleetwood Mac; *Hotel California*, de los Eagles; *Born to Run*, de Springsteen, una recopilación de grandes éxitos de Led Zeppelin y otra de Elvis… Uno por uno todos fueron sonando aquella tarde, no demasiado alto para evitar molestar a los pocos clientes de un hostal que, en esa época del año, aún no estaba lleno, y József aprovechó para sacar todo el rendimiento que pudo a las horas que pasó con János en la cabina del Fortuna. La peor parte de la indisimulada puesta en escena era que Juan estaba visiblemente contrariado por lo que veía, pero lo cierto era que el ritmo de la obra había recibido un impulso ostensible desde la llegada de los legionarios, así que su queja no pasaba de alguna mala cara de vez en cuando. Por lo menos que József supiera. Después de todo, no había sucedido nada entre ellos, cosa que, en cierto modo, lo tranquilizaba, y, por otra parte, no se sentía capaz de cambiar esa situación en las semanas que faltaban hasta el embarque. Pero las clases se sucedieron, unas veces con música de fondo y otras no, y József empezó a defenderse en español mucho antes de lo que imaginaba. Chapurreaba con algo de dificultad, pero era capaz de entender buena parte de lo que escuchaba.

Así que las mañanas en la obra o conduciendo el camión y las tardes con María se fueron convirtiendo poco a poco en la rutina ansiada por József. Y lo cierto era que la apariencia de vida normal le hacía sentir de un modo que se le olvidaba de dónde venía y qué hacía allí. Pero el pasado no se borra con yeso y unos pocos discos y, cuando has ido dejando el rastro, los fantasmas te acaban encontrando. La silueta de dos hombres esperando junto a la verja exterior sobresaltó a József como un despertador. Avisó a Stefan y los dos fueron a su encuentro. En el poco tiempo que les llevó recorrer el camino entre la obra y la verja, la silueta se fue aclarando para mostrar el peor presentimiento posible: la cara de Ahmed y uno de sus secuaces. Stefan intentó apaciguar a József sin demasiado éxito hasta que estuvieron frente a frente.

—¿Qué habéis venido a hacer aquí? —preguntó Stefan—. Esta gente no tiene nada que ver con nada y creí dejar muy claro en Algeciras que ya no nos veríamos hasta el barco.

—Cálmate, chico. No hemos venido a hacer daño a nadie. Tenemos una propuesta que haceros.

—Ya os lo dije: no estamos interesados —zanjó József.

Stefan apartó unos metros a József, que estaba colérico.

—Estos tíos son nuestra única posibilidad de subir a ese barco. Escuchemos lo que tengan que decir, les decimos: «No, gracias» y listo. Sin líos. —József asintió a regañadientes y Stefan se dirigió al moro—: Aquí no podemos hablar. Esperadnos en una de las terrazas de la iglesia de San Mateo. Terminamos la jornada en una hora.

Los dos moros asintieron, se dieron la vuelta y desaparecieron después de cruzar la carretera general. Cuando regresaron a la obra, Juan los estaba esperando.

—¿Quiénes eran esos? No sé los líos que tendréis, pero no los quiero aquí.

—No volverán —dijo Stefan—. Al acabar el turno nos encargaremos y no los volverás a ver.

Juan no contestó y, desconfiado, volvió a entrar en el hostal.

A József todo aquello le empezaba a recordar al Fortuna y estaba ciego de rabia. La idea de hablar con los tipos, en el fondo, le parecía enmendar el error que cometió en Budapest (no se les puede ganar por la fuerza) y, en aquel caso, además, eran ellos los que tenían la llave que abría la puerta de Nueva Orleans. Así que, terminado el turno, se cambiaron de ropa y se dirigieron a Tarifa para resolver el asunto y estar de vuelta para la cena. Mientras caminaban por el arcén de la carretera, Stefan iba intentando calmar a József, que resoplaba como un búfalo. No tardaron nada en encontrarlos sentados en una de las terrazas, tal y como les habían indicado. Sin perder tiempo en saludos ni conversación de cortesía, los moros fueron directos al asunto que los había traído.

—Tenemos un trabajo para vosotros de un solo día. Cuando lo hayáis resuelto, el precio del embarque queda saldado. Hay que llevar dos furgonetas a Madrid.

—Cargadas de droga, supongo —dijo Stefan.

—La carga no os importa. Irá oculta y ya habéis comprobado que sabemos lo que hacemos.

—¿Y por qué no lo hacéis vosotros? —preguntó József, incapaz de aguantarse más en silencio.

—Porque con nuestra pinta no saldríamos de Cádiz. Y la carga no es un juego. Hablamos de mucho dinero en mercancía.

—Pero es droga, ¿no? —insistió Stefan.

—Como digo: no os interesa.

Después de pedir unos minutos para discutirlo, Stefan y József se apartaron unos metros bajo la sombra de la iglesia.

—Todo terminaría en un día —dijo Stefan.

—Tú mejor que nadie sabes que su palabra no vale nada. Y, encima, con la cantidad de droga que están dando a entender, iríamos a la cárcel para siempre. Y entonces sí que todo terminaría en un día. Eso si es que hablamos de droga, claro.

—¿Y qué otra cosa iba a ser?

—Aquí hay terroristas. Yo no conozco a esta gente. No sé con quién tratan ni de lo que son capaces. Volvemos con ellos, les decimos que lo hemos pensado, rechazamos la oferta con amabilidad y seguimos en la obra.

—Me parece bien —dijo un aparentemente convencido Stefan.

Después de asegurarse de que el pacto del carguero seguía en pie a pesar de la negativa, les estrecharon la mano y volvieron al hostal por el mismo camino. Cuando llegaron, no había rastro de Juan, pero María los estaba esperando. Stefan no se detuvo y los dejo solos a la entrada.

—¿Quiénes eran? —preguntó María en español, pretendiendo ocultar sus nervios sin ningún éxito.

—Son los tipos que nos van a conseguir el pasaje —respondió József en francés para ser preciso en la respuesta.

—¿Y qué querían?

—Nos han ofrecido un trabajo, pero lo hemos rechazado. No volverán por aquí.

—¿Cómo puedes saberlo? Si te han encontrado una vez, pueden hacerlo cada vez que quieran.

—Lo hemos hecho bien. No molestarán más. Puedes estar tranquila.

Por toda respuesta María miró al suelo, cerró los ojos y, encogiéndose de hombros, dio a entender que la conversación había terminado y pidió a József que la acompañara dentro.

—¿Vienes?

Pero la invitación de María quedó aplazada porque Stefan lo estaba esperando para cenar. A pesar de que ambos estaban de acuerdo con la respuesta a los moros, la relación entre ellos se estaba enfriando a medida que iba creciendo el idilio con María, por platónico que este fuera. La intención de József seguía siendo embarcar rumbo a Nueva Orleans, pero Stefan tenía motivos para desconfiar. Era evidente que la vida en Tarifa, más allá de María, estaba seduciendo a su amigo y él no iba a poder estar seguro de viajar acompañado hasta que el barco hubiera soltado las amarras en el puerto de Cádiz. Casi habían terminado de cenar cuando Stefan rompió un silencio que ya era prácticamente constante entre ellos.

—Hugo, ¿tú qué quieres hacer?

—¿Ya empezamos? —respondió exasperado con la esperanza de zanjar la discusión.

—No me malinterpretes. Estoy contigo en la respuesta que le hemos dado a Ahmed. Pero no sé si buscamos las mismas cosas desde que llegamos a Tarifa.

—Mira, Stefan…

—No. Déjame terminar —interrumpió tajante, pero calmado—. Supongo que solo pueden empezar de cero los que no tienen nada en la vida. Y ese soy yo, Hugo. No dejo atrás nada ni a nadie. Pero lo que sí tengo es tiempo para comenzar de nuevo y una oportunidad que puede que no se repita. Tú, en cambio, empiezas a tener que pensar en que vas a dejar atrás cosas. Las que te atan aquí. Yo no tengo problema con eso, pero necesito saber cuáles son tus planes, porque me estoy empezando a desesperar.

—¿Qué te pasa con ella? —quiso saber József, desabrido.

—¿A mí? —Stefan elevó el tono, y József lo reconvino con un gesto—. ¿Querrás decir que qué te pasa a ti? —volvió a preguntar casi en susurros.

—Ya te he dicho que a mí no me pasa nada. No he llegado hasta aquí para desaprovechar la oportunidad de coger ese barco.

Los dos asintieron sin ninguna convicción y con un cierto mal tono que iba siendo habitual entre ellos. A Stefan lo indignaba lo que estaba viendo y József sabía que la contundencia de su respuesta era impostada. La vida allí lo anclaba de un modo que había anhelado desde que salió de Budapest. Y dejar a María en el puerto para el resto de su vida era una idea a la que no se podía enfrentar y la apartaba de su mente como si, por el hecho de no pensarla, fuera a hacerla desaparecer. Era paradójico el modo en que se esforzaba en terminar un trabajo que, en el fondo, no quería que acabara.

Pero quisiera József o no, la obra estaba llegando a su fin y todo parecía indicar que iban a cumplir con el plazo exigido. A falta de dos días y con todo ultimado, un satisfecho patrón les confirmó que pasaría por el banco a la mañana siguiente y les entregaría la cantidad convenida. Eufóricos y nerviosos, dieron las gracias y acordaron que esa noche saldrían a celebrarlo a lo grande. Por supuesto, María estaba invitada y, como la ocasión lo merecía, le pidió el coche a su padre para poder visitar todos los locales de Puerto Banús que estuvieran abiertos. Sin necesidad de hablar, József y María se mostraron alegres y dispuestos a una noche inolvidable, aplazando unas horas un sentimiento de vacío del que se encargarían al día siguiente. Pero esa noche no. Esa noche era para ellos.

Con sus mejores galas, es decir con ropa limpia y planchada, los dos legionarios esperaron a María en la recepción. El sonido inconfundible de sus pasos por el último tramo de escaleras hizo que el estómago de József se pusiera a bailar como anticipo de la noche por venir, pero, cuando la tuvo frente a él, directamente dejó de respirar. Con el pelo suelto, una camiseta de tirantes blanca bastante ajustada, una falda larga color coral y unas cuñas de esparto, a József le pareció una de las modelos de las revistas de János, y eso le hizo sentir injustificadamente orgulloso.

El coche lo condujo József, que no hacía ningún caso a las admoniciones de María desde el asiento de atrás. Con la música a todo volumen y con la adrenalina desbordada, se sentía invulnerable y, como el vehículo le respondía a la perfección, tardaron poco más de una hora en recorrer un trayecto de más de hora y media. Desde que aparcaron el BMW en la avenida paralela al puerto deportivo, fueron probando todas las discotecas concentradas en unos centenares de metros. La bebida, que se iba acumulando, no conseguía levantar a József del taburete de la barra, pero María bailaba por los dos. Él escuchaba a Stefan hablar del crucero y de la vida en América, pero toda su atención se concentraba en María, que tampoco le quitaba ojo. Con los brazos extendidos, girando sobre sí misma, jugando con su pelo y con el vuelo de su falda al ritmo del «Rock Your Baby», de George McCrae, María lo reclamaba a la pista mientras József solo sonreía y golpeaba la barra con los dedos extendidos, como un metrónomo humano.

Pero el baile de María no solo llamaba la atención de József. Un tipo moreno y delgado que se movía como un bailarín profesional se aproximó y se fundió con ella en un baile que expulsó al resto de clientes de la pista. József siguió sonriendo complacido, pero Stefan, que al principio no se había percatado, se ofendió.

—¿Vas a permitir eso?

—Déjala. Solo está bailando.

Agitado por el whisky y por la reacción de su amigo, Stefan se dirigió hacia la pareja y los separó violentamente. József se fue tras él para sujetarlo y se disculpó con el tipo, que estaba paralizado de miedo. María, en cambio, estaba enfurecida. No entendía los motivos que habían llevado a aquel troglodita a comportarse así.

—¿Se puede saber qué haces? Cuando necesite ayuda, ya te la pediré.

—Si no quieres problemas, deberías dejar de comportarte como una puta.

—¿Qué? —gritó María.

—¡Ya está bien! —irrumpió József—. Si vuelves a tratarla así, será conmigo y no con el bailarín con quien salgas a la calle. ¡Hemos venido a divertirnos, joder!

—Pues divertíos. Nos vemos en el coche —dijo Stefan, apartando a los clientes del local a manotazos mientras buscaba la salida.

József se llevó a María a la barra e intentó tranquilizarla sin éxito. Para colmo, el portero se acercó con la intención de acompañarlos fuera de la discoteca. María se revolvió colérica, pero József la sujetó del brazo.

—Déjalo. Solo está haciendo su trabajo.

A partir de ese momento, toda la magia que había entre los dos se rompió en mil pedazos y salieron en busca del coche para regresar a Tarifa lo antes posible. Stefan, que estaba apoyado en la puerta del acompañante del BMW, ni los miró cuando llegaron y se limitó a subirse en silencio en el asiento de atrás. María se sentó delante junto a József y, cuando este arrancó el motor, empezó a llorar. József no sabía dónde meterse. Quería consolar a María, pero no sabía cómo, y por el retrovisor podía ver los ojos de Stefan clavados en los suyos. El alcohol y la frustración aumentaban las pulsaciones de József, que aceleraba de manera incontrolada por el bulevar. El viaje de regreso a Tarifa era la viva imagen de un fracaso. Entonces todo sucedió en un segundo. Los faros de un Mercedes aparecieron de la nada en la ventana de María a la altura de la rotonda de salida hacia la carretera general y, a pesar de los volantazos, ambos coches se estamparon lateral con lateral. József mantuvo a duras penas la dirección y continuó hacia la carretera mientras vio por el retrovisor el otro coche detenido en la rotonda. María ya no lloraba y Stefan estaba revolcado en el asiento de atrás.

—¿Estáis bien? —preguntó József, intentando aparentar algo de calma.

—Teníamos que habernos parado —dijo María descompuesta.

—¿Y qué le íbamos a decir a la policía? No tenemos documentación y la que tenemos es falsa. Y tu amigo lleva en el cuerpo una destilería —contestó Stefan.

—Déjala. Estaba oscuro y no creo que hayan visto la matrícula. En cuanto nos hayamos alejado lo suficiente, pararé para ver cómo ha quedado el coche.

La gasolinera que estaba a la altura de Sotogrande parecía el lugar idóneo para parar. Al detenerse a comprobar los desperfectos, María ni siquiera pudo abrir la puerta empujando con el hombro. József se bajó, se asomó al lateral y toda la borrachera se le bajó de golpe. La carrocería estaba destrozada desde la rueda delantera hasta la mitad de la puerta trasera, que también estaba encajada.

—Mi padre me va a matar —dijo María al ver el desastre.

—Nada de eso. Le diré que es culpa mía —dijo József.

—¡Genial! —gritó Stefan—. Y así Juan nos paga las trescientas mil sin ningún problema, ¿no?

—¿Y crees que eso va a cambiar porque le digamos que ella conducía? Al menos demostramos algo de honradez.

El resto del camino lo recorrieron en silencio sepulcral. La radio y las risas de la ida se habían convertido en solo unas horas en un velatorio. Al llegar, dejaron el coche en el cobertizo y József se comprometió a hablar con Juan en cuanto amaneciera. Ninguno de los tres pudo dormir aquella noche. József y Stefan apenas se dirigieron la palabra. De algún modo se achacaban mutuamente y en silencio la responsabilidad de la catástrofe que iba a arruinar su ansiado viaje a América.

Cuando Juan salió de su habitación, ya había amanecido, y József lo estaba esperando. Después de contarle lo sucedido, lo llevó junto al coche para que pudiera comprobar por sí mismo los daños. La luz que entró al abrir el portón dejó al descubierto un panorama peor aún de lo que él mismo recordaba. La carrocería estaba totalmente hundida y las dos puertas del lateral estaban inutilizadas. Juan no gritó, no maldijo. Se limitó a salir del cobertizo y se sentó en las sillas de la entrada. Después de preguntar por el otro coche y de quedarse tranquilo con la explicación de József, simplemente dijo mirando al suelo: «El coste de la reparación lo deduciré de vuestro sueldo». József no protestó. Dejó solo a Juan y subió a la buhardilla para contarle lo sucedido a Stefan lo antes posible.

—Nos vamos mañana. Solo tenemos que agarrar por el cuello al viejo y que nos dé todo el dinero que nos prometió.

—Eso ni lo sueñes.

—¿Entonces qué quieres que hagamos? —preguntó Stefan con creciente desesperación.

—Negociar con los moros. Les enviaremos la parte que falte desde Nueva Orleans.

—Sí, claro. Y una postal para que sepan que estamos bien. ¿Todavía no sabes con quién estamos tratando? Esos tíos no son rateros, son traficantes.

—Pues habrá que intentarlo.

—Si tanto quieres a esta gente, dame tu parte y así me podré ir yo. Total, tú ya no querías irte.

—No voy a darte nada. Ese dinero lo he ganado tan limpiamente como tú. Y pienso convencer a los moros. Te dije que entraría delante de ti en ese barco.

Y con un portazo que hizo retumbar los cristales del ventanal, Stefan dio por terminada la conversación.

József no estaba convencido de poder persuadir a los moros, pero no tenía otra opción. Tampoco podía prever lo que estaría tramando Stefan, así que decidió no moverse del Poniente hasta estar seguro de que María y Juan quedaban a salvo. Cuando la buhardilla se le empezó a caer encima, bajó a la entrada con la intención de irse a la playa, aunque sin alejarse mucho. En la recepción, María mostraba los estragos que habían causado el insomnio y el llanto por toda la cara y simplemente contestó «buenos días» cuando József saludó. Por todo desayuno tomó una taza de café solo y se encaminó hacia la carretera. Juan estaba revisando el resultado final de la obra y, cuando vio a József salir hacia la verja, lo llamó.

—Aquí tienes doscientas mil pesetas. Es la misma cantidad que le he dado a tu amigo esta mañana. Como le dije a él, si la reparación cuesta menos, que no lo creo, y me dais una dirección, os hago llegar el resto.

József asintió, cogió el dinero, lo guardó en el bolsillo trasero del pantalón y continuó su camino.

—Una última cosa: de ti me fío, pero de él no. No quiero líos aquí y no quiero ver a María sufrir por nada de esto.

—Tienes mi palabra —contestó József como promesa de un compromiso que ya había asumido consigo mismo.

No se adentró en la playa hasta la orilla. Simplemente se sentó cerca de los pinos a pensar. Aunque las ideas que le daban vueltas no eran planes ni estrategias para negociar un aplazamiento. Se estaba torturando por su torpeza. Por lo que pudo haber sido. Por la maldición que lo condenaba a dejar en peligro a las personas que quería. Primero a Kovács y Hanna. Ahora a Juan y a María.

—¿Estás bien? —La voz de María a su espalda no lo sobresaltó, pero le hizo apretar los ojos y los puños.

—No estoy bien —contestó lacónico.

—¿Y ahora qué?

—Intentaré negociar con los moros. Los convenceré.

—Hablé con mi padre, pero no quiso escucharme. Está furioso conmigo.

József no contestó. No levantó la cara. Se quedó mirando las velas que plagaban el mar sin verlas siquiera. María se sentó a su lado y, cuando el cansancio la venció, apoyó su cabeza en el regazo de József y, casi de inmediato, se quedó dormida. József no se atrevió a tocarla. La dejó dormir. Él sentía que ella confiaba en él, en su protección. Él era como un refugio. Pero lo cierto era que, en vez de protegerla, la estaba poniendo en peligro, y se maldecía por ello. Al cabo de una hora larga, María despertó sobresaltada y József la calmó.

—Estás bien. En la playa. Conmigo. Todo está bien.

Ella, sin moverse, le puso la mano sobre el muslo izquierdo y él, en un gesto que había imaginado mil millones de veces, la estrechó entre las suyas.

—¿Por qué has tardado tanto? —preguntó María sin levantar la cabeza.

József no supo qué decir, pero el corazón le latía en la garganta. Con su mente envuelta en una maraña de pensamientos contradictorios y a menos de un día de zarpar hacia América para el resto de su vida, o en todo caso intentarlo, se abandonó a la playa y al mar y decidió disfrutar de las horas que le quedaran con María. Caminaron hacia el hotel Hurricane cogidos de la mano y sin hablar. Los dos sabían que él tenía que marcharse, pero la mano de María en la suya hacía colapsar la lógica y la conveniencia.

A la altura del hotel, la playa se estrechaba hasta desaparecer, así que continuaron por la carretera hasta una casa de comidas que había unos metros hacia el oeste. Con poca hambre, pidieron un poco de ensaladilla, unos chocos fritos, un vino y una cerveza, pero prácticamente no probaron bocado. Solo se miraban. Era tanto lo que se tenían que decir y tan difícil que simplemente no lo hicieron. El camarero, interesándose por la comida y ofreciendo café, los hizo regresar del universo paralelo en que estaban conversando con la mirada y decidieron pagar y volver al Poniente. El único momento en que se soltaron la mano fue al llegar a la verja del hostal. A partir de ahí, como si el resto del día no hubiera existido, sin haberse besado siquiera, volvieron a la vida que habían conocido desde que József apareció en la entrada tres meses atrás. Ella hizo lo posible por retomar sus quehaceres administrativos y él, aliviado porque Stefan no había aparecido por allí, subió a su buhardilla por última vez y se quedó dormido.

El viento golpeando en los ventanales lo despertó con la noche bien entrada. Se incorporó y salió al balcón para guardar en su recuerdo las vistas del mar desde el Poniente. Como la primera vez que estuvo allí, el sonido de unos nudillos contra la puerta lo sobresaltaron. Temía que Stefan hubiera vuelto a reclamar el dinero, así que lo sacó del bolsillo del pantalón y lo guardó en su mochila. Cuando abrió, María estaba al otro lado con el dedo índice sobre los labios reclamando silencio.

—¿Puedo pasar? —preguntó en voz casi imperceptible.

József abrió la puerta de par en par y se apartó para dejar libre la entrada.

—Yo…

Ella no le dejó hablar. De puntillas, con las manos en su cara, lo besó con el ansia de todos los besos guardados hasta ese momento. Él le rodeó la cintura con sus brazos inmensos y la apretó contra su pecho con tal fuerza que ella soltó un gemido. «No podemos hacer ruido», le susurró al oído mientras ella le estrujaba el cuello. Cada vez que se cruzaban la mirada, ella le sonreía con los ojos.

—¿Por qué tuviste que venir aquí? ¿Por qué me gustas tanto? —dijo en voz baja sin dejar de sonreír.

Él, fuera de sí, le arrancó los botones del chaleco que llevaba desde la mañana y se quitó la camiseta con tal fuerza que la dejó hecha jirones sobre el suelo. Ambos cayeron de rodillas y él la tumbó con suavidad sobre el colchón.

Con la habitación a oscuras y la luna entrando por la ventana abierta, József tuvo una visión del cuarto de Hanna, pero la sensación no podía ser más distinta. Si aquella vez se sintió usado, con María todo se fundía en una sola voluntad. Pensaban lo mismo. Querían lo mismo. Sentían lo mismo. Y, a pesar de todo, igual que con Hanna, no tenían futuro, solo la noche por delante.

El cuerpo delgado y dorado de María contrastaba sobre el moreno desigual del corpachón de József. Pero el movimiento de los dos cuerpos juntos era acompasado, fluido. Como el baile de Puerto Banús. Como si lo hubieran hecho un millón de veces. Ella procuró ahogar todos los gemidos hasta que se desplomó rendida sobre su pecho y, ahí sí, dejó escapar un suspiro que se oyó en la playa.

Con los dos cuerpos empapados en sudor a pesar de la brisa que entraba por la ventana, abrazados sobre el colchón, se quedaron dormidos y aplazaron cualquier conversación que, en ese momento, carecía de importancia.

—¡József!

El grito de María lo sacó del sueño más profundo que había tenido en su vida. Desorientado en la semioscuridad, vio entre sombras la silueta borrosa de Stefan hurgando en sus pantalones. Con toda la energía recuperada en un segundo saltó sobre su amigo y los dos cayeron al suelo. María se envolvió en la sábana e, inmóvil, contempló con espanto la pelea que se desató entre los dos gigantes que, en ese cuarto minúsculo, no eran capaces de alcanzarse con claridad y solo se agarraban y se golpeaban contra las paredes y el suelo. Todo era torpe y confuso. En un descuido de József, Stefan lo agarró por la espalda y lo intentó asfixiar con sus brazos alrededor del cuello. József no conseguía zafarse de aquel alemán corpulento e intentó liberarse aplastándolo con su cuerpo contra la pared. Pero no fue la pared, sino la ventana lo que encontraron y el impulso que llevaban los precipitó por la barandilla del balcón desapareciendo de la vista de María.

Un sonido robótico, como de señales horarias en la radio, rompía el silencio de la habitación blanca cuando József entreabrió los ojos. La voz de María llamándolo en susurros lo tranquilizó: «József». Él se sentía rígido, pero podía mover los dedos de las manos y de los pies.

—¿Qué ha pasado? ¿Dónde estoy?

—Os peleasteis y os caísteis por la ventana. Stefan y tú. Los médicos dicen que te pondrás bien.

—¿Por la ventana? ¿Dónde está Stefan?

—Stefan está muerto, József. Murió en la caída.

József volvió a cerrar los ojos. No podía recordar nada de la pelea ni de la ventana. Sí recordaba a María desnuda sobre su pecho, pero nada más.

—¿Y el barco?

—Ya no hay barco —contestó ella con todo el mimo que pudo—. Llevas en el hospital tres días.

—¿Y cuándo me podré ir de aquí?

A partir de ahí, María le fue contando lo sucedido. En la caída, el cuerpo de József aplastó el de Stefan, que murió en el acto. María se vistió y corrió a avisar a su padre que, inmediatamente, llamó a una ambulancia y a la policía. A la mañana siguiente, Juan y ella tuvieron que ir a prestar declaración ante el juez. Delante de su padre dijo la verdad: que ella estaba con él cuando entró Stefan para robar, que József se defendió y que cayeron accidentalmente por la ventana.

—Mi padre no me habla desde entonces.

—¿Y qué pasa conmigo?

—Saben que tu pasaporte es falso. La policía está fuera de la habitación esperando tu recuperación. Cuando salgas del hospital, te pondrán a disposición del juez, pero mi padre te ha conseguido un buen abogado.

En ese momento, por la cabeza de József cruzaron todo tipo de premoniciones horribles. Lo deportarían. Lo meterían en la cárcel. Ya no habría Nueva Orleans ni segunda oportunidad, y su amigo estaba muerto. Se sentía maldito, como Ulises en la historia que Alfredo le contó en Tánger. Y como Ulises, la maldición lo alcanzaba a él y a cuantos lo rodeaban.

—Y estoy yo, que no pienso separarme de ti —dijo María, expulsando todos los fantasmas de la habitación.

Mientras József se recuperaba de las lesiones en el cuello y en la espalda, María aprovechó para iniciar los trámites necesarios para regularizar su situación. Acompañada por el abogado amigo de su padre, acudía por la mañana al hospital para, entre otras cosas, recabar toda la información que la embajada de Hungría requería, como eran los apellidos o el lugar y fecha de nacimiento, de cara a la expedición de su pasaporte real. El resto del día se quedaba para ayudar con los ejercicios de rehabilitación. O para leerle todas las revistas de música que fue capaz de encontrar en cada kiosco de la provincia de Cádiz. Apenas bajaba a la cafetería para comer algo y solo salía para dormir a la hora en que las visitas ya no estaban permitidas.

El abogado movió todos los hilos que pudo y, a través de un compañero de oposición que trabajaba en el Ministerio del Interior, obtuvo un trato especial del cónsul de Hungría, de modo que un funcionario del consulado se desplazó a Cádiz para poder proporcionar a József un pasaporte provisional, al menos hasta que pudiera viajar a Madrid. Pero ese viaje no solo dependía de la salud de József, sino de la decisión que tomara el juez sobre su situación hasta el juicio.

—El abogado dice que la ratificación de mi testimonio será clave en el juicio, pero que es muy difícil que te dejen en libertad y que, en cualquier caso, sería con fianza. Al haber entrado en España de manera irregular y no tener aquí ningún arraigo, dice que el riesgo de fuga es inasumible, aunque viera el caso con buenos ojos.

—No te preocupes. Puedo aguantar unas semanas en la cárcel.

—¡Pero es que podría ser más de un año!

A József el tiempo de cárcel no lo impresionaba en absoluto, pero la idea de María entrando constantemente en el penal de El Puerto durante los turnos de visitas le resultaba inconcebible. Aunque para qué preocuparse, pensaba, si lo único que estaba en su mano era esperar a que el abogado tuviera una idea brillante. Mientras encontraban una solución, la progresión de su estado de salud era prometedora. Las vértebras contusionadas no necesitaban cirugía y el cuello había recuperado toda la movilidad. Los cosquilleos en los brazos eran debidos a la falta de uso, pero remitieron cuando pudo empezar a caminar por el pasillo con andador y bajo la vigilancia de los dos policías que hacían turnos en la custodia de su habitación. Y María no se separaba de él.

La mejoría de József traía consigo el alta y, con él, el momento insalvable de enfrentarse al juez, asunto para el que aún no tenían respuesta. Los esfuerzos del abogado consiguieron el pasaporte provisional, pero la prisión sin fianza era segura. A menos que...

—József, el abogado tiene una idea. Cuéntele —dijo María exultante.

—Es cierto que no tienes arraigo en el país y que el juez no puede hacer otra cosa que mandarte a prisión. —Hizo una pausa—. ¿Estás segura de que quieres que siga? —preguntó a María, que asintió sin dejar de sonreír—. Pues cabría la posibilidad de que consiguieras ese arraigo si tuvieras familia.

József miró a María como preguntando: «¿Está diciendo lo que estoy entendiendo?». Después se giró hacia el abogado.

—María no va a involucrarse en nada de esto.

—¡Pero si ya lo estoy! —gritó ella con una incomprensión que borró cualquier resto de la sonrisa que traía al entrar.

—No sabes lo que dices. Yo no te puedo ofrecer nada. Y tu padre no lo permitirá.

—Eso desde luego —murmuró el abogado entre dientes.

—¿Vas a hacer eso? ¿Vas a decidir por mí? —dijo María con una impotencia indisimulable—. ¿Te crees más listo? Si no quieres casarte conmigo, dilo, y me marcharé de aquí para siempre. Pero será porque tú no quieres, no porque decidas por mí como si fuera una niña.

—Pero, María, ¿cómo no voy a querer? Pero lo que sí que no quiero es ser una condena para ti. Ya has visto que todo lo que toco lo convierto en mierda.

—A mí no...

—Si aceptáis, necesitaríamos el permiso del juez —intervino el abogado—, y para conseguirlo tendríais que demostrar que teníais una relación anterior a todo esto, lo cual no es fácil, porque no sé de dónde vais a sacar los testigos.

—¿Y los obreros de la obra? —preguntó María un poco más calmada.

—Estoy seguro de que ninguno está en España de manera regular. —María se lo quedó mirando con los ojos muy abiertos—. Eso ni lo sueñes. Tu padre se pega un tiro, o lo que es peor, me lo pega a mí, antes de hacer nada que ayude a… Es que no quiero ni decirlo. De todas formas, aunque resolvamos esto, aún queda por saber quién pagará la fianza.

—Mi padre se encargará.

—Yo no contaría con eso.

—Usted déjemelo a mí.

—No se me pasaba por la cabeza ninguna otra idea. —Y despidiéndose de los dos, desapareció por la puerta de la habitación.

Cuando se quedaron solos, József sujetó las manos de María y trató de razonar con ella en un tono mucho más calmado.

—¿Tú estás segura de que esto es lo que quieres? —preguntó, como queriendo convencerla de lo contrario.

—Siempre que tú lo estés.

—¿Y de qué vamos a vivir? Eso suponiendo que lo del juicio nos salga bien, claro.

—Estos tres meses no te ha costado ganarte la vida. Y yo tengo ahorros. Y un trabajo que mi padre no me va a quitar por muy rabioso que esté. Lo que no sé es cómo vamos a arreglar es lo de las pruebas convincentes de nuestra relación.

Los dos se quedaron callados. Como los malos jugadores de ajedrez que piensan en el siguiente movimiento, conscientes de que, en realidad, no están pensando en nada. Pasados unos minutos en silencio, María alcanzó una revista del suelo a József y bajó a la cafetería a por agua. Cuando regresó, el agua que no traía en las manos le empapaba la cara en forma de lágrimas.

—¿Qué te pasa? —preguntó József, temiendo malas noticias de los médicos.

—Los policías nos ayudarán.

—¿Cómo?

—Los que están ahí en la puerta haciendo turnos de vigilancia. Dicen que oyeron la conversación desde el otro lado. Que me han visto todos estos días y que están dispuestos a testificar a nuestro favor para que nos concedan el permiso para casarnos.

József no podía creer lo que oía. O quizá sí. Si toda su historia estaba plagada de momentos angustiosos, de tipejos ruines y de mala suerte, también lo estaba de personas desinteresadas que, en un momento u otro, habían aparecido para tender la mano que hacía falta para sacarlo del abismo. A partir de aquel pensamiento, que ya le había cruzado la mente en otras ocasiones, se hizo a sí mismo el juramento de tenerlo siempre presente para no volver a sentirse maldito nunca más.

Así que la víspera del alta médica, en la capilla del hospital, con los policías y el abogado de testigos y con un cura que también era amigo de su padre y que, como el abogado, se estaba jugando el tipo, József y María se casaron. Él iba vestido de manera sencilla con una camisa azul de lino y con unos pantalones blancos de algodón que María le había comprado la tarde anterior. Pero ella, que como daba por hecho que ya habían agotado todo el mal fario que les correspondía no iba de estreno, resplandecía con su vestido de volantes blanco por debajo de la rodilla y con su pelo recogido que dejaba al aire el cuello y los hombros. Los mismos que volvieron loco a József desde el día que la conoció.

Juan no asistió a la boda. De hecho, y a pesar de haber costeado los honorarios del abogado, tampoco quiso saber nada de la fianza en caso de que la decisión del juez fuese favorable. Y de una tercera recomendación del abogado que también estaba en su mano, la contratación de József y un domicilio fijo, no quería ni oír hablar. Las escasas horas que quedaban antes del alta médica, es decir, de que József fuera puesto a disposición del juez, María las empleó en hablar con su padre cara a cara. Sabía que la conversación acabaría en bronca y con él cerrado en banda, pero se reservaba la carta de su madre. Si no estaba dispuesto a darle el dinero, se lo pediría a ella. Y los dos sabían que no se iba a negar.

El tiempo que transcurrió desde que María abandonó el hospital, József lo aprovechó para prepararse para ser acompañado por los policías y su abogado ante el juez. Estaba intranquilo, a pesar de la confianza que María había tratado de contagiarle antes de salir para Tarifa. Y lo peor de todo para él era que se sentía una carga. Pero después de comprometerse con María a amarla y respetarla todos los días de su vida, interiorizó con razonable facilidad que su orgullo era un lujo que, a partir de ese momento, no se lo podía permitir. Al cabo de unas dos horas, María regresó triunfal.

—Pagará la fianza y podremos vivir en el Poniente, pero no esperes mucha cordialidad.

—¿Qué le has dicho? —pregunto József con un tono claramente precavido.

—Que le pediría el dinero a mi madre y que dimitiría de mi trabajo en el hostal. Que se buscara a otra.

—¿Pero eso lo decías en serio?

—Ya te puedes ir acostumbrando —dijo con una sonrisa descarada—. Tu mujer tiene mucho carácter.

Después de dar indicaciones al abogado —que había llegado con el tiempo justo y casi se pierde el traslado— para que llamara a su padre y que este le confirmara las nuevas condiciones pactadas, los policías se llevaron a József al juzgado de primera instancia de Algeciras en un coche celular que los esperaba a la puerta del hospital. La vista fue rápida, atendiendo sobre todo al testimonio ratificado por María, y la fianza fue fijada en un millón y medio de pesetas que el abogado consignó en el mismo acto. El camino de salida hasta las puertas de los juzgados, donde lo esperaba un sol algecireño que ya conocía y que parecía querer unirse a la fiesta, entre los parabienes del abogado y de los propios policías, que habían esperado para despedirlo, se le hizo extraño. Sus sentimientos eran contradictorios y pasaba de la felicidad que suponía el inicio de una nueva vida al lado de María, por muy distinta que esta fuera de la que había imaginado en Nueva Orleans, a la pesadumbre del recuerdo de su amigo muerto y al escozor de una conciencia que, como en el caso de Nino, no lo dejaba tranquilo. Pero

María, que conocía esa expresión en su cara y que no estaba dispuesta a que nada le arruinase su gran día, lo cogió de la mano y le dijo un «Vámonos a casa» que vació su mente de cualquier otro pensamiento que no fuera ella.

Como habían previsto, la llegada al Poniente no fue calurosa precisamente, pero tampoco estarían allí demasiado tiempo, ya que María había planificado una auténtica noche de bodas con cena y habitación en el Hurricane. El mismo paseo por la playa hacia el hotel que habían recorrido devastados tan solo unos pocos días antes se había convertido en la estampa de una pareja con un futuro prometedor y feliz. Se registraron con sus nombres verdaderos y con su pasaporte en regla y, por primera vez en demasiado tiempo, no se sintió un fugitivo. La cena, con la piscina frente a ellos y el mar a lo lejos, estaba elegida minuciosamente por María. Después de brindar con champán, el más barato de la carta, eso sí, María abordó un asunto que tenía pendiente desde el primer paseo por Tarifa.

—Nunca has llegado a contarme tu vida. Ahora soy tu mujer. Creo que me lo he ganado, ¿no?

Y József, serio pero no solemne, empezó a desgranar detalladamente su historia. No fue capaz de levantar la vista del plato ni un instante y, en cada pausa que hacía para controlar sus emociones, María no podía remediar acariciarle las manos sobre la mesa.

—No hagas eso, por favor. No pretendo darte pena. Si te lo cuento es porque me lo has pedido.

—No me das pena. Ninguna pena. Pero es que ahora que sé cómo has llegado hasta mí, te quiero todavía más.

Cuando terminó la historia, había pasado casi una hora en la que María apenas pestañeó. József se recostó en el respaldo de la silla y ella trató de ordenar en su cabeza todas las preguntas que fueron revoloteando desde el principio de lo que acabó siendo la crónica de una vida entera.

—¿Y qué pasa con la promesa que le hiciste a Markus?

—Si estoy aquí ahora es gracias a él. Algún día volveré a Budapest a pagarle lo que hizo por mí.

—¿Y qué fue de Hanna y la gente del Fortuna? ¿No has vuelto a saber de ellos?

—Nunca llamé. Si están bien, perfecto. Si no, prefiero no saberlo.

Después de la cena se asomaron al mar para, inmediatamente después, entre las dudas y las conjeturas de una María que aparentaba, pero solo eso, haber zanjado el tema, subir a la habitación que habían reservado por una sola noche y que tenían toda la intención de aprovechar.

La luz del día siguiente, filtrada por las cortinas de hilo blanco que envolvían los ventanales abiertos, no era como las demás. El nuevo día traía consigo un tiempo en el que József, a salvo de que el juez confirmase su más que probable absolución a juzgar por el optimismo del abogado, ya no tenía que huir de nadie ni correr contra ningún reloj. Tumbado en la cama del hotel, mientras María se arreglaba en el baño para bajar a desayunar, repasaba en su cabeza imágenes desordenadas que ni siquiera era consciente de haber almacenado. Como si tuviera en sus manos un álbum de fotos ajeno, podía ver con claridad a la familia del control de pasaportes de París, a los niños de Samuel corriendo por la plantación, a Carmen sirviendo del puchero a Alfredo o a los turistas bajando sus coches del ferri con los papeles en regla. Esa mañana empezaba la rutina, el tedio de los días indistinguibles a los que se iba a aferrar con todas sus fuerzas. Las puertas de su segunda oportunidad estaban abiertas y, aunque al otro lado no había músicos de jazz en la calle, iba a cruzar el umbral con la misma ilusión.

Con los papeles en regla y la buhardilla del Poniente acondicionada para los dos, solo quedaba encontrar un trabajo. Para ello, cada mañana de los siguientes días, temprano para poder aprovechar el tiempo, cogía el autobús de Algeciras en busca de un empleo como fresador, ya que era la única formación que podía acreditar. Después de una rutina invariable, que incluía desayunar un café con churros en el bar de Curro, se iba a las inmediaciones del puerto para ofrecerse a cuantos encargados pudieran estar buscando trabajadores o simplemente supieran de alguna oportunidad.Y cada mediodía regresaba a comer con María al Poniente con las manos vacías y una creciente desesperación.

Al cabo de dos o tres semanas de búsqueda estéril, Juan llamó a József después de comer, lo cual era extraño porque no se habían dirigido la palabra desde su regreso. Con pocas palabras y gesto serio le dijo que estaba dispuesto a darle trabajo en el hostal, pero József, con toda la amabilidad que pudo, declinó el ofrecimiento.

—Se lo agradezco, pero esto es algo que tengo que resolver por mí mismo.

Acto seguido, se fue a por María que estaba en la recepción aparentemente ajena a lo que acababa de suceder.

—No sé de qué me hablas, József.Yo no le he pedido nada a mi padre.Apenas nos hablamos y siempre es de trabajo.Así que eso que dices que ha hecho ha partido de él y solo de él, te lo aseguro.

Como la convicción de María era absoluta y su tono de una seriedad impropia de ella, dio por buena la explicación y volvió a la tarea de dar continuidad a la apuesta que su orgullo había planteado en la partida. Encontraría trabajo y lo haría por sí mismo. Pero una mañana detrás de la otra, la liturgia se repetía y cada tarde regresaba derrotado. A María la situación no parecía alterarla demasiado, porque ganaba lo suficiente para la vida que llevaban los dos, pero a József lo estaba comiendo por dentro hasta el punto de que su carácter se fue volviendo áspero. Apenas comía y, por las noches, demostraba una ostensible pérdida de interés en María que, entonces sí, se empezaba a desesperar ella también.

Una de sus mañanas de trasiego por Algeciras, Curro trajo algo más que café con leche en vaso y tres churros.

—Van a abrir un gimnasio de artes marciales y boxeo aquí cerca. Es más bien gimnasia temática, para que la gente haga ejercicio sin aburrirse, pero podría encajarte, ¿no?

A József no se le hubiera pasado por la cabeza esa salida jamás, pero lo cierto era que en el Csepel había recibido una formación aún mayor que la de fresador y, aunque nunca había sido instructor, no le resultaba complicada la idea de replicar lo que había visto hacer a su entrenador un millón de veces. Después de terminar el desayuno y apuntar la dirección que Curro le dio, se acercó al gimnasio para probar suerte. Cuando llegó, solo había obreros ultimando detalles del interior, pero le dijeron que el encargado no tardaría en llegar, así que, sin nada mejor que hacer, se sentó a esperarlo. Al cabo de una hora se bajó de un Lancia Delta Integrale un tipo joven, peinado con gomina y vestido como si fuera a entrar en una de las discotecas de Puerto Banús. Cuando se dirigió al interior, József lo detuvo.

—¿Eres el dueño del negocio? —preguntó, intentando mostrar respeto.

—Eso parece. ¿Y tú quién eres, gorila? —contestó el tipo, mirando con perplejidad las manos de József.

—Me gustaría hablar contigo un minuto. A poder ser en privado —dijo József, haciendo un gesto hacia los obreros que se habían quedado mirándolos.

Después de pensarlo un momento, el joven lo invitó a entrar y lo llevó hasta un despacho que había al fondo del local.

—¿Y bien? ¿En qué te puedo ayudar?

—Soy húngaro. Estuve en la legión francesa y ahora vivo aquí. Durante muchos años recibí en Budapest formación en artes marciales, lucha y boxeo. Un amigo me dio la pista de este gimnasio y pensé que podría ser una oportunidad.

—¿Y cómo te has hecho eso? —preguntó señalando a los nudillos de József.

—Golpeando una viga de madera todos los días desde los dieciséis años.

Detrás de la mesa, con una actitud más propia del dueño de un banco que de un gimnasio y después de pensar unos segundos, el tipo dijo:

—El caso es que no estaba buscando a nadie, pero un tipo de tu envergadura se va a hacer famoso en toda la costa y puede que me sirvas de reclamo. Yo aquí no pretendo formar karatekas. Esto es un lugar para tranquilizar la mala conciencia de los gordos y las fantasías de los idiotas que se suelen creer más jóvenes de lo que son. Mientras recuerdes eso, puede que me sirvas. —Después de una pausa que a József le pareció sobreactuada, continuó—: De todas maneras, este gimnasio es solo una excusa. Me sirve para lavar el dinero que consigo con otros negocios en la costa desde aquí hasta Marbella. Con tu pinta me vendrías bien en esos otros negocios y ganarías más.

—Solo el gimnasio —dijo József tajante—. Nada más.

—Como quieras —contestó el tipo con gesto de tener prisa—. Abrimos el primero del mes que viene. Necesitaré que vengas dos o tres días antes para que el encargado te dé instrucciones. Te pagaré setenta mil pesetas al mes en metálico. Y nada de contratos. Mi nombre es Tony, pero no creo que vayas a tener la oportunidad de usarlo mucho.

Y, saliendo hacia la calle, sellaron un acuerdo con un apretón de manos por toda formalidad.

Sentado en el autobús de Tarifa, mirando por la ventana las curvas de un trayecto que ya nunca lo volvió a marear, József se sentía satisfecho. Después de todo, había sido capaz de encontrar un trabajo por sí mismo y su orgullo proyectado en María y su padre le devolvía un reflejo de respeto. Y eso lo hacía sentir mejor aún. También pensaba en que, por más que se resistía a entrar en las cloacas de la droga, esta siempre volvía para perseguirlo. Como si de una maldición se tratase o de una extraña fuerza de la gravedad, reaparecía una y otra vez en su vida de la forma más inesperada. Pero ya había conseguido esquivarla en el pasado y esa vez no sería distinta. Bastaba con no comentarle nada a María y todo iría bien.

La llegada al hotel no pudo ser más distinta de las anteriores. Nada más ver a María detrás del pequeño mostrador, notó que lo miraba de una manera especial, como si ella ya supiera solo por su cara que algo había ido bien. Pero cuando la apartó del ordenador y la levantó por el aire como quien zarandea a una niña chica, ninguno de los dos necesitó más confirmación de que su nueva vida se iba ordenando al fin.

Las dos semanas que transcurrieron hasta que József se presentó en la puerta del gimnasio para ponerse a las órdenes del encargado fueron las mejores desde su llegada. Durante el día él leía o bajaba a la playa a desempolvar alguno de los ejercicios de las rutinas Csepel y, cuando ella salía del turno del hostal, paseaban o iban a Tarifa a algún local con música en directo a tomar una cerveza y un vino. Y cada una de las noches hacían el amor.

Los nervios de la primera mañana de trabajo estaban atenuados por la experiencia de József y por su muy mejorado español. Había previsto pasar a ver a Curro, pero al bajar en la estación de autobús decidió no arriesgar y se encaminó directamente al gimnasio. Bajo un cartel luminoso en el que se podía leer Stillman's, dos grandes vinilos oscurecían las cristaleras que daban a la calle con fotos de jóvenes con cuerpos envidiables como eficaz reclamo. Como en la puerta no había nadie, la empujó y, al comprobar que estaba abierta, entró hasta el despacho donde había estado con Tony. Allí sentado había un tipo rubio, con el pelo cortado como un militar y con el atractivo de los que suelen tener éxito en las discotecas.

—¡Hombre! Tú debes de ser József. Verdaderamente, Tony no mentía. ¡Menudo tamaño, amigo! Me llamo Fran. Soy holandés, pero llevo aquí toda la vida. —Después de estrechar la mano de József, continuó—: Soy socio de Tony en otros negocios, pero me ha pedido que me encargue de esto por un tiempo, hasta que empiece a funcionar. Además de ti habrá otros dos monitores. Entre los tres cubriréis las clases que serán cada hora desde las ocho de la mañana hasta las seis de la tarde. De dos a cuatro no hay clase y los domingos cerramos. Los otros dos han diseñado una tabla de ejercicios, pero me ha dicho Tony que puedes variarlos siempre que no olvides que de aquí salen gordos satisfechos, no mercenarios. ¿Alguna pregunta?

—Solo una. ¿Stillman es el apellido de Tony?

Fran soltó una carcajada.

—¡Qué va, hombre! Si Tony es Antonio y nació en Fuengirola. Por lo visto, es un gimnasio mítico de Nueva York. ¿No deberías saber tú ese tipo de cosas?

—No he tenido mucho tiempo que digamos.

Cuando salió del despacho, József recogió dos folios plastificados con las pautas de ejercicios que habían diseñado los otros monitores y se fue al módulo principal a repasarlos. El gimnasio era incomparablemente más pequeño que el de Csepel, pero estaba bien equipado. Hasta tenía un pequeño ring que se pretendía usar solo para clases particulares y para dar la sensación de entorno competitivo. Había sacos colgados del techo y una sala repleta de aparatos y pesas. Por más que aquel negocio solo fuera una vía para blanquear el dinero de la droga, József estaba dispuesto a tomárselo en serio, empezando por los ejercicios que ya había empezado a corregir.

Al acabar la mañana, Fran lo invitó a comer. Era ese tipo de personas que parecían saberlo todo de todos hasta el punto de que cualquier cosa que sucediera él ya la tenía prevista. Vivía a caballo entre Marbella y Cádiz, y parecía tener asuntos a lo largo de toda la costa. Era amante de los coches rápidos, lo que despertó la curiosidad de József, y estaba orgullosamente soltero. Era fardón con el dinero que manejaba y las mujeres que seducía, pero lo hacía con gracia. Decía cosas como: «Cuando quieras ir a tal concierto o llevar a tu mujer a tal restaurante, tú solo me lo dices». El caso es que a József, que estaba feliz y recientemente casado, que no tenía un duro y que no conocía a nadie, le cayó bien desde el primer momento. En la conversación procuró dejar clara su intención de mantenerse al margen de lo que no fueran las clases en el gimnasio, y Fran pareció entenderlo. «Que sí, que ya me has dicho que eres un santo. Pero alguna noche te darán permiso para salir a divertirte, ¿no? Hasta puede que te deje conducir».

Cuando József volvió al Poniente le contó a María su primer día en el trabajo, incluyendo la buena conexión con Fran, aunque algún detalle quedó deliberadamente omitido, al menos de momento. Ella le dijo que se alegraba mucho por el efecto que el empleo ya había empezado a tener en su ánimo y porque tuviera relación con otras personas más allá del hostal, sin descuidar las setenta mil pesetas, que tampoco les vendrían nada mal.

La organización de turnos con los otros dos monitores —un joven de veinte años llamado Luis, que seguía activo para competiciones nacionales, y una chica de veinticinco llamada Rosi, que estaba en una forma envidiable y que, embutida en las mallas de gimnasia, se convirtió rápidamente en el objeto del deseo de los clientes y la ambición de las clientas, que también había— requería que József cubriera la apertura de las ocho dos días por semana. Pero, aparte de esos dos madrugones, todo lo demás era sencillo para él y, hasta cierto punto, divertido. Algunos clientes le pedían a József clases particulares para poder guantear con él en el pequeño ring y salir después a contarlo a sus amigos. A Fran no le hacía mucha gracia, pero tenían mucho cuidado con los golpes y, como había vaticinado Tony, la fama del gigante arrastró consigo la del gimnasio y, con la fama, las altas, para alegría de todos. En los turnos libres, József charlaba con Fran sobre todo de coches, y la mayor parte de los días no volvía a comer al Poniente para ahorrarse el coste de dos billetes y el incordio del autobús.

Los días pasaban volando, como les sucede a las personas con todas las piezas de su vida perfectamente encajadas, y József vivía con una ilusión que no recordaba desde los primeros días en el Fortuna. Si acaso faltaba por concluir definitivamente el juicio pendiente que, a pesar de las buenas perspectivas, seguía siendo la única ficha descolocada en su casillero mental. Pero las buenas rachas, como las malas, parecen no tener fin cuando empiezan y la notificación para la celebración del juicio llegó mes y medio después de que empezase a trabajar en el Stillman's. Fran se ofreció a acompañarlo, pero József prefirió enfrentarse al trámite con la seguridad que le transmitía el abogado y el optimismo que le contagiaba María. Durante la breve exposición de las partes, el informe pericial corroboró la declaración firmada de María al indicar que el acusado había caído de espaldas sobre la víctima, hecho que avalaba la teoría de que József estaba siendo atacado por Stefan y a su merced en el momento de la caída por el ventanal de la buhardilla, es decir, que actuó en defensa propia. La sentencia de absolución, por muy esperada que estuviese, eliminó al fin la última nube en el futuro de los recién casados, que mostraron más alivio que euforia a las puertas del juzgado… hasta que a József se le iluminó la cara en la escalinata.

—Ven. Quiero presentarte a alguien.

Justo delante de los juzgados, apoyado en la puerta de un Ford Escort Cosworth blanco, Fran estaba esperando para ir a celebrarlo. Después de abrazar a József y mostrarse encantador con María, que no terminaba de entender nada de aquella escena, los invitó a subir para llevarlos a Los Remos, un restaurante en San Roque que acababa de lograr una estrella Michelin y donde Fran «tenía mano». Cuando József, admirado por el coche, se disponía a entrar para disfrutarlo, María le recordó que no se había despedido aún del abogado, que lo estaba esperando en la escalinata, así que regresó para decirle adiós y agradecerle la inmensa ayuda que había supuesto. Durante el breve retraso que resultó de la llamada de atención de María, Fran procuró causar una buena impresión.

—Es un placer conocerte. József no para de hablar de ti. Espero que te guste el restaurante. Es uno de mis favoritos.

—Estoy segura —contestó María, sin esforzarse lo más mínimo por ser cortés.

—József es un tío estupendo —continuó Fran, desplegando sus encantos en vano—. Estoy seguro de que nos llevaremos estupendamente.

—Yo no apostaría tanto —zanjó María entre dientes mientras entraba en el asiento trasero del deportivo.

Durante la comida, que efectivamente fue excepcional y carísima ya que Fran no escatimó un solo detalle y, por supuesto, corrió con la cuenta, los dos amigos demostraron una confianza mutua impropia del poco tiempo que llevaban trabajando juntos. Encadenaban bromas como si de un guion de comedia se tratase, tenían las mismas aficiones, empezando por los coches con motores potentes, y el carisma que Fran irradiaba, y que era estéril con María, a József lo deslumbraba. Él estaba feliz y a ella le gustaba verlo así, y más después de la pérdida del único amigo que había tenido en años, siempre y cuando no se adentrara en el evidente lado oscuro de su expansivo nuevo jefe.

En el gimnasio las cosas parecían marchar bien para el negocio y la mayor parte de las clases colectivas no bajaban de diez o doce alumnos. Pero donde estaban consiguiendo más ingresos era en las particulares, especialmente solicitadas con Rosi y József. Algunos días se quedaban una hora más después del cierre para poder dar abasto con las listas de espera, lo cual complicaba el autobús de vuelta de József a Tarifa, pero a Fran siempre le habían dejado un deportivo nuevo para hacer el trayecto y que József pudiera disfrutar de él, puesto que ya tenía en regla pasaporte y carné de conducir.

La vida en el Stillman's empezaba a parecerse a los buenos tiempos del Fortuna y, para que el recuerdo fuera perfecto, József llevaba cada semana una cinta que él mismo grababa con los discos que le había regalado María. La música, que estaba milimétricamente elegida y ordenada, retumbaba por los altavoces del gimnasio levantando el ánimo de los exhaustos alumnos y despertando el interés de Rosi, que no dejaba de preguntar en los turnos de descanso que tenían en común. Al principio, el interés de su compañera era halagador, pero, a medida que las jornadas transcurrían, József fue reconociendo la forma de mirar de Hanna en Rosi, lo que suponía un riesgo inasumible para él. Así que se distanció de manera natural, o por lo menos eso pensaba él, pero lejos de conseguir enfriar el supuesto interés de Rosi, lo único que logró fue avivarlo. Como en el gimnasio los cuatro pasaban mucho tiempo juntos y no hacían falta más que un par de ojos para ver, la situación se convirtió en un secreto a voces y Fran era demasiado indiscreto para dejarlo correr. Una noche de regreso a Tarifa en el deportivo de turno, con su natural insolencia, abordó el asunto.

—Si te vas a follar a Rosi, que no sea en el Stillman's.

—No me voy a follar a nadie, Fran. Estoy casado y pretendo seguir así.

—Todo el mundo está casado, József. Y todo el mundo folla y luego vuelve a casa.

—Yo no —intentó en vano dar por concluido el asunto.

—¡Pero si es una diosa!

—Pues fóllatela tú.

—Ya quisiera. Te aseguro que, si me mirara como a ti, no iba a pensarlo ni un segundo. De todas formas, como es cuestión de insistencia, cuando te des por follado que no sea en el gimnasio.

József, consciente de que cada comentario suyo sería contestado con otro aún más procaz, dejó de hablar y se limitó a subir la música. Lo que había dicho lo pensaba desde el fondo de su alma, pero tenía una extraña preocupación. No había hecho nada malo y no tenía intención de hacerlo, pero la pura especulación lo atormentaba. Como si existiera el peligro de que llegase a oídos de María y todo lo construido se fuera a venir abajo por culpa de un mal comentario. Cuando se bajó del coche, María lo esperaba en la puerta principal del hostal como cada noche. Mientras subía desde la verja, iba pensando que no necesitaba diosas ni sexo ni diversión que no fuera con ella. Cuando la tuvo delante y ella lo recibió con despreocupación, él la apretó contra su pecho en un abrazo que duró un siglo.

—¿Y esto? —preguntó sonriente.

—Que hace mucho que no te veo.

—Pues puede que tengas suerte y después de la cena me veas aún más.

Y cogiéndolo de la mano, se lo llevó al comedor silenciando todo el ruido que József tenía en la cabeza, al menos por esa noche.

Cada mañana József despertaba con el ánimo renovado e intentaba quitarle importancia a la situación con Rosi, como si todo fuera fruto de su imaginación. Pero el tiempo que pasaba en el gimnasio lo vivía completamente sugestionado. Tampoco es que ella hiciera nada escandaloso o explícito, pero la conversación con Fran lo había alertado de un modo que ya todo se le hacía un mundo. Los momentos de clase eran balsámicos, porque solo se centraba en los ejercicios y los alumnos, y los de descanso, si no eran con ella, los disfrutaba con Fran o con Luis hablando de coches y música principalmente. Pero cuando el descanso era con Rosi, József siempre tenía algún recado que hacer y salía a dar una vuelta hasta que agotaba casi todo el tiempo. Aunque, en realidad, todo esto no parecía servir más que para aplazar lo inevitable. Al acabar una de las muchas jornadas en las que József y Rosi tenían clase particular de ocho a nueve, se fueron a la ducha antes de cerrar. Al salir, József vio sobre el mostrador de la entrada una nota de Fran en la que se disculpaba por no poder llevarlo a casa esa noche. Contrariado, se dirigió a la puerta del vestuario de mujeres y gritó de modo que pudiera ser oído desde la ducha.

—¡Rosi, Fran no me puede llevar! Cierra tú, por favor, que a mí todavía me queda encontrar un taxi que me lleve a Tarifa.

Sin que le diese tiempo a terminar lo que estaba diciendo, Rosi abrió la puerta del vestuario con el pelo mojado sobre los hombros y una toalla minúscula enrollada bajo los brazos.

—Si quieres te llevo yo y así podemos cenar algo.

Un millón de pensamientos contradictorios se agolparon en la cabeza incandescente de József que, sacándose de la camiseta la cadena de la que llevaba colgada la alianza, solo acertó a decir: «Gracias, pero no tengo hambre». Y sin más, se fue.

En el trayecto en taxi se sentía orgulloso de sí mismo y aliviado por el rechazo explícito que la situación que acababa de vivir suponía. Además, nadie había sido testigo, por lo que Rosi no tendría problema para continuar con su trabajo en el Stillman's, distanciada de él, pero con cierta normalidad. El taxi lo dejó en la verja y, al margen de que a María le extrañó no verlo bajar de un rutilante deportivo, el encuentro y el saludo no fueron distintos de otras noches. Y como tantas otras veces, después de cenar pasearon hasta la playa para contarse su día respectivo y, al volver al hostal, hicieron el amor. Pero a diferencia de todas las noches anteriores, József no estaba seguro de que en esa ocasión fuera María la que estaba con él en la buhardilla.

Los días posteriores representaban un desafío para József y se enfrentaba a, por así llamarla, «la nueva situación» con inquietud. Primero, estaba la incierta reacción de Rosi; después, la suya propia, y, por último, el modo frívolo en que Fran trataría todo el asunto. Pero en la primera clase que se cruzó con ella, más allá de seguir pareciéndole la diosa de la que hablaba Fran, ella se comportó con normalidad, ni enojada ni más distante de lo normal, y eso allanó la futura relación entre ellos. Después de todo, ya sabía lo que era trabajar con una mujer con la que existía un «algo» y se sentía desde aquel primer saludo capaz de solventarlo. Fran, en cambio, como si la conversación del coche con József hubiera supuesto una especie de bendición, no dejaba de hacerle bromas a Rosi que no eran de mal gusto, porque tenían su toque personal que todo lo volvía encantador. Pero ella no parecía mostrar el menor interés y se centraba en las clases, en las que brillaba entre la admiración y la fantasía de los alumnos.

La intención de József de preservar a toda costa la estabilidad y la continuidad del Stillman's tenía un motivo principal. Como en Budapest, se sentía parte de un proyecto empresarial y de una familia, por postiza que fuera. Había vuelto a encontrar su lugar en el mundo. Uno donde hacía bien su trabajo, donde era respetado por sus jefes y compañeros, donde se divertía cada día y que le proporcionaba motivos para sentirse orgulloso. Y eso era algo que no había abundado en los últimos años. La única diferencia con Budapest era que ahora estaba casado y no sabía cómo enfrentarse al hecho de que María no formaba parte de esa mitad de su nueva vida.

Y si el paralelismo del Stillman's con el Fortuna era continuo, como si los buenos tiempos solo tuvieran un formato para él, el sobre en la taquilla a su nombre terminó de cerrar el círculo.

—¿Qué es esto? —le preguntó a Fran con una sonrisa que no le cabía en la cara.

—¿No sabes leer español? El nombre es muy fácil. Si no tienes nada que hacer ese día, nos vamos a ver a U2 a Madrid. Tengo que hacer una gestión allí y ese viernes es tan bueno como cualquier otro. Verás que no tiene fila ni asiento. Y también habrás notado que, en negrita, pone «*Backstage*». Pues eso significa que, si se nos da bien, vas a conocer a Bono. ¿Tengo o no tengo contactos?

József no era capaz de cerrar la boca. Recordó a János, a Declan… y a María.

—¿Y qué voy a decir en casa? Sería la primera vez que la dejo sola desde que nos casamos.

—Pues alguna tiene que ser la primera. Una cosa es que estés enamorado de tu mujer y otra que os queráis convertir en siameses. Díselo con naturalidad. Ella lo va a entender.

Lo que Fran decía tenía lógica, si no fuera porque ignoraba que María no le tenía ningún aprecio. Desconfiaba de él de una manera intuitiva, y el único motivo por el que lo llevaba con discreta resignación era porque József parecía disfrutar de su amistad. Cuando se lo anunció, María torció el gesto y, lejos de alegrarse por él, solo dijo un «Ten mucho cuidado».

La mañana del viaje József estaba tan nervioso como el día del concierto de Queen en Budapest. Todo lo que tuvo que hacer antes de estar listo se le hizo corto y estuvo esperando en la entrada mucho más tiempo del necesario. Se dio perfecta cuenta de que María había decidido esconderse tras el ordenador de la recepción, incapaz de ocultar una desconfianza que supondría una nota de amargura en aquella mañana luminosa. Cuando llevaba más de media hora esperando, el sonido de un Audi S4 azul eléctrico rompió la tranquilidad que reinaba en el paraje. Fran metió el coche hasta la misma recepción, lo dejó al ralentí y se bajó en busca de su amigo. Cuando estuvo ante él con sus gafas de sol, su camisa medio abierta y su carisma infinito, a József le pareció un actor de Hollywood.

—¿Adónde vamos con esa ranchera? —preguntó József, sorprendido, porque esperaba un deportivo—. ¿A hacer la compra al Pryca?

—Esto, mi enorme e ignorante amigo, es el mejor coche que ha hecho Audi en su vida. Es un puto Porsche 911 de trescientos sesenta caballos escondido en la carrocería de un familiar. A ver si te crees que las pinzas rojas de las ruedas, en las que no te habrás fijado porque no sabes nada, son precintos.

—Ya me extrañaba —dijo József sonriendo.

—Entonces, ¿tienes ganas de conducir o qué? —preguntó Fran, quitándose las gafas con un gesto claramente estudiado.

—¿Tú qué crees? —contestó József, abriéndose camino hasta el coche como quien lo acaba de comprar.

Fran se asomó a saludar a María, que solo devolvió un gesto con la mano, y cuando József se acercó a despedirse, ella le puso las manos en la cara, le dio un beso y, en vez de volver a pedirle que tuviera cuidado con la pesadez propia de una madre, sin ganas, le dijo: «Diviértete».

—Solo es un concierto. Mañana estaré de vuelta por la noche y no te habrás dado ni cuenta de que me fui —contestó, perfectamente consciente de que no había conseguido el efecto buscado.

Mientras ajustaba el asiento y los retrovisores a sus dimensiones, Fran sacó de la guantera la cinta del *Under a Blood Red Sky*, el mítico disco en directo de U2, y la introdujo en el equipo del coche.

—Tengo tres más, así que nos va a sobrar música en el viaje.

Por las curvas de la carretera de Algeciras el motor parecía enfadarse cada vez que József pisaba el acelerador y las ruedas se deslizaban sobre el asfalto como si no lo tocaran.

—¡Joder, tenías razón! ¡Esto es un puto cohete!

Ya en la carretera de Málaga, las prestaciones del coche se igualaban a cualquier otro, salvo por el consumo, que corría a cargo de Fran, y el reprís a la hora de adelantar camiones, momento en el que el motor volvía a rugir. Durante el viaje, József le fue repitiendo a Fran anécdotas del Beckett's e historias de la banda que había leído en *Rolling Stone*.

Como József no conocía nada de España que no estuviera entre Cádiz y Puerto Banús, Fran sugirió una parada en Granada para dar un breve paseo y comer en un restaurante donde, por supuesto, «tenía mano». Después continuaron directos hacia Madrid. Fran quería resolver cuanto antes el asunto que lo llevaba allí y que no era lejos del estadio Vicente Calderón, donde tendría lugar el concierto. Con tiempo de sobra hasta las diez de la noche, la única prisa que tenían procedía de los nervios y de las ganas de poner a prueba el motor del coche.

A medida que iban dejando atrás las ciudades satélite de Madrid, el ansia iba aumentando y las ganas hacían que el Audi fuera zigzagueando entre el tráfico de entrada en la capital. Pero un inesperado atasco los detuvo por completo cuando ya circulaban por la M-30.

—Será un accidente —dijo Fran despreocupado—. Nuestra salida es glorieta de Pirámides. Está ahí al lado.

El tiempo que iba pasando con el coche detenido desesperaba a József que resoplaba crispado. Ni siquiera la música del *Joshua Tree* lo tranquilizaba. Los coches avanzaban lentamente y a los pocos metros se volvían a detener. A unos quinientos metros de lugar donde se encontraban, József pudo ver el cartel que anunciaba la salida que le había indicado Fran. Con el ímpetu propio de la impaciencia, József ganó el carril derecho para ahorrar algo de tiempo.

—Tranquilo, tío, que ya casi estamos.

Después de avanzar unos pocos metros más, József pudo ver el carril de la salida indicada por Fran como si fuera una continuación del arcén vacío a su derecha.

—A tomar por culo.

De un volantazo, József metió el Audi en el arcén y aceleró hasta que, a la vuelta de la curva de la salida, las luces de un coche de la Policía municipal en la plaza lo hicieron frenar cuando ya era demasiado tarde.

—¡Pero qué haces, gilipollas! —gritó Fran fuera de sí.

—Joder, lo siento. Culpa mía. Yo pago la multa que sea.

—¿Pero qué multa? ¡Llevo el maletero lleno de pastillas!

Los dos policías que estaban fuera del coche patrulla les hicieron la señal de detenerse a su altura. József, con el coche en punto muerto, no movió ni un músculo.

—Sal de aquí cagando hostias o nos van a abrochar, pero bien —dijo Fran a la desesperada.

József echó un vistazo por el retrovisor, metió la «R» con delicadeza y pisó el acelerador hasta el fondo. Después de recorrer marcha atrás toda la salida sin que ningún coche lo estorbara y con las ruedas del Audi chirriando, se reincorporó a la M-30, que seguía colapsada, y aceleró por el arcén en la dirección del tráfico hasta la salida de Marqués de Vadillo, que estaba a unos quinientos metros de distancia. Mientras se desembarazaban de los pocos coches que obstaculizaban la salida, Fran se metió en la parte de atrás de la cabina para intentar tirar las pastillas por la ventana, pero, entre acelerones y bandazos, era incapaz de mantener una mínima estabilidad y se bamboleaba como dentro de una lavadora.

Cuando por fin fueron capaces de llegar a la propia plaza de Marqués de Vadillo, dos motoristas de la policía, con sus fogonazos azules y sus sirenas atronando como evidente declaración de intenciones, se situaron en el centro del retrovisor del Audi que József no dejaba de mirar.

—Ya nos tienen. Agárrate.

Sin perder de vista a los motoristas, redujo una marcha y aceleró por la rotonda y, cuando solo le quedaba la vía de incorporación a la M-30, pero en sentido contrario, clavó el Audi —«Para esto servían las pinzas rojas», pensó—, y giró por la calle Antonio López con un derrape que casi lo estampa contra los coches aparcados a su izquierda. József pensaba que con un vehículo de ese color era imposible perder a la policía en una vía principal, así que buscó las calles más estrechas para que su conducción agresiva le diera ventaja. Como el coche culeaba en cada giro cerrado, Fran seguía golpeándose contra los laterales de la cabina como un fardo y era incapaz de abrir la ventana siquiera. Después de varios giros a una velocidad impensable, que József pudo solventar con el control justo para no perder la dirección, y cuando las luces azules de las motos ya no aparecieron en la esquina anterior, sin dejar de acelerar se giró para decirle a Fran que era el momento de dejar el coche y salir corriendo. Cuando volvió la vista al frente, una inmensidad de niños en barullo salía de un colegio justo delante de él. El frenazo y el volantazo descontrolaron el Audi que irremediablemente volcó y chocó contra los coches aparcados en línea a su derecha.

—¿Estás bien? —preguntó József que, a pesar de estar bocabajo y de la sangre que le goteaba por la frente, se notaba intacto.

Fran no pudo contestar, aculado contra el portón trasero del Audi y cubierto de pastillas de colores que salpicaban toda la cabina.

Los policías detuvieron sus motos a escasos cincuenta metros del coche volcado y se aproximaron con las pistolas en la mano. Mientras una de las profesoras hacía intentos vanos por volver a meter a los boquiabiertos niños en el colegio, uno de los dos policías abrió el portón trasero y Fran rodó por el suelo entre el repiqueteo de las pastillas en el asfalto. El otro policía se acercó por la ventana de József y le ordenó salir del vehículo con las manos visibles, pero la puerta estaba bloqueada y él, con su inmenso corpachón, estaba atrapado en su asiento. Para cuando llegaron los bomberos, a Fran ya se lo habían llevado y los policías en la escena eran seis o más. Sacaron a József después de arrancar la puerta del Audi, lo dejaron tumbado en el suelo y lo esposaron. Después lo introdujeron en un coche celular y se lo llevaron a una comisaría que a József le pareció cercana.

Una vez en las dependencias policiales, todo el proceso fue conducido de forma mecánica como lo harían operarios en una fábrica. Un agente le tomó las huellas, otro le quitó el cinturón, los cordones de las zapatillas, la cadena del cuello y todo el contenido de sus bolsillos y los guardó en un sobre con un número de serie. Otro le informó de que estaba detenido y que tenía derecho a representación legal y a hacer una llamada. Frente al teléfono de la comisaría, temía más romperle el corazón a María que todas las cárceles del mundo, pero no tenía nadie más a quién recurrir. Cuando contestó ella directamente tuvo que aguantarse el llanto que le brotó inesperado.

—María, soy yo.

A duras penas fue intentando componer la historia tal y como había sucedido pero los nervios y las lágrimas ahogadas de María al otro lado de la línea lo descomponían hasta la parálisis.

—Ahora no te preocupes de eso —dijo ella, recompuesta en su natural determinación—. Voy a llamar al abogado y vamos para allí. ¿En qué comisaría estás?

József tuvo que preguntar a los policías que tenía a su espalda.

—Estoy en Arganzuela.

Terminada la llamada, fue conducido a los calabozos de la comisaría donde diez o doce presos estaban a la espera de ser puestos a disposición judicial. Fran no estaba entre ellos y ninguno hizo el menor gesto de acercársele siquiera. Sentado en un banco, con los codos en las rodillas y las manos en la cabeza, intentó apaciguar la tormenta de reproches que se hacía a sí mismo. Había sido imprudente y se maldecía por ello, pero acabar en la cárcel por drogas después de una vida entera huyendo de ellas le parecía un chiste macabro.

Dentro del calabozo el día y la noche eran indistinguibles y las horas pasaban con una lentitud que pesaba como una losa sobre un ánimo que ya estaba agotado. Pasado un tiempo incalculable desde que lo encerraron, una agente lo vino a buscar.

—Tu abogado está aquí.

Cuando salió, fue conducido a una sala donde lo esperaba el abogado con cara de pocos amigos.

—Joder, József. Te estás convirtiendo en mi mejor cliente. ¿Has hecho alguna declaración o has hablado con alguien desde tu detención?

—No, señor.

—Bien. Pues detállame todo lo que ha sucedido sin ahorrarte ningún detalle. Y no me mientas. Aquí dentro soy el único amigo que tienes.

Con el rigor que permitían los nervios y el cansancio, procuró ser preciso en la narración de lo ocurrido. Horas, paradas, la persecución, el accidente, comentarios de Fran que pudieran ser relevantes...

—¿Te dijo de qué eran las pastillas o cuántas había?

—Solo dijo que el maletero estaba lleno de pastillas.

—¿El coche es suyo?

—No lo sé, pero no lo creo. Siempre tiene coches distintos que le dejan para probar.

—A partir de este momento solo hablas conmigo o delante de mí. Voy a enterarme de la hora de la vista preliminar en los juzgados de plaza de Castilla, que entiendo que será hoy. —Después de una pausa, continuó—: Tus opciones dependen de la naturaleza y la cantidad de droga que hubiera en el maletero. Veremos.

—¿Y cómo está María?

—Está esperándome fuera. Es fuerte y no debes preocuparte por ella ahora. No te va a hacer ningún bien.

Y, estrechándole la mano, salió de la sala. El policía que estaba en la puerta lo volvió a llevar al calabozo y allí se dispuso a pasar más tiempo, en aquel agujero en el que precisamente el tiempo parecía detenerse.

Como el abogado había previsto, esa misma tarde fue llevado a plaza de Castilla para su declaración ante el juez. Dentro de los calabozos de los juzgados estaba una versión de Fran empobrecida, como si hubiera estado expuesto a radiación todo el tiempo que había transcurrido desde que lo recogió en el hostal la mañana anterior, y tenía toda la cara amoratada de los golpes en el Audi. Cuando los policías lo introdujeron en la celda, József se fue a por su compañero de viaje y lo estampó contra la pared agarrándolo por las solapas.

—¡Te voy a matar hijo de puta!

—¡Suéltalo! No seas idiota y no empeores las cosas —gritó el policía desde la puerta.

—¿Tú me vas a matar? —le dijo Fran, señalándolo con el dedo—. Si estamos aquí dentro es por tus chorradas de conductor de *rally*.

—Puta rata. Si estamos aquí dentro es por la mierda que llevabas en el maletero.

—No sé de qué me hablas —dijo Fran, alejándose de su alcance hacia la pared.

Cuando fueron llevados a la sala del juzgado, lo primero que vio József fue la cara de María, cuyo maquillaje no podía ocultar los estragos del llanto y de una noche sin pegar ojo. El «te quiero» que ella le dijo sin hablar cuando se miraron a los ojos era todo lo que József necesitaba para enfrentarse al tribunal. Después de las declaraciones de ambos acusados en las que ninguno se hizo responsable de la droga incautada y atendiendo a que la sustancia era éxtasis, una variante de las anfetaminas, en una cantidad que superaba el kilo y al riesgo de fuga evidente tras la persecución por Madrid, el juez dictó prisión sin fianza para ambos hasta la celebración del juicio.

—¿Adónde me van a llevar? —preguntó József aturdido.

—A Carabanchel —dijo el abogado con actitud de tener todo previsto—. Recurriremos.

—Quiero hablar con María —suplicó József.

—Solicitaré una visita mañana por la mañana. Ahora concéntrate en ti ahí dentro. No pienses en nada más.

Y, esposado, se lo llevaron a los calabozos los mismos policías que lo habían escoltado a la entrada. La voz de María gritando «¡József!» cuando ya no podía verla le dio un latigazo en el estómago que hizo que casi se desplomara.

El traslado a Carabanchel desde plaza de Castilla en una furgoneta policial prácticamente opaca le recordó a la llegada a París solo que, en aquel momento, no dejaba mujer y una vida prometedora atrás por un error infantil y una compañía mal elegida. La entrada resultó aún más sórdida de lo que se había imaginado en el trayecto. Después de asignarle un número de identificación que pasaría a ser su apellido, le volvieron a hacer pasar por el trámite que ya conocía de la comisaría: le tomaron las huellas, lo registraron, le pasaron un detector de metales y lo fotografiaron. El trayecto a las duchas fue el momento real en el que József comprendió de golpe dónde estaba y el arrepentimiento y el horror le cerraron la esperanza de un portazo. Al salir, y para su sorpresa, le volvieron a entregar la ropa que traía. Nada de monos ni ropa carcelaria, lo que suponía un ligerísimo alivio. También le dieron una tarjeta para poder comprar en el economato de la prisión. En cambio, la asignación de un orientador le pareció un detalle innecesario y humillante y más aún cuando, al terminar, confirmó que se trataba de un trámite carente del más mínimo interés. Después de la entrevista lo destinaron a un módulo de presos comunes, la galería siete. Escoltado por dos funcionarios de prisiones, con un juego de sábanas en las manos, recorrió las kilométricas galerías de la prisión que solo estaban interrumpidas por puertas automáticas de rejas, custodiadas por más funcionarios, que se abrían a su paso y se cerraban tras él.

Cuando llegaron a la que sería su celda, el que parecía que iba a ser su compañero esperaba apoyado en la puerta amarilla. El habitáculo tenía tres metros de ancho por seis de largo. Una de las paredes tenía una ventana alta y cuadrada protegida por barrotes y por una malla metálica descolgada. En la pared de enfrente, a su derecha, había una litera con el colchón de la cama de abajo desnudo, y, al fondo, a su izquierda, un lavabo con un retrete separado por una mampara y una mesa raquítica con su silla completaban la dotación. Las paredes estaban repletas de grafitis, dibujos, frases y nombres y, sobre la mesa, una balda enclenque soportaba a duras penas un jabón y una bolsa de patatas abierta.

József dejó sobre el colchón las sábanas y los funcionarios se marcharon. Sentado en la litera, con la mirada perdida era incapaz de reaccionar.

—Tranquilo, tronco. Esto no es lo que te han contado. Aquí todo el mundo va a su rollo. Que no te van a abrir el ojal en las duchas ni nada de eso. —El preso continuó hablando a pesar de no ver ningún signo de que József lo escuchaba—. En los recuentos hay que volver aquí. A las ocho, a las tres y a las diez de la noche. En ese chapan el chabolo.

—¿Qué? —József reaccionó como si hubiera sentido un calambre.

—Que cierran p'a sobar. P'a dormir. ¿Qué pasa, tronco? ¿No sabes español?

József no contestó y volvió a quedarse con la mirada fija en algún punto del suelo. Durante la tarde, medio grogui, lo único que hizo fue vestir el colchón con las sábanas. Se saltó la cena porque tenía el estómago cerrado y, cuando dieron las diez y se inició el recuento, se recostó sobre el colchón con una sensación aún peor que la que tuvo en la Gestapo.

—Oyes, tronco —dijo el compañero de celda—. ¿Por qué te han entrullado? No serás un *zumbao* ni nada de eso. Con lo tocho que eres se va a dormir encima de ti su puta madre…

Josef seguía sin entender nada y solo contestó: «Duérmete, tronco».

El recuento de las ocho lo despertó después de una noche en la que durmió más de lo previsto. Una vez fuera de la celda y hambriento, se dejó guiar por su compañero hasta el comedor.

—Me llamo József —dijo, ofreciéndole la mano.

—Yo soy Miki —le aceptó el ofrecimiento—. Después de desayunar te enseño el patio y eso.

El desayuno no era muy distinto del de la legión en Marsella y la disposición en el comedor de los bancos a ambos lados de las mesas corridas, en este caso de madera, tampoco era demasiado original.

—El desayuno es lo peor. Pero el resto del papeo es bueno. Siempre ponen chicha y a veces dan dos postres.

Al acabar salieron al patio. Desde el centro se podía intuir perfectamente la mole que era aquella prisión. Con los inmensos muros de ladrillo visto plagados de grafitis y con dos canastas de baloncesto destartaladas pero con los aros en su sitio, transmitía al recién llegado una sensación sobrecogedora y desangelada. Pero Miki tenía razón. No había clanes y todo el mundo iba a lo suyo. Si acaso, los gitanos se agrupaban diferenciados de los otros grupos, pero eso era todo. De un simple vistazo, József pudo apreciar que muchos de los presos tenían comida distinta de la que servían en el comedor, tabaco y hasta botellas de alcohol.

—Lo traen las familias —dijo Miki—. Como son pocos maderos para el control, lo cuelan todo. Te pueden traer cosas hasta ocho veces al mes y luego se cambian unas cosas por otras.

Como en la entrevista de orientación había dicho que era fresador, no tardó mucho en encontrar trabajo en el taller, lo que, aparte de un pequeño sueldo, le ayudaba a pasar el día con la mente ocupada. También decidió aprovechar el resto de tiempo libre y se apuntó a clases de español, que no es que fueran multitudinarias ni impartidas por expertos, pero mal no le iban a venir. Otro pasatiempo provechoso era el gimnasio. Estaba bastante deteriorado, pero las pesas y los bancos eran suficientes para mantener una cierta buena forma.

Al cabo de una semana de recuentos, paseos por el patio, comidas razonables y conversaciones disparatadas con Miki, llegó el primer aviso de visita. Fuera, en las cabinas, le estaba esperando María. Mientras caminaba por la galería y después sobre la cuadrícula del suelo del inmenso módulo central la ilusión se iba apagando y, a cada paso, el sentimiento de vergüenza crecía. Solo hizo falta la simple imagen de ella a lo lejos para echar por tierra todo el plan de aparentar entereza. Cuando estuvo frente a ella, solo acertó a decir «Hola», pero María, como empezaba a ser tradicional entre ellos, hizo todo el trabajo.

—¿Cómo estás? ¿Te tratan bien? —preguntó ansiosa.

—Sí, sí. Esto no es lo que parece desde fuera.

—¿Qué tal es la comida? Mira —continuó, abriendo una bolsa de tela desbordada—, el abogado me dijo que te podía traer comida y tabaco. Ya sé que no fumas, pero seguro que lo puedes cambiar por otras cosas.

—Lo siento mucho —cortó la conversación, yendo directo al error que lo había conducido allí.

—No es culpa tuya. Ese Fran nunca me gustó y te encandiló con los coches y eso, pero tú no has hecho nada malo.

—¿Qué sabemos del abogado? —preguntó, para no seguir escuchando las excusas caritativas que María intentaba ofrecer.

—Dice que el recurso no tiene muchas posibilidades. También me dijo que la cantidad de droga era importante y que la huida no va a ayudar precisamente. —Después continuó, mirándolo a los ojos—: Voy a buscar trabajo y un piso en Madrid.

—¿Qué? ¡No!

—No puedo estar yendo y viniendo desde Tarifa, y no sabemos cuánto va a durar esto. No será difícil encontrar algo en algún hotel. Para eso estamos en Madrid, ¿no?

—María, yo…

—Además, cada cierto tiempo puedo venir a estar contigo. Soy tu mujer. Creo que lo llaman vis a vis.

—Eso ni en broma. La próxima vez que estemos juntos será en nuestra casa y en nuestra cama. No quiero que tengas ese recuerdo en tu cabeza. Aguantaremos el tiempo que sea.

—Pero si a mí no me importa.

—A mí, sí. ¿Cuándo podré volver a verte?

—No es seguro, pero calcula unas dos semanas. Mientras, te escribiré. —Antes de levantarse, María le dio motivos para la esperanza—. Esto solo es un aplazamiento, József. No cambia nada. Vamos a ser felices.

Desde ese momento, József ya no levantó la mirada de las manos ni siquiera para ver a María alejarse hasta desaparecer por la puerta metálica.

Durante el largo paseo de vuelta por la interminable galería siete, el abatimiento lo invadió de un modo que le hacía plantearse si era conveniente que María fuera a visitarlo. Cuando llegó a la celda, Miki se quedó con la boca abierta al ver el botín que József traía en la bolsa.

—¡Joder, tronco! ¿Pero qué cojones llevas ahí? ¿El Corte Inglés?

József dejó la bolsa sobre la mesa con desidia y se tumbó en la litera mientras Miki se lanzó a inspeccionar el tesoro.

«Después de todo —pensó—, escribir puede ser una buena idea».

A cambio de un cartón de Winston, le pidió a Miki que le consiguiera papel, sobres y un bolígrafo. Esa misma tarde tenía sobre la mesa todo lo necesario para poder hablar con María sin tener que esperar a la siguiente visita. Al principio no era capaz de plasmar pensamientos con claridad y la mayor parte de las primeras cartas tenían más tachones que palabras. Pero cuanto más escribía, con mayor facilidad se ordenaban las palabras en su cabeza y en el papel. No es que fuera poesía, pero eran frases simples y cargadas de sinceridad, y con eso bastaba.

En el patio no solía relacionarse con nadie, pero todos lo respetaban debido a su tamaño y a los bulos que Miki fue extendiendo por la galería. Decía: «Es un espía ruso», «Es un asesino a sueldo alemán contratado por la mafia», y cosas así. En cambio, en el taller sí conversaba con los compañeros y cambiaba favores. En las comidas siempre se sentaba con Miki, que hablaba por los dos, y el resto del tiempo lo pasaba en el gimnasio, donde acrecentaba su leyenda carcelaria, y escribiendo a María.

Los días caían lentos, pero la rutina, que los convertía en idénticos, contribuía a que fueran llevaderos. Al cabo de seis meses desde el ingreso, María había encontrado un trabajo y había alquilado un piso pequeño cerca de la Puerta de Toledo. Ambos estaban ya hechos al régimen de visitas y las cartas se habían convertido en una vía valiosa para compartir sentimientos, ya que podían ser guardadas en un cajón y releídas a voluntad. Y la fecha del juicio llegó. Aunque todo estaba preparado por el abogado y María procuraba mantener un cierto optimismo, József esperaba lo peor. Sentado en el banquillo junto a Fran, al que no había vuelto a ver, pero por el que ya no sentía ningún rencor, escuchó lo inevitable. Por tenencia de sustancias psicotrópicas destinadas a distribución, tres años. Por resistencia a la autoridad, conducción temeraria y daños en la vía pública, un año más. La cara de María era un poema, pero József estaba mentalizado desde hacía semanas.

—Recurriremos —dijo el abogado—, pero que sepas que el juez ha sido benevolente. Con tu trabajo en el taller, las clases de español y buena conducta estás fuera en año y medio. No la cagues más ahí dentro, József. Año y medio se pasa volando.

María no derramó ni una lágrima y, recompuesta después del mazazo, trató de ofrecer a József su mejor cara. Él, sin embargo, estuvo calmado en todo momento. Era un hombre distinto del que había entrado en aquella sala la primera vez. En los seis meses que habían transcurrido desde entonces había asumido su error y aceptaba la condena como justo castigo. La despedida de María fue serena, y después del viaje de vuelta a la prisión, durmió de un tirón toda la noche.

La sentencia no cambió nada la dinámica en la cárcel. József seguía con sus hábitos y, prácticamente, no se relacionaba con nadie. Los demás tampoco le daban problemas porque le tenían respeto, que es esa forma amable de llamar al miedo, así que el plan de reducción de pena por buen comportamiento, unido a las clases y al trabajo en el taller, debería de funcionar tal y como lo había previsto el abogado.

Los meses pasaban, las novedades eran escasas y, normalmente, József recelaba de ellas. Una tarde de gimnasio, un tipo rubio y bastante corpulento al que no había visto hasta ese día le pidió ayuda para cargar unas pesas. Como allí nadie hablaba con él, rápidamente supuso que se trataba de un interno nuevo e hizo lo que le pedía. No supo más de él hasta el día siguiente, que se lo volvió a encontrar en el gimnasio. Y el siguiente. Y el siguiente. Una tarde, en el turno de cena, el tipo rubio se sentó en el banco de József, que estaba solo porque a Miki lo habían encerrado en la celda de castigo por un chanchullo con alcohol un poco más excesivo de lo normal. Mientras esperaba a levantarse después de terminar la cena, József no se dio cuenta de que estaba silbando.

—¿Eso que silbas son los Pogues? —preguntó el rubio extrañado.

—¿Qué? —contestó József, incrédulo.

—«Rainy Night in Soho». La canción.

—¡Ah! Sí, son los Pogues.

—Yo soy irlandés. Me llamo Gerry.

—Yo soy József.

Se estrecharon la mano.

—¿De dónde eres, József?

—De Hungría.

—¿Y cómo es que un húngaro conoce a los Pogues?

—En Budapest había una taberna irlandesa y el dueño los ponía sin parar.

—Yo tengo unos amigos que tienen una en Madrid. Te encantaría. —Después de un silencio y de remover el pollo con guisantes que no parecía estar entusiasmándolo, Gerry volvió a preguntar—: ¿Y por qué estás aquí?

—Por gilipollas —contestó lacónico.

—Eso no es delito. Ser gilipollas es legal en España. Si no, las calles estarían vacías.

—Un tipo en el que no debí confiar llevaba droga en el coche que yo conducía. ¿Y tú?

—Me follé a una mujer en la que tampoco debí confiar.

Gerry parecía un buen tipo, pero József estaba resuelto a no volver a fiarse de nadie, así que la relación entre ambos empezó torpe. Pero el tiempo transcurrido sin hablar con nadie de nada valioso allí dentro y el encanto de Gerry, poco a poco consiguieron abrirlo lo suficiente. Los dos siguieron compartiendo tiempo en el gimnasio y en el patio, y eso eran muchas horas de conversaciones sobre sus vidas respectivas. Verlos entre el resto de los reclusos morenos y enjutos era un espectáculo.

Como tampoco tenía nada más importante que contar, pronto József empezó a hablarle a María de Gerry en sus cartas. Su nuevo amigo irlandés estaba en prisión sin fianza a la espera del juicio y confiaba en el hecho de haber dicho la verdad en todo momento y en tener la conciencia tranquila. József le había advertido de que podían pasar muchos meses antes de que se fijara la vista, pero los tiempos judiciales estaban de buenas y el día llegó un poco antes de lo previsto. La mañana en cuestión, con su coleta y con el aspecto de duque que tienen algunas personas de manera inevitable, se despidió de József, nervioso, pero confiado. Cuando regresó a la galería siete, su cara habitual de triunfador se había esfumado: doce años. József intentó animarlo, pero sabía por el infierno interior que estaba pasando y decidió dejarle algo de espacio. Pero pronto retomaron su rutina en la prisión. El ánimo de Gerry ya nunca fue el mismo, pero era suficiente para pasar los días con calma. Si József le hablaba a María de su amistad, Gerry también hablaba de József a sus amigos madrileños.

—Les he dicho que eres un tipo legal y que te echen una mano al salir. Mi amigo el Juez te va a encantar. Y Juan conoce toda la música que te gusta y mucha más. El Irish Rover es un buen sitio para empezar de cero en Madrid.

József se lo agradeció. Pronto se cumplirían los plazos que había pronosticado el abogado y la idea de encontrar un trabajo en Madrid, de donde María ya no se quería mover porque estaba contenta con el hotel y porque la idea de volver al Poniente con el rabo entre las piernas la horrorizaba, no parecía fácil precisamente. József le había hablado a Gerry de su trabajo en el Fortuna y estaba seguro de que el Juez podría sacarle rendimiento rápidamente.

Y tal y como había pronosticado el abogado, un año y nueve meses pasaron volando y el anuncio de su excarcelación llegó en el plazo previsto. La mañana de su puesta en libertad József no podía reprimir las ganas de abrazar a María, que lo esperaba fuera, pero se sentía mal por Gerry. No por dejarlo allí solo, ya que iban a trasladarlo a la prisión de Valdemoro de todas formas, sino por los años de condena que le esperaban a un tipo que le parecía una buena persona. Antes de recorrer la galería por última vez, abrazó a Gerry —«Sad to say I must be on my way»—, se despidió de Miki —«Cuida el chabolo, tronco»— y, con recortes de alambre que había ido recogiendo del suelo del taller, le dejó sobre la mesa un pájaro metálico. Y, por segunda vez en su vida, salió al mundo a volver a empezar.

—Y el resto, Juez, ya lo conoces —dijo József, dando por concluida la narración.

La luz de la calle ya era de pleno día y, durante unos segundos, ninguno de los dos dijo nada. József se sirvió lo que quedaba en la botella de Jameson y el Juez terminó de garabatear el eco de la historia en el cuaderno de pedidos.

—¿Y qué vas a hacer ahora?

—Me han ofrecido un trabajo de fresador y lo voy a aceptar. Pagan bien y me harán contrato. No quiero seguir llegando a las tantas de la noche cuando María ya está dormida.

—¿Piensas volver a Budapest?

—Sí, pero solo a saldar mi deuda con Markus. Algún día.

—Ha pasado mucho tiempo, József. Puede que hasta te haya olvidado. Esa deuda ha prescrito hace mucho.

—Tú no lo puedes entender. Nadie puede. Me voy a casa, Juez. ¿Cierras tú?

—Claro. Me has quitado el sueño. Creo que voy a terminar de recoger aquí y me voy a ir al gimnasio.

Epílogo
EL JUEZ

A las siete de la tarde del sábado, en el Juan Pelotilla, los clientes de la comida ya se habían ido y los de la cena aún no habían llegado, así que solo quedaba Emi detrás de la barra y el Juez y yo. De la botella de Jameson que habíamos empezado mientras él se fumaba un puro y me contaba la historia de József, quedaba menos de la mitad.

—¿Y conservas esas notas?

—Las tengo en una caja en casa de mi madre.

—Joder, Juez, esta historia es digna de Talese. ¿Cómo no me la habías contado antes?

—No lo sé. Supongo que se me quedó perdida entre los recuerdos de la época del Moby.

—¿Y ya no supiste nada más de él?

—Dejó de trabajar con nosotros y, durante un tiempo, siguió viniendo al Irish a tomar una cerveza. De vez en cuando, improvisábamos una comida en el Tony's y solía apuntarse a la compra de coches que Carmona se quedaba para desguace. La mayor parte eran inservibles, pero había algunos que estaban en condiciones de ser conducidos una última vez y nos los vendía por doce mil pesetas para quemarlos haciendo carreras en su parcela de Talamanca del Jarama. No te imaginas cómo conducía el pavo. A Gerry lo seguí visitando en Valdemoro y después fui a verlo a la prisión de Daroca en Zaragoza. Cuando le empezaron a dar permisos, lo iba a buscar y me lo traía a mi casa y al Irish Rover. Creo que se acabó casando con una princesa africana o algo por el estilo, pero tam-

273

bién le perdí la pista. Pero sé exactamente el último día que vi a József: el 15 de marzo de 2002. Lo sé porque era viernes y faltaban dos días para San Patricio. Vino a tomar una cerveza al Irish y se despidió como cualquier otro día. Pero cuando fui al despacho a coger las llaves para cerrar, sobre mi mesa había un pájaro metálico. Entonces supe que no lo volvería a ver.

—Juez, tenemos que recuperar esas notas y tenemos que encontrarlos. Esta historia hay que escribirla. No puede quedarse sin contar. ¿Y no lo echas de menos?

—A veces me acuerdo y fantaseo con las historias que le habrán pasado desde entonces. Me pregunto si Markus seguirá vivo y si József habrá vuelto a Budapest a saldar su deuda. O si sigue casado con María y consiguió la vida convencional que tanto anhelaba.

En ese momento, Pink Floyd empezó a sonar en la *playlist* que el Juez tenía conectada al equipo del Pelotilla.

—¿Crees que era un buen tipo con mala suerte o que todo fue fruto de sus malas decisiones?

(«¿Así que te crees que puedes distinguir el cielo del infierno? ¿El cielo azul del dolor?»).

—Supongo que solo él lo sabe. Como me dijo al acabar la historia, ni yo ni nadie lo puede entender.

—Me pregunto, Juez, lo mismo que se preguntaba Juan con Gerry al salir de Carabanchel. Él te hablaba de sus buenas intenciones que lo llevaron a resultados desastrosos. ¿Y si no fue como te lo contó? ¿Y si estaba siendo indulgente consigo mismo?

(«¿Puedes distinguir una pradera primaveral de un frío raíl de acero? ¿Una sonrisa de un velo?»).

—Pues te digo lo mismo que a Juan entonces. Yo no puedo saberlo. Pero él es mi amigo y elijo creer su versión. De todas formas, ¿quién soy yo para juzgar?

—Si todo es como dices, me horroriza pensar que el destino de un hombre bueno depende solo de factores adversos incontrolables. Que, al final, todo sea arbitrario. Que no haya en la vida algo de justicia.

(«¿Te hicieron entregar tus héroes a cambio de fantasmas? ¿Ascuas a cambio de árboles? ¿Aire sofocante por una brisa suave?»).

—Recuerda que en su vida encontró de todo. Hijos de puta que traicionaron su confianza o quisieron usarlo y desconocidos que le tendieron una mano a cambio de nada. Supongo que eso es la vida. Un poco de todo.

—Ya. Un poco de todo: una huida en el falso techo de un tren, una guerra, la cárcel…

(«¿Te hicieron cambiar un papel secundario en una guerra por ser protagonista en una jaula?»).

—No lo sé. Solo te puedo decir que ahora que te acabo de contar su historia («cómo me gustaría que estuviera aquí»).

Agradecimientos

A Blanca, Santi, Lola, Luisito (que leyó los borradores y aportó su criterio abrumadoramente precoz), Dani y Sara.

A Ymelda Navajo y Berenice Galaz por creer en el libro.

A José Peláez, por alentar, corregir, mejorar y prologar este libro. Y por su talento.

A Alfredo Jiménez-Millas que, junto con Fernando Campos, se ha leído el libro por WhatsApp en entregas de dos mil y pico palabras.

A Fernando de Armas y Luis García Botella por la asesoría legal.

A Juanchi Gozález Orozco, por ofrecer desinteresadamente su experiencia en la Legión Extrajera francesa en una época y unas circunstancias parecidas a las de József.

A Juan Vera y Patricio Rodríguez-Rey por ayudar a contrastar los recuerdos de la época del Moby.

A Alberto Delgado y Daniel Castillo por hacer posible el origen de esta historia cuando decidieron abrir las puertas de Moby Dick y de Irish Rover.

A Pedro García Cuartango, por animarme desde que lo conozco a leer y a escribir, es decir, a seguir desde muy muy lejos su ejemplo. Y por su sinceridad siempre.

A Juan Manuel de Prada por leer el primer manuscrito y aportar el valioso refuerzo de un genio.

A Luis Herrero por la presión y el inconformismo que todo lo mejora, a José Luis Garci por la transfusión continua de visión y el entusiasmo, a Luis Alberto de Cuenca por la generosidad y a Belén Ripoll por el cariño. Y por la paciencia que han tenido al leer los borradores a trompicones.

A Juan Fernández-Miranda, Javier Chicote y Paloma Bravo, por su fe inquebrantable.

A David Gistau por la inspiración diaria. Y cuando digo diaria nadie sabe hasta qué punto.

A Shane McGowan.

Y a József por su vida interesante digna de un libro. Ojalá que el libro sea digno de su vida.

Índice